Beck'sche Reihe
BsR 1049

In diesem Buch berichten Urlauber, wie für sie die schönsten Wochen des Jahres zum Alptraum wurden. Es enthält fast hundert kleine Krimis, jeder für sich auf seine Art ein Drama. Der Leser kann sich wundern, kann lachen oder vor Aufregung feuchte Hände bekommen. Das Thema interessiert alle Urlauber, denn egal, welches Land man bereist: Es kann jederzeit jeden erwischen. Die Ganoven warten schon. Ihre Opfer sind harmlose Touristen, die nach allen Regeln der Kunst beraubt, geneppt und aufs Kreuz gelegt werden.

Robert Sauter beschäftigt sich als leitender Reporter der „ADAC motorwelt“ seit Jahren mit dem Thema.

Splitternackt und ohne Geld

Urlaubskrimis, die das Leben schrieb

Herausgegeben von
Robert Sauter

VERLAG C.H.BECK MÜNCHEN

Die Deutsche Bibliothek – CIP-Einheitsaufnahme

Splitternackt und ohne Geld : Urlaubskrimis, die das Leben schrieb / hrsg. von Robert Sauter. – Orig.-Ausg. – München : Beck, 1994
(Beck'sche Reihe ; 1049)
ISBN 3 406 37439 5
NE: Sauter, Robert [Hrsg.]; GT

Originalausgabe
ISBN 3 406 37439 5

Umschlagentwurf und -illustration: Uwe Göbel, München

Gesamtherstellung: Presse-Druck- und Verlags-GmbH, Augsburg
Gedruckt auf säurefreiem, aus chlorfrei gebleichtem Zellstoff hergestelltem Papier
Printed in Germany

Vorwort

Hurra, wir fahren in Urlaub! Endlich nicht mehr malochen, endlich Sonne, endlich Erholung. Oder endlich zügellos die Sau rauslassen, erotischen Abenteuern nachgehen, ohne daß es gleich jeder weiß, die Nacht zum Tag machen. Oder einfach Ruhe genießen, wandern, Bücher lesen, mit der Familie zusammensein. Oder den Tenniskurs nachholen, den man schon immer mal machen wollte. Oder seltenen Affenarten im Dschungel nachstellen oder Oasen in der Wüste suchen.

Jeder versucht, im Urlaub auf seine Fasson selig zu werden, und die meisten schaffen das auch einigermaßen.

Nicht immer aber endet so eine Urlaubsreise im hemmungslosen Glück. Mal wird einer krank, mal ist das Wetter schlecht. Mal gibt es furchtbaren Streit in Familien, deren Mitglieder sich plötzlich den ganzen Tag über aushalten müssen. Manchmal werden Urlauber aber auch Opfer von Verbrechen. Um solche Fälle geht es zumeist in diesem Buch.

Als Reporter der ADAC-motorwelt wandte ich mich zum ersten Mal nach der Sommer-Reisesaison 1989 per Aufruf an die Leser mit der Bitte, mir ihre Urlaubskrimis zu schicken.

Der Erfolg war beeindruckend: Hunderte von Briefen mit ausführlichen Schilderungen der eigenartigsten Schicksale, versehen mit Original-Unterlagen, angefangen von Fotos über Polizeiprotokolle bis hin zu Bündeln von Schriftverkehren. Wir werteten das Material in der Redaktion aus, und es entstand pünktlich zur Sommersaison 1990 ein Artikel mit der Überschrift „Die Ganoven warten schon“. Sinn des Reports: Vor Gefahren warnen, Gefahrenschwerpunkte beschreiben, Verhaltenstips geben. Kurz: die Leser vor dem bewahren, was anderen schon passiert ist.

Die Prozedur mit den Zuschriften, dem Auswerten des Materials und dem Verfassen eines Beitrages in der ADAC-motor-

welt zum Thema „Kriminalität gegenüber Urlaubern" habe ich inzwischen schon mehrfach praktiziert. Es haben sich dabei immer mehr Briefe angesammelt, in denen Leser über ihre Urlaubs-Desaster berichten. Aus diesen Briefen entstand das vorliegende Buch. Es ist eine Sammlung all dieser kleinen Krimis, erzählt von den Betroffenen selbst. Das ist meistens spannend, manchmal lustig und gelegentlich auch unglaubwürdig. Jeder kann für sich selbst entscheiden, was er davon hält. Auf jeden Fall soll sich keiner bei der Lektüre langweilen. Das Buch ist nicht zuletzt auch ein Schlüsselloch in deutsche Urlauber-Intimität.

Wer alle Fehler vermeidet, die von den Erzählern gemacht wurden, und auf alle Tricks vorbereitet ist, auf die sie hereinfielen, kann das Risiko, daß es auch ihn erwischt, ganz erheblich drücken. Schon mit minimalen Maßnahmen kann man viel Unheil vermeiden. Da ist zum Beispiel diese ewige Urlaubstasche, in der fein säuberlich alle Papiere, alle Schecks und natürlich auch alles Bargeld gesammelt ist. Die muß offensichtlich in jedem deutschen Urlauber-Auto an Mutters Füßen auf dem Boden vor dem Beifahrersitz oder oben zwischen den beiden Vordersitzen stehen.

Eine Pest, die nicht auszurotten ist. Jeder Dieb, der sich auf Touristen spezialisiert hat, weiß das natürlich. Oder die Damen-Handtasche, ebenfalls prall gefüllt mit allem Wertvollen, was man so glaubt in den Urlaub mitnehmen zu müssen. Sie wird in 90 von 100 Fällen eben immer noch über die Schulter der Urlauberin geworfen, wenn ein Ausflug, ein Stadtbummel oder sonst eine aushäusige Aktivität ansteht.

Oder die Kleidung und das Verhalten auf der Straße. Muß es denn unbedingt das weiße Hütchen sein oder die kurze Hose in der Stadt oder die Birkenstock-Sandale? Wer so in fremden Landen durch die Gegend stiefelt, der könnte sich auch gleich ein großes Schild auf die Nase kleben: „Ahnungsloser deutscher Urlauber – dankbares Objekt für Ganoven."

Ich will damit sagen: Es kommt vor, daß die Leute selbst schuld sind, wenn ihnen etwas passiert. Mangelnde Vorbildung über das Land, wenig Einfühlungsvermögen für die Verhältnisse vor Ort und eine gute Portion Sturheit sind nicht selten der Grund für Schwierigkeiten im Ausland. Natürlich können die Opfer in den meisten Fällen nichts für ihr Pech.

Wem etwas passiert, der reagiert häufig emotional, und das ist auch verständlich. Wenn aber in Briefen, die Wochen nach dem Mißgeschick geschrieben werden, als Resümee eines Vorfalles immer noch solche Sprüche zum besten gegeben werden wie „Nie wieder Spanien!" oder „Von Frankreich habe ich die Schnauze voll!" oder „Das war unsere letzte Reise nach Italien!", dann ist das nicht nur sehr schade, sondern auch ein Indiz für geistige Begrenztheit.

Denn das Risiko, in Deutschland Opfer eines Verbrechens zu werden, ist statistisch gesehen viel höher als in den von deutschen Urlaubern am häufigsten bereisten Ländern. So weist zum Beispiel die Internationale Kriminalstatistik überraschende Tatsachen aus: Danach gab es – bezogen jeweils auf 100000 Einwohner – innerhalb Europas nur in Großbritannien, Schweden und der Schweiz mehr Opfer von Diebstahl-, Einbruch- oder Raubdelikten als in Deutschland. In den beliebtesten Urlaubsländern wie Spanien, Italien und Frankreich gab es dagegen weit weniger Fälle als bei uns.

Die Zahlen stammen vom Ende der 80er Jahre und berücksichtigen nur die alten Bundesländer. Anfang der 90er Jahre hat sich aber die Kriminalität in Deutschland geradezu sprunghaft nach oben entwickelt. 1992 gab es bei uns jede Minute einen Laden- und einen Fahrraddiebstahl. Alle zwei Minuten eine Körperverletzung und einen Wohnungseinbruch. Alle drei Minuten verschwand ein Auto. Alle sechs Minuten angelte ein Taschendieb seine Beute. Alle neun Minuten gab es einen Raubüberfall. Und alle acht Stunden einen Mord. Kein Deutscher hat auch nur den geringsten Grund zu glauben, in der Bundesrepublik sei die Welt in Ordnung und in manchen Urlaubsländern herrsche das Chaos.

In der Regel herrscht in den Urlaubsländern allgemeine Glückseligkeit. Besonders bei den Urlaubern, wenn sie dort einfallen. Zum Glück überwiegen die positiven Erlebnisse bei weitem, sonst würden sie das nicht jedes Jahr wieder tun. Nur werden darüber keine seitenlangen Briefe geschrieben. Einen Ur-

lauber, der ganz kurz über so ein positives Erlebnis berichtet, möchte ich hier noch zu Wort kommen lassen:

Ich verlor auf einem Campingplatz bei Florenz meinen Geldbeutel mit Reiseschecks und Bargeld. Der ehrliche italienische Finder bemühte sich über seine Hausbank um meine Anschrift und schickte mir den Geldbeutel samt Inhalt. Als ich nach Hause kam, war das Päckchen schon da. Die Welt besteht nicht nur aus einer Anhäufung von Schlechtigkeit!

In diesem Sinne wünsche ich Ihnen viel Spaß bei der Lektüre dieses Buches und auch im nächsten Urlaub. Falls Sie da dummerweise auf irgendwelche Gauner hereinfallen sollten und andere warnen möchten, können Sie mir – möglichst ausführlich – schreiben.

Robert Sauter
über: Verlag C. H. Beck, Postfach 40 03 40
80703 München

I. Ärger unterwegs

1. Tatort Autobahn

Dem Enkel sei Dank

Sie hatten schon öfter Urlaub in Javea an der spanischen Mittelmeerküste gemacht. Nie war etwas passiert, alles lief immer bestens. Also fuhren sie auch in diesem Jahr wieder dorthin. Der gutsituierte Pensionär aus Frechen bei Köln, seine bessere Hälfte und der 15jährige Enkel. Standesgemäß im Mercedes, einem Auto, das auf Spaniens Straßen nicht oft zu sehen und damit einigermaßen auffällig ist.

Das Trio nahm wie üblich den Weg über die A7. Vorbei an Barcelona, weiter Richtung Süden. Bei Puzol teilt sich die Autobahn. Der Autofahrer muß sich entscheiden, ob er Valencia weiträumig umfährt oder ob er den kürzeren Weg an der Küste entlang wählt und sich dann durch die Stadt quält. An dieser Stelle beginnt die Geschichte. Erzählt wird sie von der Oma des Enkels, die in diesem Moment den Mercedes lenkt:

Wir sind bisher immer durch die Stadt gefahren. Also haben wir auch diesmal die Absicht, den direkten Weg zu nehmen. Einige Kilometer vor der Gabelung werden wir auf einen Renault aufmerksam, in dem zwei junge Männer sitzen. In dem dichten Verkehr fahren sie andauernd mehr oder weniger auf gleicher Höhe mit uns mit und glotzen reichlich auffällig zu uns herüber.

Wir reden kurz darüber, tun die Sache dann aber mit der Bemerkung ab, daß die Kerle wahrscheinlich betrunken sind. Bei der Gabelung angekommen, verabschieden wir uns vom Hauptverkehr, der der Umgehung folgt. Wir fahren wie geplant raus auf den Zubringer zur Stadtautobahn nach Valencia.

Dort sind wir plötzlich ganz allein unterwegs. Kein Auto weit und breit. Außer dem Renault von eben. Der ist schon wieder da, offensichtlich uns auf den Fersen. Schlagartig haben wir jetzt das Gefühl, verfolgt zu werden.

Da unser Wagen stark beladen ist und wir den Dachgepäckträger reichlich voll haben, kann ich nicht richtig Gas geben, als wir bemerken, daß die Kerle von hinten schnell näher kommen. Näher und immer näher – bis es kracht. Tatsächlich ist das Undenkbare geschehen, sie haben uns gerammt.

Wir sind wie vom Blitz getroffen. Die haben es wirklich auf uns abgesehen! Die greifen uns an! Zum Nachdenken bleibt keine Zeit. Schon überholen sie, sind neben uns. Versetzen uns mit ihrer Karre zwei, drei leichte Schubser. Holen in weitem Bogen aus und knallen mit voller Wucht auf unseren Wagen. Einmal. Zweimal. Und dann noch ein fürchterliches drittes Mal. Ich verliere die Kontrolle über das Auto, wir kommen von der Fahrbahn ab und rumpeln die Böschung hinunter. Sekunden später stehen wir im Gelände, Gott sei Dank unverletzt.

Wir drücken sofort alle Türknöpfe und verstecken schnell unsere Tasche unter dem Sitz. Kaum sind wir damit fertig, haben wir den erwarteten Besuch. Unsere Verfolger stehen draußen. Beide jung, so um die 20. Der eine ist blond und trägt eine Sonnenbrille. Der andere, ein Dunkler, fuchtelt mit einem Revolver vor dem Fenster herum. Wir sollten lieber aufmachen und Pässe, Geld, Schecks und Schmuck hergeben, brüllen sie, sonst müßten sie uns umlegen.

Unter diesem Druck und um kein Menschenleben zu gefährden, öffnet mein Mann, der auf der Beifahrerseite sitzt, die Tür. Sofort stürzen sich die Verbrecher auf ihn, zerren ihn aus dem Auto. Draußen werfen sie ihn erst einmal zu Boden, dann wird der Wehrlose getreten und geschlagen.

In diesem Augenblick reagiert unser Enkel goldrichtig. Er will nicht etwa meinem Mann zu Hilfe eilen, sondern springt von der Rückbank auf, stürmt aus dem Auto und rennt zurück zur Straße. Sekunden später gelingt es auch mir, zu entkommen. So versperren wir beide dem nächsten Auto den Weg, so daß es halten muß. Als die Banditen merken, daß Hilfe naht, lassen sie von meinem Mann ab und laufen davon, so schnell sie ihre Füße tragen. Ab ins Feld, auf Nimmerwiedersehen.

Ihren Renault lassen sie einfach stehen. Wie sich später herausstellt, ist er gestohlen. Mein Mann hat ein paar ordentliche blaue Flecken abgekriegt, ist aber Gott sei Dank nicht schwer verletzt. Neben dem schrottreifen Auto bleibt uns als Schlimmstes der Schock. Denn der sitzt tief. Ich fürchte, wir werden uns lange nicht davon erholen.

Zapfpistole abgenommen

Auch die folgende Geschichte ereignete sich auf der A7, diesmal aber dem französischen Teil. Genauer gesagt an einer Autobahn-Tankstelle südlich von Lyon. Dorthin fuhr ein Ehepaar aus Münster, um zu tanken. Das Auto: ein stattlicher BMW Alpina. Es war etwa fünf Uhr nachmittags, als der Ehemann mit dem Tanken begann. Seine Gattin saß noch auf dem Beifahrersitz, hatte aber die Tür einen Spalt geöffnet. Was dann passierte, erfahren wir von dem BMW-Fahrer selbst:

Ich bin ganz mit dem Tanken beschäftigt und achte nicht darauf, was um mich herum geschieht. Ich öffne mit dem Wagenschlüssel den Tankdeckel und lege danach Deckel und Schlüssel auf die Kofferraumhaube. Eine alte Gewohnheit, so machen es ja viele. Dann nehme ich die Zapfpistole aus der Halterung und wende mich wieder meinem Tank zu.

In dem Moment, als ich mich herunterbeuge, um die Pistole in den Tankstutzen zu schieben, greift jemand von hinten nach der Pistole und nimmt mir das Ding einfach aus der Hand. Verdutzt drehe ich mich um und blicke in das Gesicht eines Mannes, der mir tief in die Augen schaut, doch kein Wort sagt.

Lange kann ich mich nicht mit dem eigenartigen Zeitgenossen beschäftigen, denn schon kommt von der anderen Seite sein Kumpel daher und schnappt sich den Wagenschlüssel, der gerade noch im Tankdeckel steckte und auf der Kofferraumhaube lag. Alles geht wahnsinnig schnell. So recht begreife ich noch nicht, daß es sich hier um einen Überfall handelt. Es dauert Bruchteile von Sekunden, bis ich die Sprache wiederfinde. Dann versuche ich zu protestieren. Aber kaum erhebe ich meine Stimme, habe ich eine Ladung Reizgas im Gesicht.

Für Momente verliere ich völlig den Überblick, torkle benommen durch die Gegend, sehe nichts mehr. Erst die Schreie meiner Frau, die noch im Auto sitzt, holen mich in die reale Welt zurück. Sie schreit so laut sie kann nach Hilfe. Dann sehe ich – zunächst noch etwas verschwommen –, daß sie mit den beiden Burschen kämpft, sich mit Händen und Füßen gegen ihre Attacken wehrt.

Der eine mit dem Schlüssel sitzt bereits im Auto am Steuer, während der andere von außen auf meine Frau einschlägt, sie mit brutalen Fußtritten traktiert. Auf den gehe ich instinktiv los. Aber in dem Moment, als ich ihn fast zu fassen kriege, fährt sein Komplize das Auto mit einem Blitzstart rückwärts weg. Mit meiner Frau, die noch drinnen sitzt, und ihrem Peiniger, der draußen an der Beifahrertür hängt.

Kurz darauf, als er weit genug von mir weg ist, macht er eine Vollbremsung. Mit vereinten Kräften werfen die Gauner meine Frau aus dem Auto auf die Straße und rasen mit quietschenden Reifen auf und davon. Dabei hat sie sogar Glück, daß sie weder von der offenen Beifahrertür noch vom rechten Hinterrad erfaßt wird.

Während ich meiner am Boden liegenden Frau zu Hilfe eile, sehe ich noch, daß sich die Täter den Weg für eine schnelle Flucht freigehalten hatten. Denn in dem Moment, als sie mit voller Beschleunigung wegfahren, folgt ihnen genauso schnell ein Komplize in einem Auto, das ganz in der Nähe für den Fall bereitgestanden hatte, daß etwas schiefgehen würde.

Meine Frau ist ganz erheblich verletzt und hat große Schmerzen. Erste Diagnose: schwere Rippenprellungen und ein linker Unterschenkel, der aufgrund der vielen Fußtritte eigentlich nur noch ein einziger Bluterguß ist.

Der ganze Überfall dauerte nicht länger als zwei Minuten. Eine gut vorbereitete, blitzartig ausgeführte Aktion. Eingegriffen hat von den anwesenden Leuten niemand. Auch jetzt, als alles schon vorbei ist, bietet uns niemand Hilfe an. Erst auf unser nachdrückliches Bitten hin ruft ein Angestellter der Tankstelle die Polizei. Allerdings sichtlich widerwillig und ohne dabei irgendwelche Eile an den Tag zu legen.

Unser Auto wird am nächsten Tag in etwa sechs Kilometer Entfernung gefunden – ohne Räder, Lenkrad und Schalthebel. Die Fahrräder, die wir auf dem Dachständer hatten, sind genauso verschwunden wie sämtliches Bargeld, alle Wertsachen und die besseren Kleidungsstücke. Ein Trost: Unsere Papiere sowie alle Scheck- und Kreditkarten und den Schutzbrief haben sie uns gelassen. So können wir in den folgenden Tagen unsere Weiterfahrt organisieren.

Übrigens: Vom deutschen Konsulat erfahre ich, daß an der Tankstelle, an der es uns erwischt hat, schon öfter Raubüberfälle nach dem gleichen Muster abgelaufen seien. Dabei soll es auch zu Messerstechereien gekommen sein, bei denen Touristen, die sich heftig wehrten, schwer verletzt wurden. Der Tankwart stehe im Verdacht, mit den Tätern gemeinsame Sache zu machen.

Die Bande von Barcelona

Noch einmal sind wir auf der A7, jetzt wieder in Spanien. Um Barcelona herum, auf dem gebührenfreien Umgehungsstück, trieb eine südamerikanische Bande jahrelang ihr Unwesen. Überraschte mit simplen Ablenkungstricks erfolgreich ahnungslose Autofahrer, hauptsächlich Touristen. Seit der Olympiade scheint der Spuk vorbei zu sein. Dennoch soll hier ein Opfer zu Wort kommen, denn die Masche läuft immer noch nach dem gleichen Schema. Wenn auch vielleicht nicht mehr in Barcelona. Dann aber mit Sicherheit auf irgendeiner anderen Autobahn. Egal ob mit Feuer, Senf, Farbe oder sonstwas. Ein Sindelfinger erzählt die Feuer-Variante:

Es ist sechs Uhr morgens, ich bin allein auf dem besagten Abschnitt der A7 unterwegs. Irgendwann überholt mich ein Wagen aus Barcelona, in dem drei Männer sitzen. Als sie auf meiner Höhe sind, kurbelt der Beifahrer das Fenster herunter und fängt an, heftig zu mir herüberzugestikulieren. Er ist ganz aufgeregt und zeigt immer wieder auf das Heck meines Autos. Dort scheint etwas nicht in Ordnung zu sein.

Ich fahre also auf den rechten Standstreifen heraus und halte an. Meine drei „Helfer" tun dasselbe und parken ihr Fahrzeug genau vor mir, in etwa zwei Meter Entfernung. Den Motor lassen sie laufen. Kaum stehen wir, springt der Beifahrer vorne heraus und rennt zum Heck meines Wagens. Dort schreit er dann völlig aufgelöst herum, daß ein Feuer unter meinem Auto sei. Daraufhin stürze auch ich aus meinem Auto nach hinten. Sehe gerade noch, wie er ein weißes Tuch, das er offensichtlich vorher unter das Auto gesteckt hat, glimmend und qualmend wieder hervorzieht. Er hat recht, denke ich mir, da brennt es tatsächlich.

„Muchisimas gracias", sage ich ihm voller Dankbarkeit wieder und immer wieder. Aber mein Helfer hört gar nicht zu. Ich solle sofort den Kofferraum aufmachen, gibt er mir hektisch zu verstehen, man müsse ja schließlich den Brandherd suchen. Das klingt einleuchtend. Also öffne ich, gemeinsam räumen wir Stück für Stück das Gepäck heraus. Doch wir werden nicht fündig. Von Feuer keine Spur.

Ich höre auf zu suchen, bin für eine Schrecksekunde lang nicht in der Lage, etwas Vernünftiges zu unternehmen. Dann gehe ich nach vorn und siehe da: Meine zwei Taschen mit allem Geld, den Wertsachen und den Papieren sind weg. Ich hatte sie auf den Beifahrersitz gestellt. Endlich kapiere ich, was hier abläuft. Sofort hechte ich nach hinten, um meinen Feuer-Spezialisten festzuhalten. Doch in dem Moment springt der auf der anderen Seite meines Wagens nach vorn und verschwindet durch die geöffnete Beifahrertür im Auto seiner Freunde. Ich kann nur noch das höhnisch grinsende Gesicht des Fahrers erkennen, dann preschen die Räuber davon. Mir bleibt der Schaden und die schmerzhafte Einsicht, auf ganz dumme Art übertölpelt worden zu sein.

Teurer Cappuccino

Weil sie Italienfans sind, fuhren die Eheleute aus Gronau in Westfalen im Urlaub immer wieder dorthin. Und weil sie schon so oft da waren, haben sich bei den beiden schon ganz bestimmte Rituale eingebürgert. So zum Beispiel der erste italienische Cappuccino: Der mußte bisher jedes Mal gleich hinter der Grenze an der ersten Tankstelle in Italien getrunken werden. So lange, bis folgendes passierte:

Auf jeder Urlaubsreise ist das der einzige Moment, in dem unser Wohnwagengespann unbeaufsichtigt bleibt. Ansonsten stehen wir nur auf Campingplätzen, und da haben wir bisher nie schlechte Erfahrungen gemacht. Im Gegenteil, man konnte seine Sachen eigentlich immer überall relativ ungesichert herumliegen lassen, ohne daß etwas passierte. Also denken wir uns nicht viel dabei, als wir auch dieses Mal auf dem Weg in die Toskana unseren obligatorischen Cappuccino-Stopp einlegen, an einer Tankstelle auf der Autobahn Basel–Mailand. Wir fahren raus, tanken voll und parken dann das Gespann gut verschlossen auf dem Parkplatz, der direkt neben der Tankstelle liegt.

Es dauert etwa zehn Minuten, bis wir unsere Zeremonie mit dem Täßchen Kaffee abgeschlossen haben. Als wir zurückkommen, ist alles aufgebrochen und zerwühlt: das Auto, der Anhänger, der Gasflaschenkasten. Kreidebleich fangen auch wir an zu wühlen, um festzustellen, was fehlt. Wie sich herausstellt, waren die zehn Minuten genug Zeit für die Diebe, ihre Arbeit ordentlich abzuschließen. Denn es fehlen nur die wertvollen Sachen. Über Bargeld und Schecks bis hin zum Kofferradio und der Fotoausrüstung.

Im nachhinein muß man den Gaunern sogar noch Respekt zollen. Denn offenbar fühlten sie sich durch ein Ehepaar gestört, das mit seinem Gespann in unmittelbarer Nachbarschaft stand. Dieses Problems entledigten sich die Diebe elegant, indem sie ihnen auf der von unserem Gespann abgewandten Seite einfach einen Reifen zerstachen. Obwohl die Eheleute während der ganzen Zeit vor Ort waren, als unsere Fahrzeuge geplündert wurden, merkten sie nichts. Sie waren mit ihrem Reifenwechsel beschäftigt.

2. An der Tankstelle betrogen

Der Dicke und der Schein am Boden

Die Geschichte passierte an einer Autobahn-Tankstelle in der Nähe von Mailand. Sie wird erzählt von einem Tiroler aus Kufstein, der an diesem Tag geschäftlich in Italien unterwegs war. Er und ein Kollege fuhren zusammen im Firmenwagen des gemeinsamen Arbeitgebers. Zwei Geschäftsfreunde begleiteten die beiden im eigenen Fahrzeug. Kurz vor Monza fuhr der Mini-Konvoi an die Tankstelle, weil dem Tiroler das Benzin ausging:

Ein freundlicher, dicker Tankwart erwartet uns schon, als wir dort ankommen. Er weist uns sofort zur richtigen Zapfsäule, wo es Bleifrei gibt, und betankt den Wagen. Natürlich habe ich vorher kontrolliert, ob der an der Zapfsäule angezeigte Geldbetrag auf Null steht. Nachdem 51 Liter durchgelaufen sind und der Tank voll ist, bleibt der Zähler bei 74 000 Lire stehen. Im Kopf überschlage ich kurz: 1 Liter kostet 1450 Lire – mit 50 multipliziert: das paßt ungefähr. Man läßt sich ja schließlich nicht gerne übers Ohr hauen.

Da ich einen Beleg brauche und kein Italienisch spreche, deute ich nur auf das Kassenhäuschen, worauf der Tankwart mit mir dorthin geht. Auf dem Weg gebe ich ihm einen 100 000-Lire-Schein. Als der Tankwart an der Tür angekommen ist, dreht er sich um und zeigt mir einen 10 000-Lire-Schein. Freundlich erklärt er mir mittels Notizblock, daß das zu wenig sei. Der zu zahlende Betrag laute 74 000 Lire, da müßte ich schon noch etwas drauflegen.

Seine Sicherheit und Freundlichkeit verwirren mich. Schließlich nehme ich den Zehntausender und zahle mit einem Hunderttausender. Lächerlicherweise passe ich beim Rückgeld ganz besonders auf.

Als ich zum Auto zurückgehe, zähle ich meine Scheine und habe das Gefühl, daß irgend etwas nicht stimmt. Ich setze mich zu meinem Kollegen in den Wagen und bitte ihn, unser am Brenner gewechseltes Geld noch einmal zu zählen. Während ich starte und losfahre, ist er sich plötzlich sicher: 100 000 Lire fehlen. Sofort hupe ich unsere Geschäftsfreunde im zweiten Auto zurück, die schon ein Stück voraus sind.

Einer von ihnen spricht fließend Italienisch. Ich erkläre ihm kurz die Situation, daß ich vermutlich geprellt worden bin. Also aussteigen, rein ins Kassenhäuschen. Er legt sofort los, geht meinen beleibten Tankwart von eben an: „Lieber Freund, du hast einen Hunderter gegen einen Zehner ausgetauscht. Was soll das?"

Der Dicke sitzt hinter der Kasse und wird sichtlich nervös. Seine drei Kollegen stehen hinter uns. Plötzlich erhebt er sich und scheucht sie aus dem Häuschen. Und siehe da, genauso plötzlich liegt ein 100 000-Lire-Schein auf dem Boden. Ich glaube zu träumen: Der Dicke hebt ihn auf und gibt ihn mir. Seine schauspielerische Leistung dabei ist wirklich filmreif. So ein Zufall aber auch, gibt er mir zu verstehen, der Schein müsse doch tatsächlich auf den Boden gefallen sein.

Beim Hinausgehen überlege ich mir noch, ob ich dem Dikken die 10 000 Lire zurückgeben soll, die er bei seinem mißlungenen Trick draufgezahlt hat. Dann komme ich aber doch zu der Überzeugung, daß das idiotisch wäre, und trage meine kleine Beute stolz von dannen.

Ein Finger zuviel

Kurz und knapp ist das Erlebnis erzählt, das ein Ehepaar aus Mandelbachtal bei Saarbrücken an der französischen A 7 hatte. Der Ehemann:

Wir fahren in diesem Jahr mit Freunden im Konvoi. Wir voraus, die anderen hinterher. Bei Montélimar müssen wir tanken. Also geht's an der dortigen Tankstelle raus.

Nachdem das Benzin eingefüllt ist, will der Tankwart den

Ölstand prüfen und fordert uns auf, die Motorhauben zu öffnen. Unsere Freunde tun dies gleich eifrig, also sind sie als erste dran. Der Tankwart mißt mit dem Ölstab nach. Ergebnis: Ein Liter fehlt. Der wird auch gleich nachgefüllt.

Dann sind wir an der Reihe. Wieder die gleiche Prozedur, wieder ergibt die Prüfung: Ein Liter fehlt. Das kommt mir komisch vor, ich will selbst messen. Beim Griff nach dem Ölstab, den der Tankwart immer noch in der Hand hält, kommt es fast zu einem Handgemenge. Der Service-Mann will nämlich das Ding nicht aus der Hand geben. Doch dann kriege ich den Stab zu fassen und prüfe. Mein Ergebnis heißt: Randvoll. Also verzichten wir „dankend" auf noch mehr Öl und fahren weiter, nachdem wir für das Benzin bezahlt haben. Unsere Freunde bezahlen Benzin und Öl, und weiter geht die gemeinsame Fahrt.

In Montélimar halten wir an, um dort in einem Hotel zu übernachten. Bevor es auf die Zimmer geht, schauen wir noch in den Motor unserer Freunde. Die Prüfung des Ölstandes ergibt: 7 Millimeter über Maximum. Der Kerl hat sie also auf den Arm genommen. Das Lehrgeld, das sie bezahlen mußten, war immerhin ein Betrag von 91 Francs.

Zweimal an gleicher Stelle

Noch einmal eine Geschäftsreise, diesmal vom Gotthard runter nach Mailand. Am Steuer eines Dienstwagens ihrer Firma sitzt eine Freiburgerin, die auf dieser Strecke öfters unterwegs ist:

Gleich nach der italienischen Grenze bei Chiasso fahre ich raus zum Tanken. Es dauert nicht lange, da beginnt ein Tankwart, meine Scheiben zu säubern. Nach einiger Zeit hält er mir den abgezogenen Gummistreifen eines Scheibenwischers unter die Nase. Sein Kommentar: „Den müssen wir ja wohl sofort ersetzen, so kaputt wie der ist."

Obwohl es während der gesamten Fahrt bis hierher geregnet hat, habe ich von einem defekten Scheibenwischer nichts bemerkt. Also kommt es mir schon komisch vor, was der Tankwart da in der Hand hält. Aber es ist auch der Gummi der Beifahrerseite. Vielleicht ist mir deshalb nichts aufgefallen. Und da es diese Gummis einzeln nicht gibt, lasse ich eben beide Wischerblätter auswechseln.

Ich zahle mit einem komischen Gefühl. Unsere Dienstwagen sind doch immer sehr gut gepflegt! Drei Minuten später will ich mir den Gummi noch einmal zeigen lassen. Aber er läßt sich nicht mehr finden, ist auf rätselhafte Weise verschwunden. Jetzt bin ich mir ziemlich sicher, daß mich der Kerl aufs Kreuz gelegt hat.

Die Freiburgerin muß ein halbes Jahr später auf einer anderen Dienstreise wieder an der gleichen Stelle tanken. Diesmal ist sie schon auf der Rückreise. Sie fährt also nicht an die Tankstelle mit den Wischerblättern, sondern an die der Gegenrichtung:

Wieder regnet es in Strömen, wieder bin ich in Zeitdruck. Aber ich habe die Gummis von der anderen Seite noch nicht vergessen, bin also im Geiste auf kleine Betrügereien eingestellt.

Nach dem Tanken weist mich der Tankwart auf den Auspuff meines Wagens hin. Seiner Ansicht nach gelange unverbrannter Diesel in den Auspuff und entzünde sich da. Das könne man deutlich sehen. Ich habe von Technik keine Ahnung und erkundige mich: „Ist das schlimm?“ „Mal sehen“, meint der Mann im Overall und schaut unter die Motorhaube.

Kurz darauf zeigt er mir einen Luftfilter, angeblich meinen. Darauf gibt es einige schwarze Stellen, nach seiner Meinung eindeutig Spuren der unkorrekten Verbrennung. Der Tankwart: „So können Sie nicht weiterfahren, den müssen wir austauschen.“

Jetzt geht das schon wieder los, denke ich mir. Was mache ich bloß? Es ist schon später Abend und es regnet und ich will heil nach Hause kommen. Was mir auf der weiteren Fahrt noch alles passieren kann, wenn er mit seinem „Schaden“ recht hat, weiß ich nicht.

Auf der anderen Seite stinkt das Ganze zum Himmel. Das ist doch genau das gleiche Strickmuster wie beim Wischerblatt. Ich verfluche meine Unwissenheit in Kfz-Dingen! Was tun?

Ich entscheide mich für einen neuen Filter, weil die Angst vor einer Panne größer ist als mein Mißtrauen.

„Aber den defekten Filter will ich haben", sage ich zum Tankwart. „Wie Sie wünschen", sagt der ganz freundlich und überreicht mir das „Corpus defecti" wenig später in einem Karton. Ich zahle und fahre heim.

Zu Hause muß ich allerdings leider erfahren, daß ich kräftig gelinkt worden bin. Als ich den Filter aus dem Karton hole, kommt tatsächlich ein total schwarzes Ding heraus. Dagegen war der leicht befleckte Filter, den ich an der Tankstelle gezeigt bekam, eine Insel der Jungfräulichkeit. Außerdem stammt das Objekt im Karton von einem ganz anderen Auto, hat den Motor meines Dienstwagens nie gesehen. Der gleiche Trick wie bei den Wischerblättern. Und ich bin zwei Mal darauf hereingefallen!

Zwei Schläge mit der Faust

Einem Stuttgarter und seiner Frau passierte an einer Tankstelle auf der A 1 zwischen Mailand und Rimini folgendes:

Als wir vorfahren, kümmern sich gleich zwei Tankwarte um uns. Der eine winkt uns durch zum zweiten, der dann den Tank füllt. Kurz bevor es ans Zahlen der 63 000 Lire geht, die auf der Zapfsäule angezeigt sind, stürzt der erste herbei und präsentiert uns aufgeregt in einem wahren Schwall von Worten irgendein Gewinnspiel. Immer wieder will er uns davon überzeugen, wie einfach alles sei. Erklärt umständlich den Gebrauch der Rubbelkarten, die er verkaufen will. Aus dem Augenwinkel sehe ich, wie währenddessen sein Kollege zweimal mit der Faust gegen die Zapfsäule schlägt.

Irgendwann habe ich den mit den Rubbelkarten abgewimmelt. Nun will ich endlich zahlen und dann weiterfahren. Zu meiner Überraschung steht aber jetzt auf der Zapfsäule der Betrag von 92 000 Lire. Auch die angegebene Literzahl ist plötzlich nach oben geschnellt. Meine ganzen Protestversuche nützen nichts, ich kann den Betrug nicht beweisen. Zähneknirschend müssen wir den manipulierten Betrag berappen. Die Faustschläge brachten den Kerlen einen Reingewinn von 30000 Lire.

Undicht gemacht

Gerade hatten sie ihren schönen Renault 11 aus der Inspektion geholt. Wie aus dem Ei gepellt stand er da für die Urlaubsreise zum Gardasee. Auf dem Kennzeichen prangten nagelneue TÜV- und ASU-Plaketten, Öl- und Kühlwasserstand waren frisch kontrolliert. Besser präpariert konnte die Familie aus Solingen mit ihrem Auto für die Reise in den Süden nicht sein. Am Ende war es die übergroße Besorgtheit um das Wohl des Familien-Vehikels, die die Solinger auf einen Tankwart in Österreich hereinfallen ließ:

An der letzten Autobahn-Tankstelle vor der Grenze nach Italien halten wir an, um zu tanken. Der Tankwart leistet seinen üblichen Service und fragt am Ende, ob Öl und Wasser in Ordnung seien. Wir haben zwar keine Bedenken, lassen aber trotzdem nachsehen. Ergebnis: Alles in Ordnung. Jetzt schaut der Mann im Overall in den Öleinfüllstutzen und macht mit einem Mal ein bedenkliches Gesicht. „Ihr Öl ist schlecht, es hat zu wenig Schmierkraft.“ Als wir ihm erzählen, daß wir nach Italien unterwegs seien, wird sein Gesichtsausdruck noch finsterer. „Ich empfehle Ihnen einen Ölwechsel noch vor der Grenze – in Italien weiß man ja nie!“ Entscheiden müßten aber wir, fügt er zurückhaltend hinzu.

Uns kommen Bedenken, und wir lassen den Ölwechsel machen. Lieber auf der sicheren Seite sein, sagen wir uns. So kommt das Auto auf die Hebebühne, der Tankwart beginnt, die Ölablaßschraube zu bearbeiten. Aber er bringt sie nicht auf, muß seinen Kollegen zu Hilfe rufen. Mit Hammer und Schraubenzieher gehen sie auf das Ding los, dann erst hat ein Nußsteckschlüssel Erfolg.

Als das Öl schon fließt, lasse ich mir die Schraube zeigen. Ihr Vierkantansatz ist total demoliert. Deswegen, behauptet der Tankwart, habe er so große Schwierigkeiten gehabt. Nachdem die Schraube wieder sitzt und das neue Öl eingefüllt ist, zahlen wir. Dann schaue ich noch einmal unter den Wagen und kontrolliere: Das Schutzblech gegen Steinschlag ist wieder dran, und alles ist trocken. Also fahren wir weiter.

Es geht über die Grenze nach Italien, und schon bald, auf der Höhe von Sterzing, machen wir an einer Raststätte Pause. Als wir nach einer Brotzeit frisch gestärkt zum Wagen zurückkommen, hat sich unter unserem Auto ein großer Ölfleck gebildet, und aus dem Motor tropft stetig Öl auf den Boden. Bis zum Gardasee wird es schon noch halten, hoffen wir, und setzen unsere Fahrt fort.

Und wirklich, wir kommen gut an. Nicht weit von unserem Urlaubsquartier gibt es eine Renault-Werkstatt, die wir natürlich gleich ansteuern. Dort stellt sich heraus, daß das innere Schraubprofil der Ablaßschraube völlig flachgeklopft ist. Klar, daß da das Öl herausfließt. Das waren Hammer und Schraubenzieher unseres „netten" Tankwarts in Österreich.

Zwischen Steinschlagschutz und Ölwanne hat er ein Bündel alter Lappen geklemmt, die logischerweise mit Öl durchtränkt sind. Eine richtige Schweinerei. Er hat genau gewußt, daß er die Schraube kaputtgemacht hat. Also klemmte er die Lappen unters Auto, damit kein Öl tropfte, solange wir uns an seiner Tankstelle aufhielten. Der Ölwechsel selbst war mit Sicherheit auch nicht nötig.

3. Hier kommen Ganoven zum Zug

Postwendend zurück

Es sollte nach Spanien gehen. Für die Eheleute aus Seevetal bei Hamburg ein langer Weg. Zuviel Autostreß, dachten sie sich. Und entschlossen sich deshalb, das Stück zwischen Karlsruhe und Narbonne in Südfrankreich mit dem Autoreisezug zurückzulegen:

Unsere vorbestellten Liegewagen-Plätze sind tatsächlich reserviert, als wir in Karlsruhe den Zug besteigen. Offensichtlich ist er nicht ausgebucht, denn wir bleiben in unserem 6er-Abteil allein. Das finden wir überhaupt nicht unangenehm und freuen uns auf eine gemütliche Zugfahrt zu zweit. Vor dem Schlafengehen werden die Vorhänge zugezogen, und die Tür wird von innen verriegelt. Dann machen wir uns lang.

So gegen fünf Uhr morgens werden wir beide wach. Die Schiebetür steht einen Spalt offen. Die Reisetasche mit den Utensilien wurde offensichtlich durchwühlt, aber es fehlt nichts. Dann der Griff zu unseren beiden Umhängetaschen, auf die wir unsere Wertsachen gleichmäßig verteilt hatten: Ausweise, Geld, Schecks, Scheckkarten, Schlüssel und so weiter. Beide Taschen sind weg und mit ihnen ihr wertvoller Inhalt.

Als wir völlig aufgelöst auf den Zuggang hinaustreten, treffen wir dort unsere noch viel aufgelösteren Abteil-Nachbarn. Auch sie wurden ausgeraubt, auch sie haben nichts bemerkt. Auch sie sind sich sicher: Wir wurden mit Gas betäubt.

In Narbonne wird der Horror dann noch gekrönt: Wir können unser Auto nicht abladen, weil wir ja keine Schlüssel mehr haben. Die inzwischen eingetroffene Dolmetscherin der französischen Bahngesellschaft kann oder will uns nicht weiterhelfen. Sie sagt, es sei unmöglich, an einem Sonntag wie heute eine Fachwerkstatt aufzutreiben, die unser Auto wieder flottmachen könnte. Ihr Angebot: Auf Kosten der Bahn mit dem Gegenzug zurückfahren.

Nach langem Zögern nehmen wir an und setzen uns frustriert in den Gegenzug. In Karlsruhe kann die Bahnhofsleitung dafür sorgen, daß unser Auto in Gang gesetzt wird und wir die Reststrecke bis Hamburg im Auto zurücklegen können. So sind wir drei Tage nach unserer Abfahrt wieder im trauten Heim anstatt im sonnigen Spanien. Um eine Erfahrung reicher und um viele Wertsachen ärmer.

Besuch von draußen

Ein Franke aus Waldbrunn bei Würzburg erlebte sein blaues

Wunder, als er im sogenannten „Attika-Expreß", einem Autoreisezug, der von München nach Athen fährt, unterwegs war:

Da es an diesem Tag sehr heiß ist und ich mit meinem Wagen von Würzburg bis München anreisen mußte, bin ich nach der Autoverladung reichlich müde. Ich ziehe mich ziemlich bald nach der Abfahrt um acht Uhr abends in mein Abteil zurück und gehe früh ins Bett.

Kurz nach fünf Uhr morgens wache ich auf. Ich höre Geräusche vom Fenster, schaue dorthin. Das darf doch nicht wahr sein, denke ich mir: Wache oder träume ich? Leider bin ich hellwach, und was ich sehe, ist die reine Wahrheit: Bei fahrendem Zug kommt ein junger Mann von draußen durch den oberen Teil des Fensters in mein Abteil geklettert. Während ich noch über das Unglaubliche staune, steht er schon mitten im Abteil. Da komme ich zu mir und schreie so laut ich kann: „Raus hier, raus hier!" Der Kerl erwidert, er sei von der Polizei. Darauf ich wieder, immer noch im Bett liegend: „Raus hier, hauen Sie endlich ab!"

Jetzt geht er. Seelenruhig, ohne jede Hast. Die von innen verschlossene Abteiltür öffnet er fachmännisch, so als würde er das öfter machen. In dem Moment springe ich auf und schaue durch die jetzt offene Tür auf den Gang hinaus, um zu sehen, wohin mein Besucher geht.

Er geht nach links, wo schon zwei andere Gangster auf ihn warten. Was tun, fährt es mir durch den Kopf: Die Notbremse ziehen? Nein, dann können sie ja bequem entkommen. Also mache ich lieber nichts, beschließe ich. Und bringe mich selbst in Sicherheit, indem ich zurückgehe ins Abteil und von innen verschließe.

Ich gehe ans Fenster, um mich zu orientieren, wo wir sind. Nach einer Weile passieren wir einen Bahnübergang, an dem lauter Autos mit ungarischen Kennzeichen warten. Also klar: Wir sind in Ungarn.

Etwa zwei Stunden später hält der Zug in einem Bahnhof. Auf einem Schild erkenne ich den Ortsnamen Kalebia. Auf dem Bahnsteig ungarische Soldaten und Bahnbeamte. Einer von ihnen sagt mir durchs offene Fenster, daß wir nur noch etwa zehn Kilometer von der serbischen Grenze entfernt seien. Kurz darauf sind die Uniformierten schon im Waggon. Sie fordern alle Autobesitzer auf, zu den Waggons mit den Autos zu kommen.

Also steige auch ich aus und gehe vor. Vorne hat sich eine Menschenmenge rund um die Autos angesammelt, es herrscht allgemeiner Wirrwarr. Viele Autobesitzer sind schon da und diskutieren aufgeregt. Besonders die Griechen machen ihrem Ärger lauthals Luft. Mit Recht. Denn so gut wie jedes Auto auf den Verladewaggons wurde während der Zugfahrt aufgebrochen und ausgeraubt.

Ich steige zu meinem hinauf. Auch mein Auto wurde geplündert. Im Kofferraum-Schloß steckt noch ein abgebrochener Nachschlüssel. Im Inneren des Wagens das helle Chaos. Alles wurde durchwühlt. Sämtliche Taschen und Koffer sind auf, die Sachen liegen wild verstreut. Alle einigermaßen wertvollen Dinge fehlen: Fotoapparat, Fernglas, Kasettenrekorder und die 5000 DM in bar, die ich glaubte, so gut versteckt zu haben.

Die Soldaten schauen sich alles genau an und rufen dann die Polizei. Die kommt nach zwei Stunden und fertigt einen Bericht an. Das dauert noch einmal zwei Stunden, dann fährt der Zug weiter über die Grenze nach Ex-Jugoslawien.

In Belgrad steigt ein Schaffner zu, der gut Englisch kann. Ich spreche ihn auf den Vorfall an. Darauf erklärt er mir, daß auf dieser Strecke andauernd solche Dinge passieren. „Wir Schaffner wehren uns am besten nicht dagegen, sondern schauen einfach weg." Er erzählt von einem Vorfall, bei dem kürzlich ein Kollege, der Widerstand leistete, mit sechs Messerstichen schwer verletzt worden sei.

Dann beruhigt er mich: „Keine Sorge, diese ausgekochten Profis schlagen nur in Ungarn zu." Und tatsächlich, er behält recht. Die restliche Reise durch Ex-Jugoslawien, Makedonien und Griechenland verläuft Gott sei Dank ruhig. Mit meinen Verlusten und dem Schaden am Auto bin ich auch so reichlich bedient.

II. Der Deutsche und sein Auto

4. Spurlos verschwunden

14 Stunden lang geweint

Um die folgende Geschichte richtig einschätzen zu können, muß man sich klarmachen, daß manche Leute ein ganz besonderes Verhältnis zu ihren Autos haben. Nicht negativ, nicht gleichgültig, nicht positiv. Nein, so eine Beziehung kann viel mehr sein. Fürsorglich und inniglich etwa, als wäre das Stück Blech lebendig. Als wäre es ein Pudel oder gar eine Art Menschlein. Ein Kumpel, ein guter Freund. Es soll sogar Autobesitzer geben, die ihre erotischen Erlebnisse am liebsten mit ihren vierrädrigen Lieblingen teilen.

Welches Verhältnis ein Ehepaar aus Geiselwind bei Würzburg zu seinem Wohnmobil hatte, möge jeder für sich selbst beurteilen. Der Ehemann gibt mit seinen Ausführungen Hilfestellung:

Ich möchte Ihnen hiermit – rein informativ – kurz den Lebenslauf unseres Wohnmobils schildern, damit Sie einen kleinen Einblick in den Wert des Fahrzeugs gewinnen:

Vor zwei Jahren kratzte meine Freundin und jetzige Frau unsere gesamten Ersparnisse zusammen, damit wir einen komplett ausgestatteten VW-Bus im Alter von zweieinhalb Jahren erstehen konnten. Wir zahlten dafür 28000 DM. So ging ein lange Jahre gehegter Traum endlich für uns in Erfüllung.

Viele Stunden verbrachten wir damit, den „Bulli“ noch optimaler, wohnlicher und bequemer auszustatten. Nach jedem Urlaub oder Kurztrip wurde das Fahrzeug perfekter. Und da ich selbst Mechaniker bin, hatte es auch von der Pflege und Wartung her nur das Beste bekommen.

Die Service-Intervalle verdoppelte ich, und nach jeder Benützung erfolgte eine pingelige Reinigung. Wenn der Bulli nicht gebraucht wurde, stand er natürlich gut geschützt in einer Garage.

Vor einem Jahr heirateten wir und verbrachten sogar unsere Hochzeitsnacht in dem Wohnmobil. Auch die folgenden dreiwöchigen Flitterwochen spielten sich hauptsächlich in dem Fahrzeug ab.

Und jetzt ging die Reise mit dem außergewöhnlichen Wohnmobil nach Rom. Eine schicksalhafte Reise, die in einem Meer von Tränen enden sollte. Wieder erzählt der Ehemann:

Morgens um sieben kommen wir mit unserem Bulli in Rom an. Bis zu diesem Zeitpunkt verlief unsere Fahrt problemlos. Das soll auch hier in der italienischen Hauptstadt so bleiben. Deshalb beschließen wir, den Bus nicht mit ins Zentrum zu nehmen und auf öffentliche Verkehrsmittel umzusteigen.

Etwa sieben Kilometer vor dem eigentlichen Stadtkern parken wir das Wohnmobil. Ein komfortabler Parkplatz direkt an der breiten und vielbefahrenen Straße, die zum Zentrum führt. Nicht weit von einer Tankstelle, von der aus die Tankwarte ständig Sichtkontakt zum Fahrzeug haben. Eine Tatsache, die uns das Gefühl gibt, das Auto nicht allein zu lassen.

Wir schließen gut ab und marschieren los. Schon nach 300 Metern finden wir eine U-Bahn-Station. Um etwa 7.30 Uhr steigen wir in die U-Bahn ein und tuckeln einem schönen Tag in Rom entgegen.

Am späten Nachmittag geht es wieder zurück, zu der Straße, in der unser Wohnmobil steht. Oder besser gesagt: stand. Denn als wir ankommen, ist es weg! Wir sind wie gelähmt vor Schreck. Können nicht glauben, daß uns jemand so etwas antut. Aber was wir nicht wahrhaben wollen, ist leider die nackte Wahrheit.

Also muß etwas passieren, wir gehen zur Polizei. Dort stellt man uns zwar eine Verlustbescheinigung aus. Aber darin ist nicht einmal Fahrzeugart, Farbe, Kennzeichen oder Fahrgestellnummer unseres Autos vermerkt. Geschweige denn irgendeines der anspruchsvollen Details des Fahrzeugs. Auch der

Tatort wird nicht festgehalten oder gar in Augenschein genommen. Das einzige, was die Polizisten für uns tun: Sie versichern sich per Telefon, daß der Wagen nicht etwa abgeschleppt wurde.

Das ist alles. Keine Fahndung, nichts. Eine halbe Stunde, nachdem wir in die Polizeistation gegangen sind, stehen wir schon wieder draußen auf der Straße. Mit Tränen im Gesicht. Wir haben nichts mehr außer dem, was wir am Leib tragen: Klamotten und Papiere.

So suchen wir uns ein bezahlbares Hotel für eine Nacht. Mitten in Rom. Als wir irgendwann eines finden, sind wir total am Ende. Die Kleider kleben am Körper, der Schädel brummt.

Am nächsten Morgen gibt es nur noch eins: Nichts wie weg von hier! Ab Richtung Norden, so schnell es geht. Wir nehmen den ersten Zug, der uns nach Franken bringt. Sitzen weinend 14 Stunden lang im Abteil, bis wir ankommen.

Was uns der VW-Camper bedeutet hat, wird nie jemand ergründen. Am allerwenigsten die Diebe. Diesen Wert wird uns niemand ersetzen können. Was bleibt, ist nur die Erinnerung.

Keiner hilft, und dann noch diese Anrufe

Ein Ehepaar aus Hamburg war im Auto unterwegs, um sich die nordspanische Pilgerstadt Santiago de Compostela anzuschauen. Durch Frankreich ging alles gut, auch der Hopser über die Pyrenäen verlief ohne Komplikationen. Danach waren die beiden logischerweise in Spanien. Aber nicht lange. Denn die Reise durch Spanien wurde leider eine sehr kurze. Warum, verrät uns die Ehefrau:

Gleich nach der Grenze machen wir bei Roncesvalles halt und schauen uns das dortige Kloster an. Danach geht es auf der Straße nach Pamplona weiter bis zu dem Besichtigungspunkt Puerto Erro. Hier ist es sehr einsam, aber auch sehr hübsch. Um uns die schöne Gegend besser anschauen zu können, beschließen wir, ein paar Schritte zu Fuß zu gehen.

Also wird das Auto geparkt und gut abgesperrt. Vorher verstauen wir das Gepäck im Wageninneren so, daß es von außen keiner sieht. Außer unserem Fahrzeug stehen noch zwei andere da. Beide gehören Touristen, die wie wir durch die Gegend streunen und die herrliche Landschaft genießen.

Ich mache einige Fotos, dann steigen wir eine kleine Anhöhe hinauf. Na ja, und in die Büsche, um sich ein wenig „die Beine zu vertreten“, muß man ja schließlich auch mal. Nach Erledigung unserer Geschäfte widmen wir uns wieder dieser zauberhaften Natur hier. Schade nur, daß es sehr kalt ist. Nach meiner Einschätzung weniger als fünf Grad.

Bald frieren wir, haben keine Lust mehr. Das heißt: Zurück zum warmen Auto, so schnell es geht. Es dauert nicht lange, und wir sind am Parkplatz. Und was müssen wir da sehen? Einen leeren Parkplatz, richtig! Das Auto ist weg, einfach verschwunden. Kein Witz, keine Täuschung, es ist schlicht und ergreifend gestohlen. Einziger Trost: Bargeld und Schecks sind uns geblieben, weil mein Mann die Sachen immer bei sich trägt. Zum Glück sind Spanier, die mit ihrem Fiat gerade auf den Parkplatz fahren, sehr hilfsbereit und bringen uns sofort ins neun Kilometer entfernte Zubiri, wo es ein Polizeirevier gibt.

Erst jetzt beginnt unser eigentlicher Alptraum. Was die Polizei liefert, finden wir einfach unmöglich. Ihre einzige Maßnahme: Sie rufen unser Auto zur Fahndung aus. Ansonsten behindern sie uns nur noch. Die Telefonnummern zum Beispiel, die sie uns vom ADAC in München und vom Konsulat in Barcelona geben, sind falsch. Die Auskunft, daß es von Pamplona nach Barcelona keine Züge gebe, ist auch falsch. Und so weiter und so weiter. Nur die Bestätigung über den Diebstahl, die wir später noch erhalten, die ist richtig.

Am nächsten Tag machen wir uns auf den Weg nach Barcelona, weil von dort die Zugverbindungen nach Hamburg am günstigsten sind. Teilweise per Anhalter, teilweise per Bummelzug. Ein einziges Abenteuer, aber wir kommen am Bahnhof der katalanischen Hauptstadt an.

Die dort vertretene Bahnpolizei hilft uns nicht weiter, die Telefone funktionieren auch nicht. Zugverbindungen können wir erst am nächsten Tag erfahren. Von da an geht's dann aber schnell. Schnell sitzen wir im Zug und schnell sind wir zurück in Hamburg.

Eine Woche später klingelt abends um 22 Uhr das Telefon. Es meldet sich ein Mann, der sich als „Gesandter“ der Botschaft in Madrid vorstellt. Er will uns weismachen, daß unser gestohlenes Auto auf einer Wiese bei Pamplona abgeschlossen vorgefunden und von der Polizei sichergestellt worden sei.

Sofort marschieren wir zur Kripo und erzählen von dem Anruf. Die meint, es könne sich um einen Trick handeln, um uns für längere Zeit aus der Wohnung zu locken und diese dann in aller Seelenruhe auszuräumen. Also rufen wir die Botschaft in Madrid an. Dabei stellt sich heraus, daß es dort überhaupt keine Gesandten gibt. Von unserem Diebstahl hat man noch nie etwas gehört. Also doch Gauner! Da haben sie uns schon das Auto geklaut und jetzt wollen sie den Rest.

Auf der Stelle lassen wir unser Haustürschloß auswechseln und die gestohlenen Schecks sperren. Die Fenster werden jetzt immer ordentlich verriegelt. Vor allem auch deswegen, weil es in den folgenden Tagen noch einige Anrufe gibt, bei denen sich die Anrufer nicht melden.

Nach etwa einer Woche ist Schluß mit dem Test-Geklingele. Wir haben unsere Ruhe, es gibt kein Nachfolgeverbrechen. Gott sei Dank. Einziger Schaden, der bleibt: alle Sachen, die wir zum Zeitpunkt des Diebstahls im Auto hatten. Die Hausratversicherung kommt dafür nicht auf. Dafür bezahlt aber der ADAC die Rückfahrkosten und die Kasko den gestohlenen Wagen. Dies aber auch nur, nachdem sich mein Mann vorher am Telefon einen der leitenden Herren der Versicherung geben ließ und mit ihm hart verhandelte.

Die Joyrider vom Elsaß

Ein Geschwisterpaar aus Deggendorf im Bayerischen Wald wollte Urlaub im Schwarzwald machen. Eine Rundreise sollte es werden, die an einem Samstag gestartet wurde. Den folgenden Sonntag wählten die beiden schon für einen ersten Höhepunkt, den Abstecher nach Straßburg. Sonntag deshalb, weil es in der Stadt weniger Verkehr und mehr Parkplätze gibt. Die Schwester fährt mit der Erzählung fort:

Es klappt wie geplant. Am Rand der Altstadt, ganz in der Nähe des Münsters, finden wir problemlos einen wunderbaren Parkplatz für den Golf meines Bruders. Alle Fenster hochgekurbelt, Lenkradschloß eingerastet, Gepäck nicht sichtbar im Kofferraum verstaut, alle Türen abgesperrt: unbesorgt machen wir uns auf den Weg zum Stadtbummel.

Als wir mittags zurückkommen, ist das Auto verschwunden. Der Parkplatz ist leer und wir stehen da mit Fotoapparat, Regenschirm und Stadtführer in der Hand. Zum Glück sind Papiere und Geld in unseren Brustbeuteln, und die hängen an unseren Hälsen.

Ich gehe ins nächste Lokal und frage, ob ich die Polizei anrufen darf, „weil uns das Auto gestohlen wurde". Die Antwort: „Schon wieder eins! Die Polizei kommt deswegen leider nicht. Sie müssen selbst im Kommissariat Anzeige erstatten." Hilfsbereit rufen uns die Leute ein Taxi.

Das kommt auch bald, wir steigen ein. Erzählen dem Fahrer sofort unser Mißgeschick. Er meint: „Das ist ganz schön schlimm hier. Besonders auf die kleinen Modelle wie Opel, Golf oder Jetta haben sie es abgesehen. Und wenn man die Autos wiederfindet, sind sie kaputtgefahren." Trübe Aussichten, denken wir uns.

Auf der Polizei gibt es einen Beamten, der etwas Deutsch spricht. Das Protokoll zu erstellen ist also kein Problem. Der Mann hat außerdem große Routine mit gestohlenen Autos. Aus Erfahrung rät er uns: „Bleiben Sie noch bis morgen in der Stadt. Sie haben gute Chancen, daß wir Ihr Auto bald wiederfinden."

Also gut. Wir riskieren die Kosten von 120 DM für ein Hotelzimmer und bleiben eine Nacht. Am Bahnhof wechseln wir Geld und erkundigen uns schon mal auf alle Fälle nach einer Zugverbindung in den Bayerischen Wald. Das hilft uns dann auch am nächsten Tag, denn der Golf bleibt verschollen. Wir machen noch einmal jeder 140 DM locker (insgesamt also

280 DM) und setzen uns in den Zug. Acht Stunden dauert die Fahrt, dann sind wir zu Hause. Es ist inzwischen Montag abend.

Den Dienstag, an dem wir ja eigentlich wie die ganze Woche über Urlaub im Schwarzwald machen wollten, verbringen wir mit lästigen Besorgungen in Deggendorf. Zuerst die Anzeige bei der Polizei, damit das Auto auf die Fahndungsliste kommt. Dann die Abmeldung auf der Zulassungsstelle. Ein riesiges Bürokratenproblem, wie sich herausstellt. Denn unser Protokoll ist auf Französisch abgefaßt. Und in deutschen Amtsstuben zählt das nicht, weil die Amtssprache in Deutschland Deutsch ist. Also zurück zur deutschen Polizei und von dort eine Bestätigung über den Diebstahl holen. Dann mit den Versicherungen telefonieren. Und: Zahnbürsten, Haarbürsten, Fön, Rasierapparat und all diese Dinge besorgen. Die waren ja schließlich im Auto drin, fehlen also auch.

Samstag mittag läutet das Telefon: die Polizei von Straßburg. Das Auto sei gefunden worden. Leicht beschädigt und ohne Gepäck, aber fahrbereit. Sonntag morgen um vier machen wir uns noch einmal auf den Weg. Diesmal im Auto meines zweiten Bruders, der als Verstärkung mitkommt.

In Straßburg angekommen, schicken uns die Polizisten zu der Garage, wohin sie den Golf abgeschleppt haben. Wir sollen den Schaden feststellen. Als wir dort ankommen, ist unser Entsetzen groß. Das Auto bietet ein Bild des Jammers. Ein Rad ist total demoliert, die Felge stark eingedrückt. Die Spur vorne ist verzogen, das Dreiecksfenster hinten rechts eingeschlagen. In alle Türen wurden Löcher gebohrt, überall zerkratzter Lack. Lenkradschloß, Instrumentenblende, Kofferraumdeckel: alles gebrochen oder herausgerissen. Der gesamte Innenraum voller Glassplitter, Plastikteile und wertloser Reste unseres Gepäcks.

Dieses Desaster müssen wir jetzt noch einmal bei der Polizei zu Protokoll geben. Danach mit einer Kopie des Berichts wieder zurück zur Garage, 238 DM hinblättern für das Abschleppen und Unterstellen des Autos. Dann haben wir ihn wieder, unseren armen Golf.

Jetzt heißt es erst einmal die kaputte Scheibe verkleben, das zerstörte Rad durch das Notrad auswechseln und die roten Kennzeichen montieren, die sich meine Brüder noch auf die Schnelle bei einem befreundeten Autohändler in Deggendorf ausgeliehen hatten.

So zockeln wir also im Schleichtempo hinüber nach Kehl, weil in Straßburg am Sonntag keine Werkstatt auf hat. In Kehl ist aber auch nichts los, also müssen wir noch 20 Kilometer weiter bis Offenburg, wo es einen Pannendienst gibt. Die Fahrt ist recht abenteuerlich. Nicht nur wegen dem Notrad. Auch das zerstörte Lenkradschloß droht bei jeder schnelleren Lenkbewegung einzurasten.

Wir schaffen es aber. Beim Pannendienst wird der Golf notdürftig zusammengeflickt, so daß er die 550 Kilometer bis nach Hause durchsteht.

Insgesamt haben wir einen beträchtlichen Schaden. Größter Posten: Die Hausratversicherung bezahlt uns nichts für das gestohlene Gepäck. Begründung: Der Diebstahl fand im Ausland statt.

Nicht einmal Hilfe von Havel

Ein Mann aus Immenstaad am Bodensee in Prag. Zusammen mit seiner Lebensgefährtin in der Stadt der Kaiser und Könige. Ein Grund, ins Schwärmen zu geraten:

Welch faszinierende Stadt! Der Hradschin *(die Prager Burg)*, die Karlsbrücke, das Goldmachergäßchen, der Altstadtplatz. Es gibt unglaublich viel zu sehen. Auch wenn es wie heute regnet. Der Charme dieser historischen Stadt bleibt. Egal, wie häßlich das Wetter ist.

Wir genießen unseren Stadtbummel ausgiebig. Kein Gedanke an unser Auto. Warum auch. Wir haben es ja auf einem bewachten Parkplatz direkt am Bahnhof abgestellt und für die Bewachung bezahlt.

Aber irgendwann werden uns die Füße müde. Trotz der großen Faszination zieht es uns zurück zum Auto. Doch was müssen wir sehen, als wir am Parkplatz ankommen? Das Auto ist weg, einfach weg! Empört stürzen wir uns auf die drei Parkwächter, die ja schließlich dafür da sind, so etwas zu verhindern. Aber wir ernten nur Unverständnis. Sie wissen angeblich nichts und haben auch nichts gesehen. Nur nach penetrantem Bohren können wir einen der drei dazu bewegen, wenigstens die Polizei anzurufen. Dabei kommt aber auch nicht mehr heraus als die Auskunft, daß wir uns zur Polizeiwache zu begeben hätten, was wir dann auch tun.

Nach einer halben Stunde sind wir da. Auf dem Weg machen wir uns klar, daß wir mit der Polizei Geduld haben müssen. Mit deutschen, computergestützten, durchorganisierten Verhältnissen können wir nicht rechnen.

Was uns aber auf der Wache an Gleichgültigkeit entgegenschlägt, entsetzt uns dann doch: 90 Minuten Wartezeit. Keinerlei Bereitschaft, das Fahrzeug als gestohlen zur Fahndung herauszugeben. Nicht einmal ein Telefonbuch von Prag, um mit der Deutschen Botschaft Kontakt aufnehmen zu können. Keine Erlaubnis, den Diebstahl telefonisch nach Deutschland zu melden. Trotzdem wir perfekt Tschechisch sprechen, interessiert sich hier keiner für unsere Notsituation.

Als das Protokoll nach zwei Stunden endlich fertig ist, bekommen wir nicht etwa einen von den drei Durchschlägen, die angefertigt wurden. Diese Durchschläge seien nicht für uns bestimmt, bekommen wir zu hören. Wir sind gezwungen, das Protokoll per Hand abzuschreiben, um für uns und die Versicherung ein Exemplar zu ergattern. Nach dieser nervenaufreibenden Prozedur bekommen wir als Krönung von den Beamten noch den Hinweis, uns mit der Hotelsuche zu beeilen, da nachts die Gefahr, auf der Straße überfallen zu werden, sehr groß sei.

Am anderen Tag können die beiden ihre Rückreise organisieren. Wieder zu Hause, sind die Beraubten immer noch maßlos empört darüber, wie schlecht sie im östlichen Nachbarstaat behandelt wurden. Die Empörung gipfelt in einem Schreiben an den Präsidenten der damaligen Tschechoslowakei, Vaclav Ha-

vel, in dem das Unmögliche in reichlich überheblicher Form gefordert wird. Überflüssig zu erwähnen, daß der Brief keine Wirkung zeigte:

Sehr geehrter Herr Präsident Havel,
wir haben die tschechische Grenze bei der Anreise freudig überquert und mußten Ihr Land mit einem großen materiellen Verlust und voller Enttäuschung wieder verlassen.

Der Schaden an gestohlenen Wertsachen liegt bei 7500 DM, der am Fahrzeug nach Abzug der Versicherungsleistung bei 30000 DM. Dies entspricht den Ersparnissen eines halben Arbeitslebens.

Unsere einzige Hoffnung ist nun, daß die Tschechische Regierung, die auch bei uns im Westen erhebliche Unterstützung jeglicher Art erhält und weiterhin erhalten wird, einen Weg findet, uns als westlichen Gästen Hilfe und Entschädigung zukommen zu lassen.

Mit freundlichen Grüßen …

5. Auto geknackt

Der dritte Mann

Sie kommen aus dem hohen Norden, der Stadt Hamburg. Sie lieben den tiefen Süden, die Insel Sizilien. Sie sind ein ganz harmloses Ehepaar, das schon oft die weite Tour bis dorthin mit dem Auto unternommen hat. So auch in diesem Jahr. Sie hatten einen Tag in Agrigento, einer Stadt an der südwestlichen Küste der Insel, verbracht. Danach wollten sie zur Hafenstadt Taormina im Nordwesten. Ein Weg, der zwangsläufig über Catania führt. „Wir wollten Catania, diese Horror-Stadt, auf jeden Fall umfahren", schreiben die Hamburger. Aber genau das Gegenteil war passiert, sie landeten mittendrin. Ein Mißgeschick, das nicht ohne Folgen blieb. Welche Folgen das waren, erzählt die Ehefrau:

Niemals war ich auf Sizilien so nervös, wie ich es an diesem Abend bin. Wir haben uns doch glatt verfranzt und irren jetzt bei Nacht durch dieses Catania. Ich bin so nervös, daß ich darauf bestehe, daß wir uns während der Fahrt im Auto einschließen. Knöpfe runter, die Zentralverriegelung macht's möglich. Meine Nervosität geht sogar so weit, daß wir unsere beiden Taschen, mein Mann seine und ich die meine, jeweils mit dem Sicherheitsgurt mit anschnallen. Noch viel nervöser werde ich, als wir bemerken, daß uns ständig ein Mofa begleitet. Der Fahrer kurvt mal rechts, mal links vor uns herum.

Als wir gerade glauben, auf dem richtigen Weg zu sein, verpassen wir wieder eine Abzweigung und folgen einer Einbahnstraße geradeaus. Obwohl wir den Fehler gleich bemerken, setzen wir nicht in der falschen Richtung bis zur Abzweigung zurück, wie es vielleicht ein Italiener gemacht hätte, sondern fahren weiter geradeaus. Man ist ja schließlich wohlerzogen.

So stehen wir auf einmal vor einem dunklen Platz und wissen nicht weiter. Ohne mich vorzuwarnen, steigt mein Mann aus und sagt ganz unbekümmert: „Ich frag' mal nach dem Weg." Das geht so schnell, daß ich ihn nicht einmal zurückhalten kann. Beim Aussteigen muß er natürlich den Wagen und die Zentralverriegelung öffnen, was mir sehr unangenehm ist. In meiner Schrecksekunde bleibt mir nur noch die Aufforderung: „Mach schnell, raus, raus, raus!" Mich abschnallen, rüberlehnen, die Fahrertür zuziehen und alles verriegeln ist eins, nachdem er endlich draußen ist.

Jetzt fühle ich mich wieder sicher. Die Taschen schnalle ich nicht mehr an, weil ich in dem verschlossenen Auto ja keine Angst mehr habe. Ich warte auf meinen Mann, der irgendwo im Dunkel verschwunden ist. Minuten werden zu Stunden. Da höre ich links neben mir Stimmen. Ich schaue rüber und sehe, wie ein junger Mann auf einem Motorroller mit einem anderen spricht. Den anderen kann ich nicht genau sehen. Aber ich bin sicher, es ist mein Mann. Wahrscheinlich bittet er den Motorrollerfahrer, vorauszufahren und uns den Weg zu zeigen. „Auch das noch", denke ich mir, „wer weiß, wohin der uns führt?"

Zum Weiterdenken komme ich nicht, denn kurz darauf gibt es hinter mir einen ohrenbetäubenden Knall. Ich fahre nach hinten herum und sehe, wie jemand die Scheibe der Hintertür einschlägt. Er kommt nicht gleich durch und setzt nach. Noch ein Hieb und noch ein Hieb. Dann langt eine Hand ins Auto und versucht, die Tasche meines Mannes zu greifen.

Ich schreie wie am Spieß, schlage auf den unbekannten Arm. Versuche, aus dem Auto zu fliehen. Aber in meiner Panik kriege ich die Tür nicht auf. Anstatt sie ganz normal mit dem Griff zu öffnen, versuche ich, den Knopf zu ziehen, was bei dieser Tür aber durch eine Automatik verhindert wird.

Ich kämpfe noch mit dem Knopf, da merke ich, daß der Räuber schon längst verschwunden ist. Gott sei Dank, der Spuk ist vorbei. Draußen kann ich in der Dunkelheit gerade noch erkennen, wie sich der Kerl auf einen anfahrenden Roller schwingt. Ein dritter Ganove will offensichtlich auch fliehen, fällt dabei aber aufs Pflaster. In meiner Aufregung rufe ich so laut ich kann:„Paura, paura!“ (das ist das italienische Wort für „Angst“). Eigentlich will ich „Aiuto“ rufen, was auf Italienisch „Hilfe“ heißt. Aber das ist jetzt auch schon egal. Auf mein Geschrei hin schaut das Gesicht meines Mannes durch die zerbrochene Scheibe. „Ich bin doch da, es ist alles gut“, sagt er.

Er hilft mir aus dem Auto und beruhigt mich erst einmal. Als ich wieder einen klaren Gedanken fassen kann, frage ich ihn: „Aber wo warst du eigentlich, hast du nichts gehört?“ Da erzählt er mir, wie er den Überfall erlebte: Er war in einen Laden gegangen, um nach dem Weg zu fragen. Der Ladenbesitzer war sehr freundlich und bot sich an, den Weg zu zeigen. „Nachdem jetzt sowieso Ladenschluß ist“, wie er sagte. In dem Moment hörten die beiden mein verzweifeltes Rufen. Gerade als die Räuber mit dem Roller das Weite suchten. Mein Mann rannte sofort hinterher, stürzte dabei aber auf die Straße. Er war also der dritte Mann, den ich für einen Komplizen hielt.

Ende gut, alles gut. Außer der zerbrochenen Scheibe fehlt uns nichts. Wir können unseren Urlaub fortsetzen und verbringen noch viele schöne Tage auf Sizilien.

Ein Meer von Nadelköpfen

In Wehr sind sie zu Hause: ein Koch und seine Frau. Wehr liegt ganz nah an der Grenze zur Schweiz. Wenige Kilometer von Lörrach und Basel entfernt. Von Wehr aus starteten die beiden zusammen mit einem befreundeten Ehepaar, aufgeteilt auf zwei Autos, in den Urlaub nach Spanien. Sie kamen gut an, verbrachten erholsame Wochen in Salou, einem Badeort südwestlich von Tarragona, und tuckerten irgendwann wieder Richtung Heimat. Ganz gemütlich durch die Provence langsam nach Norden. Es war schon der dritte Rückreisetag, als sich die vier Freunde die berühmten Schluchten der Ardèche, einem Seitenflüßchen der Rhône, anschauen wollten. An einem besonders schönen Aussichtspunkt hielten sie an. Um besser sehen zu können, parkten sie die Autos und stiegen aus. Den Rest erzählt der Koch aus Wehr:

Wir laufen los, bis wir etwa 35 Meter von unseren Autos entfernt sind. Dabei schauen wir uns immer wieder um, verlieren die Fahrzeuge eigentlich nie aus den Augen. Nur in dem Moment, als wir von der wunderschönen Landschaft Fotos machen, achten wir nicht mehr darauf. Und das ist genau der Moment, auf den die Diebe gewartet haben.

Während wir also gerade mit Perspektive, Blendenzahl und Schärfentiefe kämpfen, hören wir plötzlich aus der Richtung, in der die Autos stehen, ein leises Klirren. Wir schauen uns verschreckt an und mein Freund ruft sofort: „Die knacken unsere Autos!“ Ein Blick zur Seite und wir sehen deutlich, wie zwei Typen in den Büschen verschwinden. Mein Freund und ich sofort hinterher. Spurten, so schnell wir können. Aber schon hören wir Türen knallen und kurz darauf einen heulenden Motor und durchdrehende Reifen. Als wir Sekunden später keuchend an der Straße ankommen, sehen wir nur noch, daß die Diebe mit ihrem total verdreckten Landrover schon viel zu weit weg sind, um sie zu kriegen.

Eine schöne Bescherung. Natürlich haben sie unser Auto aufgebrochen, und natürlich mit Erfolg. Daß die Scheibe kaputt ist, versteht sich von selbst. Außerdem fehlen aber Kreditkarten, Papiere, Bargeld in verschiedenen Währungen, Ausweise. Die Jungs griffen sich das Wichtige und ließen das Unwichtige für uns.

Da bleibt nichts anderes, als zur Polizei zu gehen. Wir fahren in den nächsten Ort: Fehlanzeige. Eine Ortschaft weiter wieder nichts. In diesen kleinen Nestern eine Polizei zu finden, ist gar nicht so einfach. Erst knapp 30 Kilometer weiter, in Bourg St.-Andéol, gibt es einen Polizeiposten.

Die Öffnungszeiten wie im Tante-Emma-Laden. Mittags geschlossen. Dummerweise ist gerade Mittagszeit, als wir ankommen. Bis um 14 Uhr wieder geöffnet wird, will ich aber nicht warten. Also betätige ich die Ruftaste und erkläre der Stimme, die sich am anderen Ende der Leitung meldet, was uns passiert ist. Die Antwort: „Die Scheibe ist um 14 Uhr auch noch kaputt, die Sachen sind um 14 Uhr auch noch gestohlen, kommen Sie um 14 Uhr wieder. Jetzt ist Mittag, basta!"

Also warten. Mit knirschenden Zähnen. Wir nutzen die Zeit und verkleben die Scheibe mehr schlecht als recht mit einer Plastikfolie. Dann ist es soweit, die Polizei ist im Dienst. Während das Protokoll aufgenommen wird, zeigt man mir und meiner Frau eine Wandkarte. Was wir dort sehen, verschlägt uns die Sprache. Die Karte ist über und über voll mit bunten Punkten. Sie rühren von Stecknadeln mit roten, gelben und blauen Köpfen. Besonders dort, wo wir unterwegs waren, entlang der Schluchten der Ardèche, zeigt die Karte ein Meer von Nadelköpfen. Hauptsächlich an Parkplätzen und Aussichtspunkten. Dann erklärt uns der freundliche Polizist, was die Farben bedeuten: Rot steht für Autodiebstahl, Gelb für Diebstahl und Blau für Autoaufbruch mit Diebstahl.

Und mit diesen Worten steckt er noch eine blaue Nadel dazu. Genau dort, wo es uns erwischt hat.

Der verflixte Paßeintrag

Ein Ehepaar aus Stuhr bei Bremen war wieder einmal auf großer Tour. Zehn Jahre Reiseerfahrung in südlichen Ländern hat-

ten sie schon, wie die Frau betont, und nie ist etwas passiert. Diesmal ging es im selbstausgebauten Wohnmobil die weite Strecke von zu Hause bis zur Meerenge von Gibraltar, nach Algeciras. Dort fuhren die beiden auf die Fähre, die in eineinhalb Stunden Fahrtzeit nach Ceuta übersetzt, der spanischen Hafenstadt auf dem afrikanischen Kontinent. Wie es dann weiterging, erzählt die Ehefrau selbst:

Nach kurzer Zeit erreichen wir die spanisch-marokkanische Grenze. Die Formalitäten, die man dort über sich ergehen lassen muß, sind für das, was wir in Norddeutschland gewohnt sind, furchtbar langwierig, umständlich und bürokratisch. Die Grenzer inspizieren unser Wohnmobil, fragen nach Waffen und Kameras. Selbstverständlich zeigen wir ihnen unsere Videokamera. Ein Fehler, den wir später noch bereuen sollten. Denn jetzt gibt es einen Eintrag in den Paß: Videokamera eingeführt. Dafür müssen wir aber noch einige Formulare ausfüllen und uns an ein paar Schlangen anstellen. Nach etwa zwei Stunden sind wir endlich fertig. Freie Fahrt nach Marokko, der Urlaub kann beginnen!

Voller Erwartung und heiter gestimmt rollen wir Richtung Südwest auf Larache zu. Etwa drei Kilometer vor der Hafenstadt am Atlantik liegen die ausgegrabenen Reste von Lixus, einer alten Römerstadt. Eher zufällig sehen wir von der Straße aus die Grundmauern antiker Fischeinsalzungsbetriebe. Unser Reiseführer erwähnt noch ein altes Theater, das hier irgendwo sein soll. Also, denken wir uns, an solch einer Sehenswürdigkeit kann man einfach nicht vorbeifahren!

Ein Parkplatz ist schnell gefunden. Außer den eingezäunten Ruinen gibt es hier nichts als freies Feld. Am Zaun selbst nirgendwo ein Eingang oder Kassenhäuschen. Hier ist nichts los, nur eine Handvoll Kinder spielt in der Nähe und beäugt uns dabei neugierig. „Gehen wir mal am Zaun entlang“, schlage ich vor, hänge mir die Handtasche um den Hals und überprüfe alle Türen des Autos, ob sie auch gut verschlossen sind. Mein Mann überlegt noch, ob er die Kamera mitnehmen soll, läßt sie dann aber doch im Wohnmobil. Wegen der paar Steine die Kamera mitschleppen? Nein. Die ist im Auto besser aufgehoben. Geklaut wird in dieser verlassenen Gegend sowieso nichts.

Also marschieren wir los. Auf ein Loch zu, das wir im Zaun ausgemacht haben. Plötzlich erscheint hinter dem Loch ein ländlich gekleideter Alter, der uns zu sich winkt und dabei freundlich durch seine Zahnlücke lächelt. Wir gehen hin und schlüpfen durch das Loch. Schon sind wir auf dem Gelände. Der Alte bietet sich an, uns den Weg zum Theater zu zeigen, wir sind einverstanden. Also los. Während uns unser Führer abwechselnd auf Englisch und Französisch erklärt, wie hier früher Fische eingesalzen wurden, gehen wir Richtung Theater.

Mein Mann schaut immer wieder zum Auto zurück, solange es geht. Als aber der eigentliche Aufstieg zu den Ruinen beginnt, sehen wir es nicht mehr. Was für ein herrlicher Weg! Vorbei an Olivenbäumen dem Theater entgegen. Wir sehen Eidechsen, die auf Steinen die warme Sonne genießen. Wir hören Grillen, die im spärlichen Gras zirpen. Und der schöne Blick ins Tal – es ist einfach wunderbar!

Der Alte redet und redet, erklärt uns auch oben beim Theater jeden Stein. Ein wirklich geduldiger Mann, dem wir dieses Erlebnis verdanken. Aber irgendwann müssen wir dann doch wieder gehen. Beim Abstieg geht mein Mann voraus, er hat wohl genug von dem Geplapper unseres Führers. Ich fühle mich jetzt richtig glücklich, bin voller Vorfreude auf all die Überraschungen, die uns dieser Urlaub noch bescheren wird.

Unten angekommen, erhält der Alte ein für marokkanische Verhältnisse fürstliches Trinkgeld für seine Dienste. Wir verabschieden uns und gehen zurück zum Auto. Wir sind noch gar nicht da, da erkennen wir schon, daß aus der Schiebetür der Zipfel einer Jacke herauslugt.

Sofort ist uns klar, was hier los ist: Einbruch! Wir gehen ganz zum Wagen. Die Tür ist aufgebrochen worden. Es fehlt die Videokamera und alles, was irgendwie nach Handtasche aussieht. Unter anderem der Kulturbeutel mit nicht ganz unwichtigen Dingen wie Kontaktlinsen, Ersatzbrillen, meinen Antibabypillen und Tampons.

Wir schauen uns verzweifelt an und gestikulieren panisch

herum. Der Alte lächelt mild und die Kinder kichern. Das Wichtigste ist jetzt die Polizei! Wir fahren nach Larache und finden dort tatsächlich einen Gendarmerieposten. Fast schon ein Wunder: Ein Beamter fährt mit uns zum Schauplatz des Diebstahls. Als wir da sind, überblickt er das Gelände und erklärt uns dann, daß er hierfür nicht zuständig sei.

Also zur zuständigen Dienststelle. Dort versuche ich mit dem Wörterbuch in der Hand, den Beamten klarzumachen, daß ich wegen des Paßeintrags irgendein Schriftstück bezüglich der gestohlenen Kamera brauche. Daraufhin entwickelt sich ein wahrhaft südländisches, fast schon opernartiges Terzett unter den Polizisten. Die zentrale Frage des äußerst musikalischen Vortrags: Sind wir nun Betrüger oder nicht? Ich verstehe zwar nicht alles, aber so viel doch, daß zwei der Diensthabenden mir glauben. Der dritte aber ist der Meinung, daß wir den Diebstahl nur vortäuschen und die Kamera illegal verkauft haben. Am liebsten würde er uns einsperren.

Wir überreden die Herren, sich die beschädigte Tür am Auto anzuschauen, aber auch das hilft nichts. Schließlich kommt ein marokkanischer Passant dazu, der in Deutschland arbeitet. Unsere Rettung! Mit einer Himmelsgeduld übersetzt er den ganzen Nachmittag und auch noch den folgenden Vormittag. Die Schwierigkeiten sind fast unüberwindlich. So muß zum Beispiel zum Erstellen eines französischen Protokolls eine Schreibmaschine besorgt werden, mit der man lateinische anstatt der hier üblichen arabischen Buchstaben schreiben kann. Oder es muß eine Art Briefmarke gekauft werden, die als Siegel dient. Am anderen Tag, gegen Mittag, haben wir dann endlich unser Protokoll.

Was für ein Stück Arbeit! Wir waren schon kurz davor, umzukehren, entscheiden uns jetzt aber doch für Marokko. Eine gute Entscheidung. Denn die anschließende Rundreise ist erlebnisreich und aufregend. Ein wirklich toller Urlaub.

Mit nur noch einem Wermutstropfen: Als wir auf der Rückreise nach Spanien ausreisen wollen, nützt uns unser Diebstahls-Protokoll überhaupt nichts. Die marokkanischen Zöllner lassen sich nicht erweichen. Wir müssen für die verschwundene Kamera 600 DM Zoll zahlen. Dank diesem verflixten Eintrag im Paß!

Bilder einer Ausstellung

Eine Stuttgarterin schreibt, was ihr und ihrem Mann mit einer Kollektion von Kunstwerken passiert ist, als sie diese in ihrem Privatauto zu einer Ausstellung nach Südfrankreich transportieren wollten. Ob sie Galeristin oder Kunstmäzenin oder selbst Künstlerin ist, oder warum sie überhaupt Bilder zu einer Ausstellung bringt, verrät uns die Schwäbin nicht. Jedenfalls scheint sie, wie ihr Schreibstil verrät, heftig von der Muse geküßt zu sein:

Wir sind schon kurz vor Orange, als links neben uns eine langgezogene Felskette auftaucht. Etwas Düsteres, Bedrohliches geht von diesen Felsen aus. Besonders jetzt am Abend, wenn sich dunkle Schatten auf den Stein legen.

Dieses Düstere, Mystische, Geheimnisvolle zieht uns an. Bewegt uns, hier das Nachtlager aufzuschlagen. Graue, halbverfallene kleine Häuser, die wir in der Ferne neben der Autobahn sehen, deuten einen Ort an. Wird dort eine Herberge zu finden sein?

Wir wollen es erkunden. Eine direkte Abfahrt zu dem Dorf gibt es nicht. Wir können es nur über einen Umweg erreichen. Es liegt direkt unterhalb der Felsen und sieht sehr friedlich aus, als wir ankommen. Ob sich jemals Menschen hierher verirren? Reisende, wie wir?

Jenseits eines kleinen Platzes, der sehr hübsch unter Platanen liegt, entdecken wir ein altes „manoir", zu Deutsch ein Hotel. Sein Stil und seine Atmosphäre übertrifft alle unsere Erwartungen. Was wir in diesem bedeutungslosen Ort als Hotel vorfinden, ist eine historische Stätte von hohem Niveau. Es liegt an einem Flüßchen und wird von einer hohen Mauer umgeben. Hinter dieser Mauer entfaltet sich eine etwas strenge, aber doch südlich aussehende architektonische Schönheit. Umgeben von einem Innenhof, der eher einem kleinen Park ähnelt als einem Hof.

Nach den Formalitäten an der Rezeption lassen wir uns erst einmal in dem exotischen Speisesaal nieder. Die Koffer, die Bilder, all das hat ja noch Zeit. So sitzen wir unter großen Pflanzen und genießen die Atmosphäre des Ungewöhnlichen. Bald werden malerische Gänge aufgetragen.

Welche Entspannung nach einer langen Reise! Welche Wohltat, nach einem Fläschchen Wein den sanften Schleier der Leichtigkeit zu spüren! Sich beim Raunen der Stimmen rundherum einfach dem Moment hinzugeben! Worte vom benachbarten Tisch klingen ans Ohr: „... Arles, ... van Gogh ...“ Und sie erweitern unsere Wahrnehmung und flechten sich ein in unser Behagen und unsere Freude.

Französische Gelassenheit demonstriert ein Paar, das an einem anderen Tisch sitzt. Roten Wein in den Gläsern, sprechen die beiden überaus angeregt miteinander. Er, sehr pariserisch, hat die Beine auf den Stuhl gelegt, was uns Deutschen vielleicht ein bißchen lässig erscheint. Eine Zigarre rauchend, lehnt er sich genüßlich an die mit einem Gobelin behängte Wand.

Lebendige Szenen. Wohlbefinden überall, auch bei uns. Oben der alte Rittersaal. Und jede Zimmertür wird von einer Ritterrüstung bewacht. Wir fühlen uns geborgen wie in einer befestigten Burg.

Dann wird es Zeit aufzubrechen. Das Auto in den Innenhof zu fahren und das Gepäck ins Zimmer hochzutragen. Wir treten hinaus in die Nacht. Welche Stille herrscht vor dem Hotel! Nur ein paar geparkte Autos weisen überhaupt auf Menschen hin. Wir gehen zu unserem Wagen. Der Kofferraum wird geöffnet.

Sehen wir richtig? Oder ist es nur der Wein? Keine Koffer? Keine Kamera? Keine Mäntel? Keine Bilder? Der Kofferraum leer? Wo sind unsere Sachen?

Wir können es nicht begreifen. Wir wollen es nicht glauben. Ist nicht der Kofferraum ein sicherer Platz? Zumal der eines Mercedes?

Wir gehen um das Auto herum. Eine kleine Seitenscheibe ist zerschlagen. Drinnen liegen Splitter auf der Sitzbank und auf dem Boden. Noch einmal schauen wir im Kofferraum nach.

Vielleicht haben wir uns getäuscht? Nichts! Absolute Leere. Nun erst begreifen wir, daß wir vollkommen ausgeraubt worden sind. Außer der Brieftasche meines Mannes und meiner kleinen Handtasche haben wir nichts mehr. Das Schlimmste aber sind die Bilder! Schon morgen sollen sie in der Ausstellung sein.

Wie schnell sich die Idylle des Abends verwandelt hat! Jetzt gibt es nur noch Aufregung, Ärger und Tränen. Wir mutmaßen, wir telefonieren, dann kommen Polizisten. Auch der Herr mit der Zigarre erscheint. Er sucht sein Auto. Sein Auto? Es ist nicht mehr da. Es war der BMW, der direkt neben unserem Wagen gestanden hatte.

Die Nacht bringt keine weiteren Neuigkeiten. Am folgenden Morgen müssen wir aufs Polizeirevier wegen des Protokolls. Kaum sind wir zurück im Hotel, wieder ein Anruf der Polizei. Wir sollen noch einmal ins Revier, heißt es.

Dort angekommen, werden wir in eine kleine Garage geführt. Sie ist voller Sachen, die die Polizei gefunden hat. Wir erkennen einige Kleidungsstücke, einen vereinzelten Schuh, einen Stiefel, eine Krawatte. Unter dem Tisch ein paar Bilder. Und da, an die Wand gelehnt, ein großer, halboffener Koffer: die anderen Bilder!

Schmutzig, abgestoßen, aber sie sind da! Die Ausstellung ist gerettet und die Freude ist groß. Unbedeutend all die anderen Verluste! Hauptsache, die Bilder sind wieder da!

III. Die Stunde der Gangster

6. Camper-Glück

Wie die Vandalen

Eine Camperin aus Recklinghausen war mit ihrem Mann unterwegs. Im Wohnmobil fuhren sie bis zum Plattensee in Ungarn. Suchten sich dort in der Stadt Balatonboglar einen Campingplatz aus. Direkt am Hafen, in schöner Lage. Blieben da, fühlten sich wohl. Bis eines Nachts folgendes passierte:

Es ist ganz komisch, aber irgendwie werden wir beide zur gleichen Zeit wach. Ein Blick auf die Uhr: es ist drei Uhr morgens. Wir nesteln ein bißchen herum, sind irgendwie unruhig. Doch bald hält das mein Mann nicht mehr aus und steht auf. Dabei bemerkt er: vorne am Eingang stimmt etwas nicht. Der Reißverschluß unseres Wohnmobilvorzeltes ist offen. Gestern abend vergessen zuzumachen? Vielleicht. Aber so etwas passiert uns eigentlich nie.

Er ruft mich, macht Licht. Bis ich aufgestanden bin, ist er schon bleich vor Schreck. Denn inzwischen ist ihm aufgefallen, daß die 3000 DM teure Angelausrüstung fehlt. Also doch! Diebe! Haben hier ausgeräumt, während wir schliefen.

Sofort beginnen wir hektisch, alles durchzustöbern. Wollen wissen, was die Halunken sonst noch alles mitgehen ließen. Doch schon nach kurzer Zeit stellt sich heraus: Ganz so schlimm wie befürchtet ist es nicht. Denn die restlichen Sachen scheinen noch alle dazusein. Bis auf die Fahrradtasche. Die ist auch weg. Ihr Inhalt: unsere Regenumhänge.

Erleichtert gehen wir nach draußen, um uns im Freien erst mal ein wenig abzukühlen. Dabei stellen wir fest, daß wir nicht die einzigen sind, die aus dem Schlaf gerissen wurden. Überall stehen Leute herum, diskutieren einigermaßen aufgeregt.

Wir machen einen Rundgang über den Platz. Dabei staunen wir nicht schlecht. Etwa ein Dutzend Zelte scheinen die Diebe besucht zu haben. Teilweise sind sogar die Zeltwände zerschnitten. Überall auf dem Platz verstreut liegen die Sachen, die die Langfinger nicht wollten: Toilettenartikel, Angelzubehör, Werkzeug. Dafür klauten sie ein paar Fahrräder. Andere haben sie nur beschädigt. Bei dem Versuch, sie von den Schlössern zu reißen.

Wir gehen runter zum Ufer. Dort finden wir zerstochene Schlauchboote. Einfach kaputtgemacht, ohne Sinn. Die haben gehaust wie die Vandalen. Es herrscht ein furchtbares Chaos. Und doch haben wir plötzlich Grund zur Freude. Denn zwischen dem Schilf finden wir unsere Regenumhänge wieder.

Die Polizei erscheint Stunden später, etwa gegen elf. Bis sie die ganze Zerstörung und all die Schäden zu Protokoll genommen hat, vergehen ganze zwei Tage. Danach können wir den Campingplatz verlassen. Wir fahren auf die andere Seite des Plattensees nach Vonyarcvashegy. Auf dem dortigen, sehr schönen Campingplatz können wir uns dann noch zwei Wochen lang ungestört von unserem Schock erholen. Diebe und Vandalen lassen uns und den Platz in Ruhe.

Die Angst hat uns vertrieben

Was gibt es in dem Flachland-Örtchen Diepholz, das ziemlich genau in der Mitte zwischen Osnabrück und Bremen liegt, am allerwenigsten? Ganz einfach: es sind die Berge, und zwar die richtig hohen Exemplare. Und wo ist von Diepholz aus gesehen das nächste Hochgebirge? Richtig, in den Alpen. Und welche Gebirgsformation ist dort eine der beliebtesten und spektakulärsten? Logisch, die Dolomiten.

Einem Ehepaar aus Diepholz geht es so wie vielen Leuten. Sie werden von den Dingen am meisten angezogen, die sie nicht kennen oder nicht haben. Genau aus diesem Grunde mögen die beiden die Dolomiten, verbringen dort seit Jahren ihren Urlaub. Um zu wandern, zu radeln, die gewaltige Landschaft zu erleben. Ideal für die Bergfans: Mit Pkw und Wohnanhänger zu fahren, ganz nach Lust und Laune von einem Campingplatz zum anderen zu springen.

So machten sie es immer, und so machten sie es auch dieses Mal. Sie waren gerade zwischen zwei Campingplätzen unterwegs, hatten nördlich von Cortina d'Ampezzo gut zu Mittag gegessen und wollten jetzt einen kleinen Verdauungsspaziergang machen. Nicht weit, nur ein paar Schritte. Deshalb ließen sie auch alle ihre Sachen im Gespann, das sie auf einem Parkplatz abstellten. Doch – wie der Ehemann erzählt – kam alles anders als geplant:

Wir steigen eine wildromantische Schlucht hinunter. Immer weiter und immer weiter. Laufen entlang des halb ausgetrockneten Flußbettes und haben bald vergessen, daß wir uns eigentlich nur schnell die Füße vertreten wollten. Die Landschaft zieht uns förmlich in ihren Bann. Wir laufen wie im Traum. Die gewaltige Natur versetzt uns in einen rauschartigen Zustand.

Erst als sich der Schatten übers Tal legt, ein kühler Luftzug aufkommt und wir anfangen, ein bißchen zu frieren, wachen wir aus diesem Zustand wieder auf. Höchste Zeit zur Umkehr. Auf dem Rückweg laufen wir dann auch einen Schritt schneller, denn der Tag geht schon dem Ende zu. So treffen wir auf dem Weg auch nur noch wenige Leute. Kurz vor dem Parkplatz stehen zwei Buben mit Funkgeräten herum, die uns um ein paar Lire anbetteln und dabei erzählen, sie müßten auf die hier freilaufenden Kühe aufpassen.

Am Parkplatz angekommen, fällt uns eine Gruppe junger Motorradfahrer auf, die auch Funkgeräte haben. Noch denken wir uns nichts dabei und gehen zu unserem Gespann. Aber da, was ist das? Die Tür des Wohnanhängers ist nur angelehnt. Der Rahmen ist zerkratzt und beschädigt. Das können nur Einbrecher gewesen sein. Sind sie vielleicht noch drinnen? Vorsichtig schaue ich durchs Fenster, aber da ist niemand.

Ich gehe hinein und stoße auf das absolute Chaos. Alles scheint durchwühlt worden zu sein, unsere Sachen liegen kreuz und quer. Was wir in den Stauräumen hatten, liegt jetzt auf dem Boden. Taschen, Kleider, Geschirr. Aber auch Geldbörsen, Ausweise, Papiere, Schecks, Schmuck und die Haustürschlüssel. Ein furchtbares Durcheinander.

Ich beruhige erst einmal meine Frau, die völlig verstört ist. Als sie sich einigermaßen von dem Schreck erholt hat, beginnt die gemeinsame Bestandsaufnahme. Stück für Stück wird kontrolliert und wieder aufgeräumt. Am Ende staunen wir nicht schlecht: Es fehlt nicht ein einziges Stück, alles ist noch da.

Was soll das, fragen wir uns, verstehen den Sinn dieses Einbruchs nicht. Sind wir zu früh gekommen und wurden die Täter über Funk gewarnt? Suchten sie nur nach bestimmten Dingen wie vielleicht Rauschgift oder Waffen? Oder wollten sie in unserem Fahrzeug so etwas illegal über die nahe Grenze transportieren? Aber all das gibt irgendwie keinen Sinn, was uns nicht ruhiger macht. Auch ein Besuch bei der örtlichen Polizei bringt uns keine weiteren Erkenntnisse. Nicht einmal ein Protokoll bekommen wir dort, „weil ja nichts gestohlen wurde".

So bleiben wir also allein mit unserem Problem. Um die Nacht in Ruhe zu verbringen, fahren wir hinüber nach Österreich. Von dort aus rufen wir zu Hause unseren Sohn an, um ihm die Geschichte zu erzählen. Der hat aber auch eine Geschichte: Er berichtet uns, daß in der Dämmerung des Abends, also kurz nach dem Einbruch, eine ihm unbekannte Person durch unseren Garten gelaufen sei.

Ein Zusammenhang? Wollten die nur unser Haus in Diepholz ausräumen? Es scheint fast so. Denn es folgen anonyme Anrufe. Von Personen, die sich nicht mit Namen melden. Auch lange, nachdem wir wieder zu Hause sind, hört das nicht auf. Haben die sich einen Abdruck von unseren Schlüsseln gemacht und jetzt Nachschlüssel für unser Haus? Wir finden keine Ruhe, meine Frau ist stark verängstigt. Dieser Schwebezustand ist schlimmer, als wenn einem tatsächlich etwas gestohlen wird. Was passiert, wenn sie tatsächlich einmal kommen und womöglich von uns überrascht werden? Vielleicht eine Katastrophe?

Die ewige Angst wird schließlich unerträglich. Ein Jahr nach dem Einbruch packen wir unsere Sachen und ziehen um in ein anderes Haus.

Ausgetrickst

Eine Familie aus Marpingen bei Saarbrücken war mit dem Wohnmobil in Südfrankreich. Während eines kurzen Strandbesuches war ihr in 200 Metern Entfernung geparktes Fahrzeug aufgebrochen worden. Gestohlen hatten die Diebe Papiere und Bargeld. „Das", so schwor sich der Familienvater, „passiert mir nicht noch einmal." Zurück in der Heimat, schritt er zur Tat:

Ich installierte im Wohnmobil einen Tresor an einer Stelle, die man nicht so ohne weiteres sehen kann. Wo das ist, bleibt mein Geheimnis. Darin verstaute ich vor unserer nächsten Urlaubsreise alle Wertsachen: Papiere, Schecks und Scheckkarte, Zweitschlüssel und Geld. Im Handschuhfach deponierte ich als Attrappe eine alte, nicht mehr funktionstüchtige Kamera und einen Geldbeutel mit Kleingeld ausländischer Währung.

So ausgerüstet, ging es also wieder im Wohnmobil nach Südfrankreich. Vater, Mutter und die zwei Kinder. Mit Papas genialer Konstruktion den Knackis entgegen:

In der Provence steuern wir die berühmte Schlucht von Verdon an. Kurz davor, in der Nähe des Lac de Ste. Croix-de Verdon, halten wir an einem Aussichtspunkt an. Der interessiert uns aber gar nicht. Wir halten nur, weil unsere Kinder ganz in der Nähe einen Startplatz für Drachenflieger entdeckt haben und bei der Fliegerei zuschauen wollen. Wir parken also das Auto und marschieren zu den bunten Drachen.

Nach einer halben Stunde ist es genug, und wir gehen zurück. Schon aus einiger Entfernung sehen wir, daß ein roter Kleinwagen ganz dicht bei unserem Wohnmobil steht. Als wir näherkommen, braust der Wagen davon. In ihm sitzen drei junge Männer.

Sofort ist klar, was passiert war. Die Kerle haben wieder unseren Bus geknackt. Bei näherer Betrachtung stellt sich heraus: Sie haben eine Seitenscheibe eingeschlagen und sind so ins Innere gelangt. Schnell gehe ich rein, um zu schauen, was fehlt. Und komme kurz darauf mit einem breiten Grinsen und stolzgeschwellter Brust wieder heraus: Es fehlt nichts. Außer meinen Attrappen. Die Dummköpfe sind voll auf meinen Trick hereingefallen.

Über die Köpfe gestiegen

Ein Allgäuer aus Memmingen faßt in kurzen Worten zusammen, was ihm während eines Campingurlaubs in Port Grimaud an der Côte d'Azur passiert ist:

Obwohl die Polizei diesen Campingplatz mit einem Hund bewacht, wird mir und einigen anderen Campingurlaubern im Morgengrauen das direkt neben dem Zelt geparkte Auto aufgebrochen. Bei mir erbeuten die Gauner 500 DM und verursachen am Auto einen Schaden von 700 DM.

Zunächst ärgere ich mich sehr über den Verlust des Bargeldes, aber es ist ja auch nicht besonders schlau, so etwas im Wagen liegenzulassen. Am Morgen allerdings ändere ich meine Meinung. Denn da, wo die Diebe nicht im Auto fündig geworden sind, haben sie sich trotz der schlafenden Insassen über die Zelte hergemacht.

Dabei arbeiteten sie offensichtlich mit Betäubungsgas. Anders läßt sich nicht erklären, daß bei meinen Nachbarn die Taschen fehlen. Sie haben sie nämlich am Abend zuvor ans Kopfende ihres 3-Mann-Bergsteigerzeltes gestellt, in dem sie zu viert schliefen. Die Diebe müssen den Reißverschluß geöffnet und die Schlafenden betäubt haben und können erst danach über die eng aneinandergedrängt Liegenden geklettert sein, um so an die Taschen zu kommen.

Auf so eine Spezialbehandlung verzichte ich gerne und bin am Ende mit meinem Schicksal noch richtig zufrieden.

7. Ungebetene Gäste

Die Messermänner

Eine Familie aus Krefeld machte Urlaub an der spanischen Costa Brava. Vater, Mutter und drei Kinder im Alter zwischen 18 und 22 Jahren. Einen Bungalow hatte man in der Nähe von Lloret de Mar gebucht. Der besondere Wunsch: Einbruchsicher sollte er sein.

Die Krefelder kamen an, und siehe da: es war so wie erhofft, alle Fenster des Bungalows waren mit Eisengittern verstärkt. Begeistert zogen die fünf ein und verbrachten zwei „wunderschöne Wochen". In dieser Zeit hatte man sich folgenden Tagesablauf zur Gewohnheit gemacht: Vormittags fuhr Vater die Kinder mit dem Auto zum Strand, während Mutter es sich im Bungalow gemütlich machte. Nach seiner Rückkehr tat Vater dann dasselbe, denn die beiden hatten keine Lust, in der heißen Mittagssonne am Wasser zu schmoren. Erst am Nachmittag machten sie sich auf zum Strand, um dort mit den Kindern den Rest des Tages zu verbringen.

So vergingen alle Tage nach dem gleichen Rhythmus. Bis zu jenem unheilvollen Vormittag, an dem das Ferienglück jäh beendet wurde. Die Mutter berichtet:

Mein Mann packt wie immer die Kinder ins Auto, dann fahren sie los. Es ist so etwa halb elf Uhr vormittags, als ich mich auf die Terrasse unseres Bungalows setze, um ein bißchen zu lesen. Es ist herrlich ruhig, nichts rührt sich.

Trotzdem steht plötzlich wie aus dem Nichts jemand direkt neben mir. Ich schaue an der Person hinauf und falle fast vom Stuhl vor Schreck. Denn es ist nicht etwa mein Mann, sondern eine mir völlig unbekannte männliche Person. Bevor ich reagieren kann, habe ich ein Messer an der Kehle. Zum Schreien ist es also schon zu spät.

Das solle ich auch tunlichst unterlassen, stammelt der Kerl in gebrochenem Englisch, sonst steche er zu. „Wir wissen genau", fügt er hinzu, „daß du allein bist." Er hat uns also schon seit längerem beobachtet, fährt es mir durch den Kopf, und weiß über unseren Tagesablauf Bescheid.

In dem Moment taucht ein zweiter Mann auf, auch mit einem Messer bewaffnet. Zusammen packen mich die Verbrecher und schleifen mich ins Innere des Bungalows. Dort geht es im schmerzhaften Würgegriff von Zimmer zu Zimmer. „Wo ist das Geld?" fragen sie mich immer wieder und fassen bei jedem Mal noch brutaler zu.

Dann werfen mich die Messermänner zu Boden, knebeln mich und fesseln mir Hände und Füße. Damit haben sie endlich die eigenen Hände frei und können so richtig loslegen. Es beginnt eine Durchsuchungsaktion, bei der sie wie die Vandalen hausen. Sie reißen alles heraus, was es irgendwie herauszureißen gibt, nehmen die gesamte Einrichtung auseinander. Die qualvollsten Minuten meines Lebens, denn ab und zu schauen sie bei mir vorbei. Drohen, mich umzubringen, falls ich nicht alle Verstecke preisgebe. Dabei habe ich in meiner Verzweiflung doch schon alles gesagt! Schließlich ist mir mein Leben lieber als unsere Wertsachen. Die haben sie sowieso schon alle. Selbst das Geld unserer ältesten Tochter finden die Gauner. Obwohl sie die Scheine ganz unten im Schrank mitten in der Schmutzwäsche versteckt hat.

Das einzige, an was ich jetzt noch denke, ist mein Mann. Der muß jeden Moment vom Strand zurückkehren, und dann kann es zur Katastrophe kommen. Wer weiß, wie die Stilettos reagieren, wenn er plötzlich in der Tür steht!

Ich muß es mir nicht lange vorstellen, denn jetzt geht der eine von den beiden zum Fenster, schaut hinaus und sieht offensichtlich, daß mein Mann vorfährt. Er zögert keinen Moment, rennt über die Terrasse weg. Vor dem Haus höre ich schon die Stimme meines Mannes: „Was ist denn hier los?" fragt er laut vor sich hin und steht Bruchteile von Sekunden später im Raum. Jetzt haut auch der andere Räuber über die Terrasse ab, hält sich mit dem Messer den Fluchtweg frei.

Gott sei Dank kommt es zu keiner weiteren Gewalt. Auch mein Mann ist vernünftig und spielt jetzt nicht den Helden. Er läßt den Fliehenden laufen und kümmert sich sofort um mich. Ich bin zwar noch völlig durcheinander, schwere Verletzungen habe ich aber keine.

Da das nächste Telefon weit weg im Ort ist, dauert es viel zu lange, bis wir die Polizei verständigen können und diese kommt. Das Verbrecherduo ist schon über alle Berge, als die Beamten eintreffen. Interessant für mich ist die Erfahrung, daß ich wegen des großen Schocks so gut wie keine Täterbeschreibung abgeben kann, obwohl ich während des Überfalls bestimmt 20 Minuten Zeit hatte, mir Kleidung und Gesichter der Messermänner einzuprägen.

Unsere Vermieterin ist sehr freundlich und bietet uns einen anderen Bungalow an. Aber wir wollen nicht mehr und fahren am nächsten Tag nach Hause. Das Geld, das wir für die Heimreise brauchen, bekommen wir von ihr.

Als wir zurück in Deutschland sind, ruft sie Tage später an und hat eine gute Nachricht: Die Räuber sind gefaßt.

Ende im Einbauschrank

Wir bleiben an der Costa Brava, rutschen nur ein Stück höher in die Bucht von Roses und dort an einen Surfstrand in der Nähe von Sant Pere Pescador. Das ist ein kleiner Küstenort unweit von Figueres und der Grenze zu Frankreich.

Dorthin hatte es ein Paar aus Norddeutschland verschlagen. Er Studienrat, sie Ärztin. Die beiden waren mit dem Wohnwagen unterwegs, den sie direkt am Strand geparkt hatten. Schließlich ist Herr Lehrer begeisterter Surfer. Und einen Wind wie an diesem Tag läßt er sich nicht entgehen. Also war er mit dem Brett im Wasser, während seine Ärztin im Wohnwagen blieb. Eine fatale Konstellation, die das folgende Verbrechen erst möglich machte. Das Opfer:

Ich bin froh, daß ich im Wohnwagen bleiben kann und nicht hinaus muß an diesem stürmischen Tag. Zufrieden mit mir und der Welt setzte ich mich hin und löse Kreuzworträtsel. Ab und zu schaue ich zum Fenster hinaus, dem bunten Surfertreiben zu, das sich um mich herum abspielt.

Kaum ist mein Partner auf dem Wasser – es ist etwa zwölf Uhr mittags –, öffnet sich die Wohnwagentür. Herein kommen zwei Jungs und ein Mädchen, alle so um die 20. Sofort trete ich ihnen entgegen und fordere sie auf, den Wohnwagen wieder zu verlassen. Kaum ausgesprochen, habe ich auch schon eine Faust im Gesicht. Dem Schreck folgt der Schmerz und dem Schmerz das Blut, denn Nase und Lippe sind gerissen.

Um die Wunden kann ich mich aber nicht kümmern, denn jetzt geht es erst mal rund in unserem Wohnwagen. Natürlich haben die drei vorher die Tür von innen geschlossen. Dann blitzt ein Messer vor meinen Augen auf. Der Schläger von eben tritt den Tisch nieder und prügelt mich dann so lange, bis ich am Boden liege. Dort setzt es noch ein paar Hiebe und Tritte – auch von den anderen. Sie scheinen alle bewaffnet zu sein, denn ich sehe immer wieder Messer.

Irgendwann fordern sie Geld und Wertgegenstände. Mit meinem bißchen Spanisch versuche ich ihnen zu erklären, wo alles ist. Das klappt aber nicht so ganz, also durchwühlt das Mädchen alle Fächer und Schränke. Ihr Job ist es, die Sachen zu suchen. Von den Jungs hat auch jeder seine Aufgabe: Einer hält mich mit dem Messer in Schach, während der andere am Fenster Schmiere steht. Nähern sich Passanten dem Wohnwagen, drückt mich mein Peiniger noch fester zu Boden. Das Mädchen stellt sich hinter die Tür und wartet dort einstichbereit mit einer Schere in der Hand. Der dritte setzt sich seelenruhig an den Tisch und tut so, als ob er hierher gehöre.

So vergehen zehn schreckliche Minuten, in denen ich nicht weiß, ob ich sie überlebe. Immer wieder sind sie unzufrieden mit der gefundenen Beute, schlagen auf mich ein. Doch dann kapieren sie, daß weitere Gewalt sinnlos ist. Sie brechen ihre Aktion ab, als sie alles gefunden haben, was es in diesem Wohnwagen an Wertvollem gibt.

Um unbehelligt fliehen zu können, sperren sie mich in den Kleiderschrank. Von dort höre ich nur noch Schritte, die den Wagen verlassen. Ohne Hektik oder Eile. Dann knallt die Tür zu, und es ist totenstill. Es dauert nur wenige Minuten, bis ich mich befreien und Alarm schlagen kann. Zu lange allerdings, um von den Tätern noch irgend etwas zu sehen. Natürlich sind sie längst über alle Berge. Und mit ihnen unsere Sachen.

Deutsche Touristen, die direkt neben dem Geschehen in ihren Autos saßen, hatten natürlich die drei jungen Menschen in unseren Wohnwagen gehen sehen. Aber daran ist ja nichts Verdächtiges. Auch als sie die drei wieder herauskommen sahen, konnten sie nicht ahnen, was drinnen geschehen war. Besuch kann ja schließlich jeder mal haben.

Am Schluß bleibt uns nur die Erkenntnis: Das war ein perfekt ausgeführtes Gaunerstück vor großem, aber leider ahnungslosem Publikum. Und ich kann froh sein, daß tatsächlich während des Überfalls niemand hereinkam. Das hätte ein unkontrollierbares Gemetzel geben können.

Bei der Arbeit zugeschaut

Zwei Berufskolleginnen hatten sich auf Mallorca für eine Woche in ein Hotel eingebucht. Dort angekommen, wurde ihnen Zimmer 104 im 2. Stock zugewiesen. Dabei muß man wissen, daß das Hotel ein schmuckloses Hochhaus ist, dessen Fassade vom 2. Stock aufwärts nur noch glatt nach oben geht. Betonbalkon nach Betonbalkon.

Die unteren beiden Stockwerke, also Parterre und 1. Stock, bilden gewissermaßen das Fundament dieses hochkant aufgestellten, glatten Quaders. Sie haben viel mehr Grundfläche als der Rest, das Flachdach des 1. Stockes sieht aus wie eine große Terrasse. In diesen großzügigen Basis-Stockwerken sind Rezeption, Bar, Aufenthaltsraum, Speisesaal und Fernsehraum untergebracht.

Auf 104, direkt über der großen Terrasse, wohnen also die beiden Kolleginnen. Eine von ihnen erzählt:

Unser Geld und die Schecks deponieren wir im Hotelsafe.

Dann gehen wir zum Zimmer. Eine stickige Angelegenheit, denn offensichtlich hat hier schon länger keiner mehr gelüftet. Außerdem ist es ziemlich heiß hier drin. Also reißen wir erst einmal alle Türen und Fenster auf.

Auch als wir am Abend zu Bett gehen, lassen wir die Balkontür einen Spalt auf. Dann sinken wir bald in seligen Schlaf, denn die Anreise war doch einigermaßen beschwerlich.

In den frühen Morgenstunden wache ich auf. Es muß wohl ein Geräusch oder Luftzug gewesen sein. Ich drehe mich um und erstarre im gleichen Moment: Direkt neben meinem Bett steht eine schwarz gekleidete, relativ zierliche Person. Ob Mann oder Frau, kann ich nicht erkennen.

Ich traue mich auch nicht, der Gestalt in die Augen zu schauen. Vor Angst bleibt mir das Herz fast stehen. Ich rühre mich keinen Millimeter, stelle mich schlafend. Meine Hände sind schlagartig schweißnaß. Ich sehe überdeutlich – fast wie in Zeitlupe –, wie die Gestalt meine Handtasche vorsichtig vom Nachttisch nimmt. Dann entfernt sie sich leichten Schritts und verschwindet durch die Balkontür aus dem Zimmer.

Ich warte einen Moment, dann stehe ich auf, schließe diese Tür und mache Licht. Jetzt erst wacht meine Kollegin auf. Sie ist noch total verschlafen, begreift aber schnell, was los war. Ein Blick genügt und sie weiß: Auch ihre Handtasche ist weg.

Sofort melden wir den Diebstahl. Schon bald kommen zwei Polizisten und untersuchen den Tatort. Draußen auf dem terrassenartigen Flachdach, das unter unserem Balkon liegt, finden sie einige Unterlagen meiner Kollegin, die sie in ihrer Tasche hatte. Der Dieb oder die Diebin kam und ging also über dieses Flachdach des 1. Stockes. Vor dieser Einstiegsmöglichkeit gewarnt hat uns ärgerlicherweise vom Hotel niemand, obwohl – wie wir später erfahren – hier schon öfter auf diese Art eingebrochen wurde.

Am Tag darauf finden wir zwar noch unsere leeren Handtaschen, aber vom Inhalt oder unserem nächtlichen Besuch sehen wir nie wieder etwas.

Das Badezimmer-Arrangement

Noch einmal ein Hotel, diesmal aber in Paris und in aller Kürze. Eine Düsseldorferin war für einen Wochenendtrip in die französische Hauptstadt gekommen. Ihr Hotelzimmer lag im 4. Stock. Was sie jedoch nicht vor langfingrigen Klettermaxen schützte:

Es ist ein lauer August-Abend, und ich habe die Balkontür auf. Vor dem Schlafengehen will ich mich noch etwas entspannen. Deshalb liege ich zwar auf dem Bett, bin aber wach und lese Zeitung. Plötzlich kommen vom Balkon her komische Geräusche. Ich schaue hin und sehe, daß sich der Vorhang bewegt. Dann erscheint ein Bein, danach ein Arm, und schon steht ein ganzer Kerl im Zimmer.

Als er mich sieht, ist er offensichtlich genauso überrascht wie ich. Es dauert eine Schrecksekunde, dann fange ich an zu schreien und er geht auf mich los. Ich schlage und kratze und wehre mich gegen den Angreifer. In dem Handgemenge bekomme natürlich ich am meisten ab. Aber die Verletzungen merke ich im Getümmel nicht. Irgendwann gelingt es mir, mich loszureißen, ins Badezimmer zu flüchten und die Tür abzusperren. Mit dieser Lösung ist der Einbrecher einverstanden. Er läßt von mir ab. Ich höre, wie er das Zimmer durchsucht und nach einigen Minuten über den Balkon wieder verschwindet. Mein Leben ist gerettet, Geld und Schmuck sind weg.

IV. Keine Moral, diese Leute

8. Willkür im Amt

Spurlos verschwunden

„Das ganze Jahr über kämpfen wir in Frankfurt, Deutschlands kriminellster Stadt, gegen das Verbrechen", stöhnten zwei Kriminalbeamte. Ein männlicher und ein weiblicher. Zwei, die sich über ihren offenbar schweren Dienst kennengelernt hatten und zu Lebensgefährten geworden waren.

Jetzt wollten sie ausspannen und auf „Nummer Sicher" gehen, um wenigstens einmal im Jahr für zwei Wochen verschont zu bleiben von jeder Art von Kriminalität. Deshalb buchten sie Urlaub in einer Hotelclubanlage. Auf Mallorca, in ruhiger Lage, mit allem Drum und Dran. In dem Städtchen Paguera, nicht weit von Palma de Mallorca. Im Schutz dieser Anlage sollte es doch möglich sein, auf andere Gedanken zu kommen!

Eines Tages verließen sie den Club, um sich zusammen mit einem befreundeten Ehepaar per Mietwagen die Insel anzuschauen. Bei einer Autovermietung im Ort holte man sich je einen Fiat Panda, dann ging's los. Das hätten sie nicht tun sollen, denn ab diesem Moment gerieten sie mitten in das Thema, das sie eigentlich vergessen wollten:

Wir suchen die Hauptstraße und haben sie auch bald gefunden. Zumindest sehen wir sie in einiger Entfernung, nur ein Parkplatz liegt noch dazwischen. Also fahren wir auf diesen drauf, in der Absicht, am anderen Ende wieder runterzufahren. Doch am anderen Ende gibt es dummerweise keine Ausfahrt. Wir müssen umdrehen und zurück. Also wird der Rückwärtsgang eingelegt, das Lenkrad eingeschlagen und langsam zurückgefahren. In dem Moment – aus welchem Grund auch immer – knickt unser Panda in sich zusammen, kippt seitlich nach hinten weg. Wie in Zeitlupe legen wir uns zuerst auf die Seite, dann aufs Dach. Auf dem bleibt „die tolle Kiste" einfach liegen. Wir kommen uns vor wie Maikäfer auf dem Rücken.

Lustig ist unsere plötzlich kopflastig gewordene Lage aber nicht, denn wir kommen nicht mehr aus dem Auto raus. Meine Freundin ist mit dem linken Arm und Bein unter dem Fahrzeug eingeklemmt. Noch dazu platzt kurz darauf der Tankverschluß auf, und 40 Liter Benzin ergießen sich über uns.

Gott sei Dank sind unsere Freunde dabei. Es gelingt ihnen, uns zu bergen, die wichtigsten Sachen aus dem Auto zu holen und den Zündschlüssel abzuziehen, um so einem Brand vorzubeugen.

Sekunden später kommt zufällig eine Polzeistreife vorbei. Die Polizisten halten an und erledigen die Routine: Unfallstelle absichern, Feuerwehr und Krankenwagen rufen, Personalien aufnehmen. Der eine Beamte sagt noch, er werde die Autovermietung verständigen, dann fährt auch schon der Krankenwagen vor. Wir steigen ein, und ab geht's mit Blaulicht in eine kleine Unfallstation im nahen Palma Nova.

Der Arzt dort schaut sich unsere Verletzungen an und schüttelt den Kopf: „Das können wir hier nicht machen." Wir müssen wieder zurück in den Krankenwagen, der uns diesmal ins Krankenhaus nach Palma de Mallorca bringt. Dort werden wir geröntgt und behandelt. Stunden später dürfen wir gehen. Von einem Taxi lassen wir uns schnurstracks zur Autovermietung bringen.

Was wir dort erleben, gleicht einem bösen Traum. Es ist etwa 18.30 Uhr, als wir eintreffen. Wir sprechen die Angestellte, die gerade Dienst hat, auf unseren Unfall an. Aber die weiß angeblich nichts von einem Unfall. Sie fragt über Telefon die anderen Agenturen, die Zentrale: keine Ahnung. Sie fragt bei allen Polizeidienststellen in der Gegend: Von einem Unfall haben auch die nichts gehört.

Natürlich weiß die Angestellte auch nicht, wo das Unfallauto sein könnte. Wir fahren gemeinsam zum Unfallort: kein Auto. Wir sollten später noch einmal bei ihr anrufen, meint die „Ahnungslose", dann trennen sich unsere Wege.

Wir eilen zu unserem Hotel, wo wir unsere Freunde treffen. Sie seien noch eine Weile am Unfallort geblieben, sagen sie, danach hätten sie unser Krankenhaus gesucht. Den Plastikbeutel, den wir noch vermissen – mit ein paar Klamotten und einer Fotokamera drin – haben sie nicht gesehen. Weder im Unfallwagen noch in dessen Umgebung. Am Abend rufen wir noch einmal die Vermietung an: immer noch nichts. Statt dessen wird uns angekündigt, wir hätten wegen des verschwundenen Autos mit finanziellen Forderungen zu rechnen.

Am folgenden Tag stehen wir bei diesen Leuten wieder auf der Matte. Diesmal wollen wir den Chef der Vermietung sprechen. Natürlich ist er nicht da, die Angestellten telefonieren. Der Chef sei eine Chefin, wird uns erklärt, und die komme nicht. Aber sie habe ausrichten lassen, daß wir sofort die Räumlichkeiten zu verlassen hätten. Andernfalls müsse die Polizei gerufen werden.

Den Vorschlag mit der Polizei begrüßen wir spontan. Und es dauert nicht lange, dann erscheinen zwei Beamte in Begleitung der Chefin. Sie besprechen sich kurz (auf Spanisch, was wir nicht verstehen), dann kommen die Polizisten auf uns zu und fordern uns in barschem Ton auf, endlich zu gehen. Wir erklären, daß wir Kollegen seien und jetzt ihre Hilfe benötigten. Aber auch das hat keinen Zweck. Wir werden regelrecht hinausgejagt.

Eine Stunde später erscheinen wir auf der Polizeiwache. Zusammen mit unserem Freund und einem von unserer Reiseleiterin organisierten Dolmetscher. Über ihn lassen wir erklären, was geschehen ist und was wir fordern: ein Protokoll, Nachforschungen über den Unfall und den Verbleib des Autos, eine Anzeige gegen Unbekannt und eine Bescheinigung darüber.

Der Wachhabende reagiert mit Telefonaten, unter anderem mit der Autovermietung. Nach einer Viertelstunde weiß er Bescheid und schließt den Fall auf seine ganz individuelle Art und Weise ab und verkündet: „Von dem Unfall weiß niemand etwas. Also gibt es auch keine Protokolle, Anzeigen oder schriftlichen Bestätigungen. Und deswegen verschwinden Sie jetzt schleunigst von hier!"

Das tun wir nicht, sondern geben uns wieder als deutsche Polizisten zu erkennen. „So lassen wir uns nicht abspeisen", sagen wir und verlangen nach seinem Namen. Das löst beim spanischen Kollegen tiefsten Groll aus. Er ruft ein paar Guardias aus dem Nebenzimmer, und die drängen uns Augenblicke später äußerst unsanft aus der Wache. So unsanft, daß wir uns nicht mehr trauen, zurückzugehen.

Unsere Flucht vor Verbrechen endet somit mitten im Verbrechen. Kurioserweise aber diesmal auf der anderen Seite, nämlich der unseren. Begangen von offensichtlich völlig korrupten Kollegen.

Antikorruptionsblockade

Mit den geschäftstüchtigen Gepflogenheiten rumänischer Grenzer machte ein Ehepaar aus Bad Marienberg im Westerwald bei der Ausreise aus Rumänien Bekanntschaft. Ursprünglich wollten die beiden über die Grenze bei Nădlac nach Ungarn fahren. Doch dort stauten sich die wartenden Autos sechs Kilometer weit. Hinten an der Schlange angekommen, bekamen sie von einem Uniformierten das Angebot, für 100 DM vorfahren zu dürfen. Zwar konnten sie den Herrn auf 50 DM herunterhandeln, aber das taten sie nur aus Neugierde. Im Grunde genommen verabscheuen sie Korruption zutiefst. Deshalb gingen sie auf die ungewöhnliche Offerte nicht ein und verließen empört den Ort der Schande.

Ein paar Kilometer weiter nördlich liegt der Übergang Vărşand. Sie drehten um und steuerten ihr Auto dorthin. In der Hoffnung, auf tadellose Grenzer zu stoßen. Sie konnten nicht ahnen, daß es in Vărşand noch viel schlimmer kommen sollte:

Die Schlange vor Vărşand ist fast genauso lang wie die vor Nădlac. Am Ende steht ein Grenzsoldat in Drillich mit einem Sprechfunk-Gerät in der Hand. Auf seine Anweisung hin stellen wir uns hinten an. Der Auftakt zum großen Warten. Nach hinten werden es zwar immer mehr Autos, aber nach vorne geht absolut nichts. Stundenlang bleiben wir auf derselben Stelle stehen. Einzige Bewegung: Ab und zu überholt von hinten ein Auto und fährt vor bis zur Grenze.

Diese vorbrausenden Autos machen mich nervös *(schreibt der Ehemann)*. Je mehr es werden, um so nervöser werde ich. Die haben doch alle die Grenzer geschmiert! Das läuft doch hier genauso wie in Nădlac! Nur wer zahlt, kommt vor. Wir beschließen: Ich laufe vor bis zum Schlagbaum, um zu sehen, was da los ist, und meine Frau bleibt im Auto.

Der Fußmarsch bis zur Abfertigung ist ganz schön anstrengend. Es kommt mir vor wie eine Ewigkeit, bis ich ankomme. Und was ich dann erreiche, ist so gut wie gar nichts. Denn die anwesenden Zöllner und Grenzbeamten erklären nur lapidar: Keiner habe hier Vorrechte, jeder müsse sich anstellen und warten. Vorfahren dürften nur Diplomaten. Mein Einwand, daß andauernd Autos vorfahren würden, in denen unter Garantie keine Diplomaten säßen, beeindruckt niemanden.

Wie recht ich damit habe, wissen hier alle, nur die Zöllner stellen sich blöd. Ich gehe zurück zu unserem Auto, wo sich schon tatkräftiger Widerstand formiert hat. Die Leute halten die Vorfahrer auf, bilden Menschenblockaden, stellen ihre Fahrzeuge quer. Die Vorfahrer ihrerseits beharren auf ihrem Recht, vorzufahren. Schließlich hätten sie ja bei den Zöllnern teures Geld bezahlt.

Für dieses Argument haben die Blockierer absolut kein Verständnis. Wer sich weigert, umzudrehen, hat schlechte Karten. Denn die Autos der hartnäckigen Bestecher werden von der aufgebrachten Menge kurzerhand an den Straßenrand gehoben. Anwohner aus dem Ort Vărşand gesellen sich dazu, erzählen von gestern: „Da haben sie denen, die versuchten, vorbeizufahren, die Scheiben eingeschlagen." Andere sollen samt ihren Autos im Graben gelandet sein.

Unter solchem Druck werden auch die Schmiergeld-Zahler immer nervöser. Vehement fordern sie von den Grenzern, endlich etwas für ihr Geld zu tun. Gegen Mitternacht ist es dann soweit. Es erscheint ein Zwei-Meter-Catcher in Uniform, der den Vorfahrern mit Armen, Fäusten und Ellenbogen den Weg freiprügelt. Doch bald steht dieser Elefant etwa 30 entschlossenen Männern gegenüber und bricht seine Aktion wieder ab.

Eine junge Zöllnerin tritt daraufhin meiner Frau erst einmal vors Schienbein, dann setzt sie sich in eines der Bestecher-Autos und befiehlt dem Fahrer, Gas zu geben. Der hat anscheinend Angst vor der forschen Dame und gibt tatsächlich Vollgas. Die Menge spritzt auseinander, und die beiden sind durch.

Unterdessen eskalieren die Wortgefechte, und die Gewalt reißt nicht ab. Einem Mitstreiter fliegt die Brille von der Nase, ich werde die Böschung runtergestoßen. Die letzte Maßnahme der korrupten Zöllner: Sie fahren die Autos der Schmiergeld-Zahler selbst durch die aufgebrachte Menge, ohne Rücksicht auf Verluste. Die Besitzer dieser Autos trotten zu Fuß hinterher. Eine Schar von schamlosen Türken, Deutschen und Ungarn, die sich von den geldgierigen Grenzern zur Bestechung verleiten ließen.

Irgendwann in den frühen Morgenstunden wird es ruhig in der Schlange, es geht meterweise vorwärts in Richtung Grenze. Wir, die nicht gezahlt haben, werden am Vormittag des folgenden Tages nach etwa 20 Stunden Wartezeit abgefertigt.

Die sensiblen Filme

Ein Ingenieur aus Gleichen bei Göttingen schreibt an den „Botschafter des Königreichs Spanien" eine Beschwerde über einen spanischen Polizisten. Der habe auf seiner Uniform das Zeichen „Guerra national de Police" getragen.

Der „königliche" Botschafter wird sich beim Lesen des Briefes spätestens an dieser Stelle das Schmunzeln nicht haben verkneifen können. Denn wenn das zitierte Zeichen, das richtigerweise „Cuerpo Nacional de Policía" lautet, in der Übersetzung überhaupt irgend etwas heißen könnte, dann nur: „Nationaler Polizeikrieg".

Wie auch immer, der Irrtum paßt ganz gut zur Geschichte. Der betreffende Beamte war möglicherweise tatsächlich so etwas wie ein Polizeikrieger.

Nicht ganz unbescheiden verlangt der Beschwerdeführer vom königlichen Botschafter eine Bestrafung des Polizeikriegers, eine förmliche Entschuldigung seiner Dienststelle und der spanischen Regierung und ein Schmerzensgeld von 1000 DM. Falls dies alles nicht erfolge, werde er seine Geschichte in „überregionalen deutschen Tageszeitschriften" veröffentlichen.

Da Felipe González die förmliche Entschuldigung samt der 1000 DM bis heute nicht geschickt hat und auch die „überregionale deutsche Tageszeitschrift" bis auf den heutigen Tag noch nicht erfunden wurde, sei die Geschichte des Gleicheners sozusagen ersatzweise an dieser Stelle veröffentlicht:

Nachdem ich mit einer Reisegruppe einen schönen Südamerika-Urlaub verbracht habe, fliegen wir an einem Tag im November wieder nach Frankfurt zurück. Über Buenos Aires und Madrid. In Madrid müssen wir umsteigen in eine andere Maschine, die uns das letzte Stück bis nach Hause bringen soll.

Es ist 6.35 Uhr morgens, als wir im Madrider Flughafen die Sicherheitskontrolle für Transitreisende passieren müssen. Der erste Teil unserer Gruppe läuft einfach durch, da sich die Polizisten in einem Nebenraum aufhalten. Doch dann kommen sie raus und fangen mit der Kontrolle an. Es erwischt den zweiten Teil der Gruppe, in dem auch ich bin. Jeder legt ordnungsgemäß sein Handgepäck auf das Band des Durchleuchtungstunnels.

Als ich dran bin, mache ich das mit meinem Bordköfferchen genauso. Nur meine belichteten Filme will ich nicht durchlaufen lassen. Sie sind mit 400 ASA und mehr hochempfindlich, und jeder weiß, daß man mit solchen Filmen beim Durchleuchten aufpassen muß.

Ich habe etwa 20 solcher Filme in einer durchsichtigen Plastiktüte. Die halte ich dem kontrollierenden Beamten hin und bitte ihn um Handkontrolle. Doch der lehnt ab; ich solle die Filme durchlaufen lassen. Noch einmal versuche ich es mit den Worten: „Per favor pelicula muy sensible." Daraufhin reißt mir der Beamte den Beutel aus der Hand und schiebt ihn in das Durchleuchtungsgerät.

Fassungslos muß ich zusehen, wie meine schönen Filme darin verschwinden und vielleicht für immer zerstrahlt werden. Total schockiert sage ich zu dem Polizisten auf deutsch: „Ich fahre nie mehr nach Spanien." Das muß er irgendwie mißverstanden haben. Denn Bruchteile von Sekunden später schlägt er mir mit der Faust so brutal ins Gesicht, daß meine Brille zu Boden fällt. Dann würgt er mich am Hals und schlägt noch ein paar Mal zu, bis auch ich selbst am Boden liege. Das reicht ihm aber noch nicht. Sofort springt er auf mich drauf und droht mir mit erhobener Faust.

Ich bin unfähig, auf die irrsinnige Attacke irgendwie zu reagieren und leiste natürlich auch in dieser Situation keinen Widerstand. Nach einer Weile läßt der Rambo von mir ab, ich darf aufstehen und den Kontrollpunkt passieren.

Sofort eile ich zu unserem vorausgegangenen, Spanisch sprechenden Reiseleiter und erzähle ihm, was passiert ist. Wir gehen zusammen zurück und stellen den Polizisten zur Rede. Seine arrogante Antwort: Er sei hier der Chef im internationalen Transitbereich und ich hätte mich seinen Anweisungen widersetzt. Also habe er mich zusammengeschlagen. Schluß und Ende.

Da wir unseren Anschlußflug erreichen müssen, können wir nichts weiter unternehmen. Noch in der Maschine nach Frankfurt zittern mir die Knie. Wie konnte sich nur ein Beamter eines unserer EG-Länder gegenüber einem unbescholtenen Bürger der Bundesrepublik Deutschland so danebenbenehmen!

Verkehrte Welt

Ihr blaues Wunder erlebte eine Familie aus Erkrath bei Düsseldorf während eines Italien-Urlaubes. Vater, Mutter, die 22jährige Tochter und ihr Freund hatten sich in Bibione an der oberen Adria ein Haus gemietet, in das eingebrochen wurde. Um reinzukommen, hatten die Einbrecher die Haustür aufge-

hebelt und sie dabei beschädigt. Drinnen durchwühlten sie sämtliche Schränke und Taschen, aber eigenartigerweise nahmen sie nicht alles mit, was sie hätten mitnehmen können.

Trotzdem war der Schaden immer noch beträchtlich. Klare Sache: Der Familienvater ging zur Polizei, um Anzeige zu erstatten. Auf dem Revier schilderte er den gesamten Vorfall. Außerdem erwähnte er, daß er von dem ganzen Schlamassel Fotos gemacht habe, die jederzeit zur Verfügung stünden. Am Schluß zählte er alle Sachen auf, die gestohlen worden waren (unter anderem eine Fototasche). Aber auch all die Wertgegenstände, die die Einbrecher nicht gefunden hatten.

Drei Stunden später waren Anzeige und Protokoll fertig. Das Protokoll bekam der Rheinländer ausgehändigt. Bevor er sich verabschiedete, bat er um einen nochmaligen Termin am nächsten Tag, da die Fensterscheibe am Auto der Tochter auf der Fahrt nach Bibione beschädigt worden war. Dieser Termin sollte ein außergewöhnliches Erlebnis werden. So etwas hatte der Erzähler nach seinen eigenen Worten „bisher nur im Film gesehen“:

Als ich mit meiner Tochter dort erscheine, wird sie gleich wieder hinausgeschickt, muß vor der Tür warten. Mich führt man ins Zimmer des Commandante, wo ich mich vor dessen Schreibtisch setzen muß. Einer der Polizisten spricht Deutsch und übersetzt, was mir der Commandante so alles zu sagen hat.

Es beginnt ein Bombardement von irrwitzigen Behauptungen, Fragen und Aufforderungen: „Wir glauben Ihnen den Einbruch von gestern. Aber daß die Fototasche auch gestohlen worden sein soll, das glauben wir nicht.“ „Noch können Sie Ihre Anzeige korrigieren.“ „Haben Sie einen Anwalt?“ „Sollen wir die Fototasche aus dem Protokoll streichen?“ „Sie brauchen einen Anwalt.“ „Sie haben falsche Angaben gemacht.“ „Sie bleiben erst einmal im Arrest.“

Sie lassen mich kaum antworten. Im Gegenteil: Wenn ich versuche, mich zu verteidigen, schneiden sie mir das Wort ab, fangen an zu brüllen. Ich habe keine Chance. Innerhalb von Minuten werde ich, das Opfer, von den Uniformierten zum Täter gemacht. Wir gehen noch einmal die Liste der gestohlenen Sachen durch. Dabei wiederholen sie permanent den gleichen Schwachsinn: Ich brauche einen Anwalt, ich solle zugeben, daß ich falsche Angaben gemacht habe, ich bleibe im Arrest.

Mein Vorschlag, zum Haus zu fahren und zu schauen, ob von den als gestohlen gemeldeten Gegenständen noch etwas zu finden sei, wird mit der idiotischen Bemerkung weggebrüllt: „Schreiben Sie uns nicht vor, was wir zu tun haben! Sie behindern die Arbeit der Polizei."

Nach etwa einer Stunde Verhör führen sie mich ins Nebenzimmer. Vorher muß ich noch das Protokoll von gestern zurückgeben. Dann heißt es nebenan warten. Natürlich nicht allein, sondern bewacht von einem uniformierten Aufpasser.

Nun ist meine Tochter dran. Sie wird hereingeholt und erlebt ähnliches wie ich. Natürlich geht es auch bei ihr nur um den Einbruch von gestern. Ihr Einwand, daß sie doch eigentlich wegen der kaputten Autoscheibe gekommen sei, interessiert niemanden. Sie wird einem Verhör unterzogen, dessen Ungeheuerlichkeit und Gemeinheit das meine noch übertrifft: „Gib zu, daß die Fototasche nicht gestohlen wurde." „Dein Vater hat alles zugegeben." „Dein Vater kann ins Gefängnis kommen." „Ihr widersprecht euch."

Wie wir später rekonstruieren, starten sie bei mir mehr oder weniger zur gleichen Zeit die Fortsetzung meines Verhörs: „Ihre Tochter hat alles zugegeben." „Sie brauchen einen Anwalt." „Sie kommen ins Gefängnis."

So werden wir etwa zwei Stunden unter Druck gesetzt, ohne daß für die Polizei dabei irgend etwas herausspringt. Denn beide bleiben wir bei der Wahrheit. Dann muß meine Tochter den Commandante in ihrem Auto zu unserem Haus fahren. Den beiden folgt ein Streifenwagen mit zwei Beamten.

Am Haus angekommen, beginnt eine sogenannte Hausdurchsuchung. Inspiziert werden unsere beiden Autos und eine Schlafcouch im Wohnraum. Außerdem der Abfalleimer, nachdem meine Tochter die Beamten darauf hingewiesen hat, daß wir dort seit dem Einbruch einige Sachen – unter anderem einen Walkman – in einem Plastikbeutel versteckt halten. Meiner im Haus wartenden Frau und dem Freund meiner Tochter werden während der gesamten Aktion keine Erklärungen abgegeben.

Mit dem Plastikbeutel und dem Walkman erscheinen die Polizisten kurz darauf wieder auf der Wache. Der Commandante hält mir die Sachen triumphierend unter die Nase, so als ob ich sie als gestohlen gemeldet und er mich jetzt beim Betrug ertappt hätte. Ich muß meinen Paß abgeben, und er erklärt mir, bevor er den Raum wieder verläßt: „Sie bleiben in Haft."

Eine Weile lang rührt sich nichts. Plötzlich geht die Tür auf. Herein kommt irgendeiner von diesen Polizisten. So als wäre es die normalste Sache der Welt, sagt er zu mir: „Sie können jetzt gehen. Sie bekommen aber eine Anzeige wegen Behinderung der Polizei." Dann drückt er mir meinen Paß in die Hand und läßt mich stehen. Und tatsächlich: Keiner hindert mich daran, daß ich nach Hause gehe.

In den folgenden zwei Tagen versuchen wir noch alles, um herauszufinden, wie diese maßlose Unverschämtheit zustande kam. Sogar zum deutschen Konsulat nach Venedig fahren wir. Allerdings kann man uns dort auch nicht weiterhelfen. Keiner von uns fühlt sich mehr wohl in dem Haus, alle haben Angst, die Polizisten könnten zurückkommen. Am dritten Tag nach dem Polizei-Überfall halten wir es nicht mehr aus: Wir brechen ab und fahren nach Hause.

9. Tatort Kassenhäuschen

Schilder statt Autos

Am Ende verdächtigte das Ehepaar aus Neuss bei Düsseldorf sogar die Stadt Venedig selbst, Urheber der „Schweinerei" zu sein, die ihm und einem befreundeten Paar beim gemeinsamen Besuch der italienischen Gondel-Metropole angetan wurde.

Aber alles der Reihe nach: Der Urlaub zu viert in Südtirol sollte einen Farbtupfer bekommen. Die Lagunenstadt an der oberen Adria versprach Abwechslung. Also machte das Düsseldorfer Quartett mit dem Auto eine Tagestour nach Venedig.

Sie wollten den Wagen auf dem Inselchen Tronchetto abstellen und von dort mit dem Schiff ins Stadtzentrum übersetzen. Ortskundige wissen, daß es ein Linienboot gibt, das für billiges Geld direkt hinüberfährt zum Markusplatz. Unsere kleine Reisegruppe wußte es nicht. Deshalb konnte passieren, was den Düsseldorfern passierte:

Kurz bevor wir zum Parkplatz von Tronchetto vordringen, stehen zwei wild gestikulierende Männer mitten auf der Straße und halten uns an. Der Parkplatz sei wegen einer Baustelle überfüllt, sagen sie, und deshalb müßten wir unser Auto schon hier abstellen. „Hier", das ist ein ziemlich wüster Schotterplatz. Etwa 30 Meter breit, eingefaßt mit einem Zaun aus Maschendraht. Vorne ein großes Tor, hinten das Wasser.

Wir schauen uns die Sache noch skeptisch an, da kommen drei weitere Burschen angesaust und weisen uns innerhalb des fraglichen Geländes einen Parkplatz in einer Reihe von etwa 25 parkenden Autos zu. Daß da schon andere Fahrzeuge stehen, gibt uns ein Gefühl der Sicherheit, also bleiben wir da.

Jetzt fragen uns die Parkeinweiser, ob wir in die Altstadt wollten. „Es steht gerade ein Boot bereit. Wenn Sie sich beeilen, bekommen Sie es noch!" Nichts ist uns in dem Moment lieber als ein wartendes Boot. Im Laufschritt hetzen wir zur Anlegestelle.

Erst als wir schon in dem Kahn sitzen und übers Wasser tukkern, kommen uns Bedenken. Ein Motorboot mit genau vier Sitzplätzen? Warum diese Eile? Warum geht die Fahrt nur durch Seitenkanäle? Und warum versteht der Fahrer plötzlich kein Deutsch mehr, als wir ihn nach dem „Canale Grande" fragen?

Nach einer halben Stunde auf dem Wasser legt das Boot in einem schmalen Seitenkanal in der Nähe des Markusplatzes an. Kurz darauf wird Kasse gemacht. Der Mann am Steuer verlangt sage und schreibe 75 000 Lire (damals etwa 60 DM), und zwar pro Person! Daraufhin lachen wir ihm nur ins Gesicht.

Beim Anblick unserer heftigen Umrechnungsbemühungen am Taschenrechner geht er auf 70000 Lire runter. Unser Gegenangebot: 70000 für alle vier oder ein gemeinsamer Gang zur Polizei. Wohl oder übel muß er zähneknirschend akzeptieren. Wir bezahlen und steigen aus, er fährt fluchend mit dem Geld zurück.

In der Hoffnung, daß er sich nicht an unserem Auto rächt, wenden wir uns der Stadt zu. Den ganzen Tag über bleibt aber dieses ungute Gefühl, daß der Kerl mit unserem Auto etwas anstellen könnte.

Am späten Nachmittag kehren wir mit einem Linienboot, das nur einen minimalen Bruchteil des vorher gezahlten Preises kostet, zum Parkplatz zurück. Als wir dort ankommen, finden wir eine aufgeregt schimpfende Menschenmenge vor. Es sind die Fahrer und Mitfahrer der hinter dem Zaun geparkten Autos. Beziehungsweise der Autos, die dort geparkt waren.

Denn jetzt sind sie weg. Alle einfach weg. Auch das unsere ist spurlos verschwunden!

Dafür hängen jetzt Schilder am Zaun. Oder genauer gesagt an dem großen Tor. Schilder, die heute morgen mit Sicherheit nicht da hingen. Schilder, die das Parken und die Einfahrt verbieten.

Aber wo sind die Autos, fragt sich jeder. Abgeschleppt? Geklaut? Polizei ist weit und breit keine zu sehen. Alles schwärmt aus und sucht. Auf dem eigentlichen Parkplatz von Tronchetto werden wir fündig. Dort stehen sie, fein säuberlich in Reih und Glied hingestellt. Natürlich gibt es hier überhaupt keine Baustelle, von Überfüllung des Parkplatzes keine Spur. Wir gehen zum Parkhäuschen und fragen, was mit den Autos sei. Daraufhin präsentiert uns der Mann am Schalter eine Liste, auf der sie nach Kennzeichen geordnet verzeichnet sind. Wer ihm 9000 Lire Parkgebühr und 30000 Lire Abschleppgebühr bezahlt, wird aus der Sünder-Liste gestrichen und bekommt sein Fahrzeug zurück.

Auch wir müssen bezahlen, ob wir wollen oder nicht. Auf welchen Schwindel wir da reingefallen sind, wissen wir bis heute nicht.

Geldschein-Trick am laufenden Band

Was einem Autofahrer aus Medebach im Sauerland widerfuhr, ist nichts Außergewöhnliches. Egal in welchem Land, dieser Trick wird international an unzähligen Autobahngebühr-Zahlstellen praktiziert. Den Sauerländer erwischte es in Südfrankreich:

Ich fahre an die Mautstelle ran, entscheide mich für eine der Warteschlangen und stelle mich dort als etwa Zehnter an. Es dauert nicht lange, dann bin ich vorne am Schalter und reiche einen 500-Francs-Schein hoch. Der Betrag, den ich zu zahlen habe: 85 Francs. Was ich zurückbekomme, sind 15 Francs. Dann ist Schluß, mehr rückt die Dame am Fenster nicht raus.

Ich protestiere. Klar, ich hatte doch einen Fünfhunderter gegeben! Daraufhin zeigt mir die Kassiererin freundlich lächelnd einen Hunderter, so als hätte ich gerade mit diesem 100-Francs-Schein bezahlt. Wie kann ich ihr nachweisen, daß sie lügt? Ich schimpfe noch eine Weile, dann wird mir klar, ich habe weder Zeugen noch Beweise für die Tatsache, daß ich mit 500 Francs bezahlt habe. Ich gebe mich geschlagen und fahre wutentbrannt weiter.

Zurück auf der Autobahn, denke ich über die Sache nach. Plötzlich begreife ich die Szene, die ich beobachtet hatte, als ich hinten in der Warteschlange stand. Bei einem der vorderen Autos spielte sich nämlich genau das gleiche ab wie bei mir. Ich sah nur diese „nette" Kassiererin, wie sie dem Fahrer mit einem Schein zuwinkte. Jetzt weiß ich, was ich vor ein paar Minuten noch nicht wußte: Dieser Fahrer wurde genauso betrogen wie ich.

Keiner hat's gesehen

Ein Schwabe aus Warthausen bei Biberach besuchte im Wohnmobil die Niederlande. Zusammen mit seiner Beifahrerin kam er eines Tages nach Den Haag. Die beiden sahen sich die Sehenswürdigkeiten der Hafenstadt an und wollten auch irgend-

wann die berühmte Mini-Stadt „Madurodam" besichtigen. Also fuhren sie hin. Um zu parken, steuerten sie ihr Wohnmobil auf den Parkplatz, der direkt vor den Toren von Madurodam liegt und scheinbar zur Anlage gehört. So etwa um 11.30 Uhr mittags zahlte der Schwabe, der am Steuer saß, seine Parkgebühr:

Danach dirigiert mich ein Parkwächter ganz nach hinten. Wir sollen uns ans Ende einer Reihe von Wohnmobilen stellen. Ein Parkplatz, der mir gar nicht behagt. Weiß ich doch von früheren leidvollen Erfahrungen andernorts, daß sich Autoknacker auf solchen Parkplätzen mit Vorliebe an den Autos zu schaffen machen, die weiter weg abgestellt sind und die man daher nicht so leicht einsehen kann. Ich reklamiere, will mich auf den Mittelstreifen stellen. Der ist nämlich fast frei. Aber der Parkplatzwächter bleibt hart und erklärt mir, die Mitte sei für Pkw reserviert. Also muß ich wohl oder übel zu den Wohnmobilen. Wir parken, und als ich nicht aufhöre, vor mich hinzuschimpfen, beruhigt mich meine Beifahrerin mit vernünftigen Argumenten: Der Parkplatz ist offensichtlich bewacht, der Eisverkäufer steht keine fünf Meter entfernt, bis zum Souvenirstand sind es vielleicht sieben Meter, und das Kassenhäuschen ist auch nicht weiter weg als 20 Meter.

Ich lasse mich überzeugen, was soll da schon passieren! So viele Leute in unmittelbarer Entfernung. Wir sperren ab und gehen diese Mini-Stadt anschauen, die im übrigen wirklich sehr hübsch ist.

Nach etwa drei Stunden kommen wir zurück. Schon von weitem sehe ich, daß der Boden entlang unserer Parkreihe mit den Wohnmobilen übersäht ist mit Glassplittern. Wir kommen zum ersten Fahrzeug: aufgebrochen. Das zweite: aufgebrochen. Das dritte natürlich auch, und so geht es die ganze Reihe lang. Überall sind die Fenster eingeschlagen, die Wohnmobile aufgebrochen. Logischerweise ist auch unseres nicht verschont geblieben. Was tun? Wir teilen uns: Meine Beifahrerin bleibt beim Auto, räumt ein bißchen auf und schaut, was uns alles geklaut wurde.

Ich marschiere auf dem schnellsten Weg zum Parkwächter. Mit einer guten Portion Wut im Bauch stelle ich ihn zur Rede. Es entwickelt sich eine lautstarke Diskussion, bei der so gut wie gar nichts herauskommt: Er sei überhaupt kein Parkwächter, meint der gute Mann, und der Parkplatz sei kein bewachter Parkplatz. Das Geld, das man hier bezahlen muß, sei eine Gebühr fürs Parken und nicht für eine Bewachung.

Ich merke, es hat keinen Wert, hier weiterzubohren. Ich lasse den Ignoranten stehen und marschiere wieder los. Diesmal noch etwas schneller als vorher, vor Wut schon fast überkochend. Jetzt steuere ich die Büros von Madurodam an. Einen Verantwortlichen aus dem Management will ich sprechen. Aufgrund meines aufgebrachten Zustands gelingt mir das auch sofort. Wieder wird es etwas lauter, wieder läßt man mich voll abblitzen. Der Manager erklärt mir, der Parkplatz sei ein Grundstück der Stadt Den Haag. Es tue ihm furchtbar leid, aber Madurodam sei dafür nicht zuständig, und er könne deshalb auch nichts für mich tun. Er ruft noch schnell die Kasse am Eingang an, ob man etwas bemerkt habe, und verabschiedet mich dann. Natürlich haben auch seine Kassierer nichts gesehen.

Völlig entmutigt gehe ich zurück. Jetzt sind der Eis- und der Souvenirverkäufer dran. Sie sitzen auf Campingstühlen direkt neben einem aufgebrochenen Wohnmobil, weil „heute nichts los ist“. Was sie mir zu berichten haben, wundert mich an diesem Ort der Blinden nicht mehr: Sie haben nichts gesehen und nichts gehört. Was ihnen selbstverständlich völlig schleierhaft ist, wo doch direkt neben ihnen Scheiben zerschlagen wurden. Ein richtiges kleines Wunder sei das. Völlig unverständlich, sagen sie kopfschüttelnd.

Mittlerweile sind auch andere Geschädigte eingetroffen. Wir sind uns einig, daß wir hier alle ganz ordentlich verarscht werden, und tun uns zusammen. Gemeinsam geht’s zur Polizei. Keine hundert Meter vom Parkplatz entfernt kommt uns ein Streifenwagen entgegen, den wir sofort stoppen. Die Beamten bestätigen, auf diesem Parkplatz würden fast jeden Tag Autos aufgebrochen. Sie sind sehr höflich und freundlich und bedauern sehr, daß uns so etwas in den Niederlanden passiert sei. Aber leider seien sie nicht zuständig, wir müßten zum Polizeirevier gehen.

Das tun wir dann auch. Im Revier wieder die gleiche Wärme und Freundlichkeit. Man bemüht sich um uns, macht Protokolle, besichtigt die beschädigten Autos, läßt uns telefonieren, ist schlichtweg zu jeder Hilfe bereit. Aber Hoffnung, die gestohlenen Sachen wiederzufinden, gibt uns keiner. So machen wir uns abends um sieben Uhr wieder auf den Weg, einem getrübten Resturlaub entgegen.

Ich frage mich nur, warum die Stadt – verdammt noch mal – keinen Polizisten abstellt, um den Parkplatz zu bewachen. Die Opfer hinterher zu betreuen, beschäftigt das ganze Polizeirevier und ist hundertmal teurer!

V. Deutsche Krämerseelen

Was ein Krimi ist, weiß jedes Kind, spätestens, seit es Fernsehen gibt. Krimis gibt's als Film oder als Erzählung. Egal wie, es geht darin immer kriminell zu, weil die Straftaten, die in den Krimis begangen werden, verbrecherische Handlungen sind.

In der Umgangssprache bezeichnen wir aber auch Vorgänge als kriminell, die sich an der Grenze des Erlaubten bewegen, die wir subjektiv als verbrecherisch empfinden oder die unseren Vorstellungen von dem widersprechen, was „sich gehört".

Manche Leute finden es sehr schnell „kriminell", wenn die Umstände im Urlaubsland nicht haarklein den Verhältnissen entsprechen, die sie von zu Hause gewöhnt sind, oder wenn die phantasiereichen Urlaubserwartungen von der Realität vor Ort enttäuscht werden.

So etwas wird dann entweder in furchtbarem Frust geschluckt oder in aufwendigen zivilrechtlichen Prozessen ausgefochten. In jedem Fall leiden die Betroffenen oft sehr darunter. Deshalb nehme ich ihre Schilderungen ernst und bringe sie hier als Krimis, weil sie einfach als solche empfunden wurden, auch wenn sie keine klassischen Krimis mit klassischen Straftaten sind. Und auch um deutlich zu machen, daß in dem einen oder anderen Fall ein bißchen weniger bürgerliche Sturheit auch für weniger Probleme sorgen würde.

10. Eine Frechheit, dieser Service

Kleine Pappe statt großem Porzellan

Ein Reiseleiter aus Leinfelden-Echterdingen bei Stuttgart begleitete seine Reisegruppe auf einer nächtlichen Busfahrt von

Italien nach Deutschland. Gleich hinter der italienischen Grenze auf der N2 Richtung Gotthard hielten die Urlauber an einer Raststätte bei Chiasso. Der empörte Reiseleiter berichtet, was ihm und seinen Schäfchen um 5.45 Uhr morgens zugemutet wurde:

Wir gehen für einen halbstündigen Halt in die Raststätte. Ich frage meine Leute: „Wer wünscht etwas zu trinken?" Es melden sich 20 Personen für einen Cappuccino. Also gehe ich zur Kasse, bezahle für die 20 Tassen Cappuccino 40 Schweizer Franken und erhalte dafür einen Sammelbeleg.

An der Theke stehen schon vier Gäste, die nicht von unserer Gruppe sind. Einer von ihnen fällt mir auf, weil er seinen Espresso aus einem eigenartigen Mini-Pappbecher trinkt. O Gott, denke ich mir, wir werden doch wohl nicht unsere Cappuccinos aus Papiertassen trinken müssen! In dem Moment sehe ich aber schon richtige Cappuccino-Tassen aus Porzellan in der Ablage, sauber und ordentlich aufgereiht. Das beruhigt mich, und ich löse meinen Sammelbeleg an der Theke ein.

Als ich jedoch kurz darauf die Bedienung dabei beobachte, wie sie 20 von diesen Mini-Pappbechern der Reihe nach aufstellt, um dann 20 Mini-Portionen Cappuccino darin zu versenken, glaube ich fast zu träumen. Noch bevor sie damit fertig wird, reklamieren wir heftig. Aber diese Dame reagiert überhaupt nicht, sondern bringt ihre unselige Arbeit in aller Ruhe zu Ende. Danach stellt sie uns reichlich unfreundlich die 20 mit Cappuccino gefüllten Espresso-Pappbecher hin.

Weiteren Protesten unserer Gruppe entzieht sich das gesamte Personal, indem es im hinteren Küchenraum verschwindet. Erst Minuten später kommt es wieder vor, weil neue Gäste erschienen sind, die bedient werden wollen. Dabei steigert sich unser Unmut immer mehr, als wir sehen, daß die ihren Cappuccino in den dafür vorgesehenen großen Tassen aus Porzellan erhalten. Schließlich macht eine unserer Frauen die Probe aufs Exempel und schnappt sich so eine richtige Cappuccino-Tasse. Und siehe da: Der Inhalt aus ihrem Pappbecher füllt diese nicht einmal bis zur Hälfte.

Ich bitte um den Namen der schichtführenden, verantwortlichen Person: ohne Erfolg. Ich wende mich in Deutsch, Englisch und mit der Hilfe eines dolmetschenden Gastes in Italienisch an den Mann am Geldwechselschalter: eisernes Schweigen. Bis er doch noch irgendwann herauskriegt: „Wenden Sie sich an das Motel gegenüber." Es ist aber klar, daß dort um sechs Uhr morgens niemand großes Interesse an unserem Problem haben würde.

Also verlassen wir frustriert diesen Ort mit dem beklemmenden Gefühl, gerade auf ganz niedrige Art und Weise geneppt worden zu sein. Aber als müder durchreisender Einmal-Kunde muß man sich wohl eine solche Frechheit gefallen lassen.

Eine schmierige Angelegenheit

In Eschweiler ist er zu Hause, auf Mallorca machte er Urlaub. Dort bekam er an einem Freitag Lust, das Wochenende im Sattel eines Zweirads zu verbringen. Also wandte er sich an einen Motorrad-Verleih und übernahm am Morgen des folgenden Samstags einen Miet-Motorroller:

Ich unterschreibe einen Mietvertrag für Samstag und Sonntag, hinterlege den Personalausweis und zahle den gesamten Betrag im voraus. Dann geht's los, die Insel wartet.

Nach etwa 130 Kilometern und viel Biker-Spaß muß ich tanken. An der Tankstelle bemerke ich, daß der Gasdrehgriff ölig ist. Auch meine Hand ist voll und der gesamte Unterarm. Übersät mit winzig kleinen Ölflecken. Irgend etwas scheint undicht zu sein. Was, kriege ich auf die Schnelle nicht heraus. Also lasse ich es bleiben und beschließe, erst einmal zum Hotel zurückzufahren. Die 50 Kilometer bis dorthin wird das Ding schon noch mitmachen.

Und tatsächlich, der Roller hält durch. Aber der Preis, den ich dafür bezahlen muß, ist hoch. Denn beim Absteigen vor dem Hotel erkenne ich, was das Gefährt mit mir angestellt hat. Jetzt ist nicht nur mein Arm total ölverschmiert, jetzt ist das ganze Hemd, die Hose, die Socke voll. Eigentlich kann man sagen, daß ich mich in einen richtig schmierigen Typen verwandelt habe.

Aber zum Spaßen ist mir jetzt eigentlich nicht mehr zumute. Verdreckt wie ich bin, fahre ich sofort zur Vermietung. Die Angestellten dort versichern mir, daß sie das gar nicht verstehen könnten, hatten sie mir doch das beste Stück aus ihrem Zweirad-Park gegeben. Grund genug für mich, auf das angebotene Ersatzvehikel zu verzichten. Denn das kann ja demnach nur noch schlimmer sein als mein ölspuckendes Ungeheuer.

Ich werde konkret und bitte um Abrechnung zum Tagespreis. Außerdem fordere ich Schadenersatz für die verschmutzte Kleidung. Und die Erstattung der Benzinrechnung, da bei Rückgabe ein leerer Tank vereinbart worden war.

Da spricht der Angestellte plötzlich kein Deutsch mehr. Der Chef ist angeblich nicht anwesend, und dort, wo er ist, gibt es kein Telefon. Unverrichteter Dinge muß ich gehen. Auch am nächsten Tag habe ich kein Glück. Ich drohe mit der Polizei, mit einem Prozeß – keine Reaktion. Selbst der Gang zur Polizei verläuft ergebnislos. Die restlichen Tage bis zur Abreise spreche ich immer wieder bei der Vermietung vor, erreiche aber absolut nichts.

Dann muß ich nach Hause fliegen, und damit erledigt sich das Problem quasi von selbst. Denn auf eine sinnlose Prozeßführung von Deutschland aus kann ich ganz gut verzichten.

Zu rüder Umgang

Ein Ehepaar aus Ettlingen hatte Schwierigkeiten mit dem Personal auf einer griechischen Fähre. Der Mann beginnt seinen Bericht beim Einparken auf dem Autodeck:

Schon als wir in den Schiffsbauch fahren, fällt mir auf, daß das Personal die einzelnen Fahrzeuglenker ziemlich unhöflich einweist. Als ginge es darum, eine Viehherde möglichst schnell in den Stall zu treiben.

Ich werde fast genötigt, zwischen zwei eng aneinander stehenden Pfeilern zu parken, obwohl unser Auto dafür eigentlich zu breit ist. Mein Hinweis, daß es noch jede Menge anderer freier Parkplätze gebe, nützt nichts. Also zirkle ich unseren Wagen zwischen die Pfeiler, bis ich mit den Außenspiegeln hängenbleibe. Die sind zu breit, da komme ich beim besten Willen nicht weiter.

Das fällt einem Angestellten auf, der sich sofort der Sache annimmt. Wie sich Sekunden später herausstellt, ein Mann der Tat: Er holt aus, dann kracht es einmal kräftig. Mit der Hand hat er dem linken Außenspiegel einen Schlag verpaßt, so daß der nach hinten wegkippt. Effekt: Unser Auto paßt jetzt zwar zwischen die Pfeiler, aber der Spiegel ist hin. Er läßt sich mit der elektronischen Steuerung von innen nicht mehr bewegen.

Seine hilflosen Versuche, das Ding wieder hinzubiegen, enden erfolglos mit einem Schulterzucken seinerseits. Dann läßt er uns stehen und verschwindet. Ich gehe zu einem Unteroffizier am Eingang des Decks, um mich zu beschweren. Er erkundigt sich nach dem Namen des Parkeinweisers, den ich ihm korrekt nennen kann, da alle Besatzungsmitglieder Namensschilder tragen und ich mir das seine genau angesehen habe. Einen Herrn dieses Namens kenne er nicht, behauptet er. So schnell gebe ich aber nicht auf, und schließlich geht er mit mir zum Auto und besieht sich den Schaden. Ergebnis: Er erklärt mir, daß er dafür nicht zuständig sei. Ich solle mich an seinen Vorgesetzten wenden.

Also marschiere ich zum Vorgesetzten. Der zeichnet sich zunächst durch besonders arrogantes Auftreten aus und versucht, mich wie einen dummen Schuljungen zu behandeln. Aber ich bleibe hartnäckig, und schließlich reparieren sie mir den Schaden doch. Damit ist für uns der Fall erst einmal erledigt.

Wir holen unser Gepäck aus dem Auto, um die Kabine zu suchen. Dabei muß man riesige Umwege laufen, furchtbar enge Treppen steigen. Einen derart umständlichen und beschwerlichen Zugang habe ich noch auf keinem anderen Fährschiff erlebt. Und ich war schon mit vielen innergriechischen Fährverbindungen unterwegs!

Endlich finden wir jemanden, der uns den Kabinenschlüssel übergibt. Ein Steward geht voraus, um uns die Kabine zu zeigen. Wir rumpeln mit allen Koffern hinterher. Auf die Idee, uns beim Tragen zu helfen, kommt dieser noble Dienstleister nicht. Was für ein Service!

Dann die Kabine. Sie muß wohl in der Nähe des Motorraums liegen, denn innen röhrt die Maschine so laut, daß an Schlaf kaum zu denken ist. Die Luft ist abgestanden und warm, denn die Klimaanlage funktioniert leider nicht. Obwohl wir eine Kabine mit Dusche haben, liegen für meine Frau und mich nur zwei winzige Handtüchlein herum. Ich frage den Steward nach vernünftigen Badetüchern: ohne Erfolg. Ich protestiere noch einmal: es rührt sich wieder nichts. Es bedarf eines dritten Anlaufs, der schon fast einem Tobsuchtsanfall meinerseits gleichkommt, bis wir die gewünschten Objekte erhalten.

Als wir dann endlich am Ziel angekommen sind und die Fähre so schnell wie möglich verlassen wollen, erleben wir den Höhepunkt unserer „Luxusreise“: Wir können aus dem Autodeck nicht herausfahren, weil uns ein anderer Pkw eingeklemmt hat. Wir sitzen in dem stickigen Schiffsbauch fest und müssen zusehen, wie ein Auto nach dem anderen die Fähre verläßt. Nur der Besitzer des Wagens, der uns eingeklemmt hat, erscheint nicht.

Schließlich sind wir die letzten und kochen vor Wut. Wieder zur Besatzung, wieder Beschwerde, wieder warten. Es dauert bestimmt eine halbe Stunde, bis der Gesuchte auftaucht: Ein Besatzungsmitglied, das oben eingeschlafen war. Mürrisch erscheint er und fährt weg. Von Entschuldigung keine Spur.

Das verflixte Schildchen

Ein Geschäftsmann aus Netphen in der Nähe von Köln stolperte über das Verhalten einer Kassiererin in einer Raststätte bei Dortmund. Berechtigt oder unberechtigt, die Angelegenheit hat ihn fürchterlich geärgert. So sehr, daß er sich wegen strittiger 3.40 DM an die Schreibmaschine setzte:

Man hat in dieser Raststätte die Möglichkeit, die hinter Glasklappen ausgestellte Ware selbst zu entnehmen. Auf den Klappen sind die Preisschilder angebracht. Und zwar so, daß man sofort weiß, welche Ware wieviel kostet.

Ich hole mir unter anderem ein Baguette aus dem Fach, an dem ein Preis von 3.10 DM steht. An der Kasse zahle ich alles, kurz darauf sehe ich mir den Kassenbon an. Zu meiner Verwunderung stelle ich fest, daß das Baguette mit 6.50 DM abgerechnet wurde. Da vergeht mir der Appetit auf das Brötchen schlagartig.

Sofort gehe ich zurück und lege es wieder an seinen Platz, selbstverständlich unberührt und immer noch in seiner Original-Plastikfolien-Verpackung. An der Kasse verlange ich mein Geld zurück. Reaktion der Kassiererin: Das gehe nicht, und außerdem sei die Ware richtig ausgezeichnet.

In dem Moment schiebt eine andere Bedienstete ein Schildchen aus dem hinteren Thekenbereich nach vorne. Genau dorthin, wo diese Baguettes liegen. Richtig: Jetzt steht das 6.50-DM-Schildchen neben dem über 3.10 DM.

Als ich mich wieder der Kassiererin zuwende, ist mein Kassenbon plötzlich verschwunden. „Die werfen wir immer gleich weg", sagt sie entschuldigend. Das gilt aber offensichtlich nur für meinen Bon. Denn die der anderen Kunden vor mir liegen alle noch neben der Kasse.

„Warten Sie bitte, meine Kundschaft hat Vorrang." So werden weitere Fragen weggewischt. Ich muß zur Seite rücken, damit andere Gäste zahlen können. Die Kasse rattert, mein Baguette wechselt zum zweiten Mal den Besitzer, wieder für 6.50 DM.

Nach 20 Minuten ist der Bon noch immer nicht aufgetaucht, und mein Geld habe ich auch noch nicht. Die Kassiererin hat ihren Namen vergessen und verliert jetzt die Nerven: „Beschweren Sie sich doch bei Gott und der Welt, und im übrigen interessiert mich Ihr Problem einen Dreck!"

Nach diesen „netten" Worten weiß ich, daß jede weitere Diskussion sinnlos ist, und gehe. Dies ist eine schallende Ohrfeige ins Gesicht der Gastlichkeit! Ich bin beruflich ständig unterwegs, aber so eine Unverschämtheit ist mir in 20 Berufsjahren noch nirgends vorgekommen.

Ein Brief, der nicht unbeantwortet bleibt. In beachtlich gräßlichem Deutsch (die diversen Rechtschreibfehler wurden korrigiert) schaltet sich die Anwaltskanzlei des Raststätten-Besitzers ein, nachdem der geprellte Kunde eine Kopie seines Briefes an die Raststätte geschickt hatte:

Wenngleich wir den Vorgang als bagatellhaft einstufen, erscheint es uns doch erforderlich, die Dinge zurechtzurücken:

Unser Mandant betreibt diese Raststätte seit 10 Jahren mit großem Erfolg. Er kennt keine Probleme mit seinen Gästen nicht. Er möchte es deswegen auf eine gewisse Streßsituation des betreffenden Herren zurückführen, wenn es zu diesseits nicht recht verständlichem Ärger gekommen ist.

Der Vorgang betraf insofern eine Alltäglichkeit, als der genannte Herr Waren für etwa 20 DM entnommen hatte, zu denen auch ein Baguette gehörte, das 6.50 DM kostet. Nachdem die Ware bezahlt und mit zum Tisch genommen worden war, reklamierte der Gast den Preis und verwies auf einen Zettel an der Ausgabeklappe, der auf 3.10 DM lautete und für normale Brötchen gilt.

Da an dem betreffenden Tag normale Brötchen bereits ausgegangen waren und die Entnahmemöglichkeit genutzt werden konnte, waren hinter der Klappe Baguettes deponiert worden zusammen mit einem Schildchen von 6.50 DM. Der Gast beschwerte sich und wollte das bereits entnommene und zum Tisch gebrachte Baguette zurückgeben, was verständlicherweise auch aus Gründen der Hygiene abgelehnt wurde. Er fertigte später ein Foto, nachdem er zuvor das Schildchen über 6.50 DM beiseite gestoßen hatte.

Im Auftrage unseres Mandanten möchten wir darauf hinweisen, daß er den betreffenden Herrn in Zukunft ebenso korrekt bedienen wird, wie alle übrigen gern in der Gaststätte gesehenen Gäste.

Teures Paniermehl

Noch einmal Gastronomie, noch einmal geht es ums Essen. Vier Wien-Besucher aus Esslingen fühlten sich betrogen, als sie in der Nähe des Stephansdoms ein Restaurant besuchten:

Wir bestellen für vier erwachsene Personen Speisen und Getränke gemäß Speisekarte: 3 Wiener Schnitzel, 1 Zigeunerschnitzel, 4 kleine Pils vom Faß.

Schon mit dem Servieren der Getränke geht der Ärger los. Eines der Gläser ist oben am Rand mit dem roten Lippenstift der Vorgängerin vollgeschmiert. Wir lassen es natürlich zurückgehen, der Appetit ist uns damit aber schon so gut wie vergangen.

Beim Anblick des Essens ist er dann völlig weg: Die Pommes frites sind fast roh, der Paprika wurde komplett mit dem inneren Kern gekocht und wird auch so komplett serviert. Die Schnitzelstärke liegt bei etwa 3 Millimetern, der Rest ist Paniermehl.

Mehr schlecht als recht würgen wir die Sachen runter, weil wir Hunger haben. Aber kaum ist der erste Heißhunger gestillt, schiebt jeder seinen Teller angeekelt beiseite. So geht mindestens die Hälfte einer jeden Portion zurück.

Dann verlangen wir nach der Rechnung. Als sie uns präsentiert wird, trauen wir unseren Augen nicht: 876 Schilling! Da wir nicht so viel Geld in österreichischer Währung dabeihaben, müssen wir in deutscher zahlen. Resultat: Wir berappen 140 DM für ein Essen, dessen Wert gleich Null war.

Einziger „Trost“: Wir sind nicht die einzigen unzufriedenen Gäste. Während unseres Aufenthaltes beobachten wir, wie eine Schweizer Familie nach kurzem Disput mit dem Personal empört das Lokal verläßt.

11. Im Prospekt stand alles ganz anders

Wildwasser in der Zwangsabsteige

Zwei Jahre hatte der Student aus Meerbusch bei Düsseldorf angeblich gespart, um sich diesen Urlaub leisten zu können: 14 Tage Halbpension in einem Hotel mittlerer Preisklasse in dem Küstenstädtchen Alcudia im Norden Mallorcas. Als es endlich losging, waren die Erwartungen hoch, das Vertrauen in den Reiseveranstalter grenzenlos.

Noch dazu war die Freundin mitgekommen, die zusammen mit dem Studenten ein Doppelzimmer gebucht hatte. Herz, was willst du mehr! Außerdem war noch der Bruder mit von der Partie, für den selbstverständlich ein Einzel vorgesehen war.

So kam das Trio frohen Mutes am Flughafen von Palma de Mallorca an, wo schon der Transferbus ins Hotel wartete. Rein und ab ging's nach Alcudia, zusammen mit dem Rest der Reisegruppe einem schönen Urlaub entgegen.

Ein Irrtum. Gleich nach Ankunft im gebuchten Hotel war es mit dem Traum vom schönen Urlaub vorbei, erzählt der Student. Eine Dame an der Rezeption konfrontierte die Gruppe umgehend mit der nackten Wahrheit:

Sie teilt uns mit, daß das Hotel völlig überbucht sei. Für uns und alle anderen Ankommenden ein Schock. Doch schon bald zieht sie mich zur Seite und vertröstet mich: „Keine Sorge, wir haben ein Appartement nicht weit von hier für Sie reserviert." Müde von der Reise und völlig überrascht von der ganzen Situation willige ich zunächst ein.

Das gleiche Angebot macht sie auch den anderen Teilnehmern der Reisegruppe. Die wollen sich aber nicht mit Appartements „abspeisen" lassen und fordern lautstark ihre gebuchten Zimmer im Hotel. Die Sache wird turbulenter, die Gemüter erregen sich zusehends. Als die Lage fast schon außer Kontrolle gerät, wird der Geschäftsführer zu Hilfe geholt.

Bald erscheint auch der Vertreter des Reiseveranstalters.

Jetzt stecken die drei die Köpfe zusammen und präsentieren kurz darauf die Lösung: Für die älteren Gäste sind plötzlich doch noch Zimmer frei. Das betrifft acht Personen, für den Rest bleibt alles beim alten.

Als ich dies höre, fordere ich auch für uns die Zimmer im Hotel. Die Antwort des Geschäftsführers: „Das Hotel ist jetzt aber wirklich voll, und außerdem haben Sie die Unterbringung im Appartement gerade ausdrücklich gefordert."

Eine unverschämte Lüge, haben wir doch der Unterbringung außer Hause nur als Notlösung zugestimmt. Jetzt schaltet sich auch meine Freundin ein, worauf die Auseinandersetzung wieder etwas lauter wird. Andere Gäste werden aufmerksam, bald bildet sich eine Menschentraube um uns herum. Da droht uns der Geschäftsführer definitiv, er lasse uns wieder nach Hause fliegen, wenn wir der Unterbringung im Appartement nicht zustimmten. Unter diesem Druck schlichte ich und willige ein, allerdings nicht ohne ausdrücklich zu erklären, daß ich damit nicht einverstanden sei.

Die Folge: Wir müssen erst einmal in der Hotelhalle Platz nehmen, da das Appartement noch nicht bezugsfertig ist. Zwei Stunden vergehen, wir schmoren bei 40 Grad Hitze vor uns hin. Dann werden wir die 800 Meter zum Appartement gefahren. Kurz nach zwölf Uhr mittags sind wir da.

Die Behausung bietet ein Bild des Grauens. Da die Vormieter gerade erst ausgezogen sind, ist kein Bett frisch bezogen, ist nichts gereinigt, liegt überall noch der Dreck herum. Das georderte Einzelzimmer meines Bruders ist nichts anderes als eine Abstellkammer, kaum größer als das Bett, das drinsteht. Fenster gibt es natürlich keines.

Als uns klar wird, auf was wir uns eingelassen haben, bekommt meine Freundin einen Nervenzusammenbruch und muß sich in eines dieser benutzten Betten legen. Klar, daß damit der Tag gelaufen ist.

Am nächsten Morgen wenden wir uns wieder an den Geschäftsführer, weil wir nicht wissen, wohin mit unseren Wertsachen. Der versprochene Safe auf dem Zimmer ist ja jetzt nicht da, und ständig alles mit uns herumzuschleppen, dazu haben wir auch keine Lust. Sein verbrecherisches Angebot: „Sie können unseren Hotelsafe benützen, wenn Sie mir unterschreiben, daß Sie mit der Unterbringung zufrieden sind.“

Natürlich unterschreiben wir nicht. Die Folge ist Schikane während der gesamten übrigen Zeit. Am Hotel-Swimmingpool werden wir immer wieder vom Personal gefragt, ob wir zum Hotel gehörten, beim Abendessen verlangt der Kellner so gut wie jedes Mal eine Bestätigung, aus der hervorgeht, daß wir wirklich Gäste des Hauses seien.

Nach fünf Tagen dann ein weiterer „Leckerbissen“: Wir liegen am Strand, als es plötzlich anfängt, wie verrückt zu regnen. Hals über Kopf ergreifen wir die Flucht. Im Appartement angekommen, gleicht das Wohnzimmer einem Swimmingpool. Warum, wird uns beim Blick auf den Balkon klar. Dort ist der Regenablauf mit Blättern verstopft, das gestaute Regenwasser kommt durch die Balkontür herein.

Sofort versuchen wir, mit Handtüchern der Wasserfluten Herr zu werden. Es beginnt ein verzweifelter Kampf gegen den Wolkenbruch, der einfach nicht aufhören will. Zeitweise steht das Wasser knöcheltief im Wohnzimmer. Drei Stunden lang schuften wir mit unseren Handtüchern bis zur Erschöpfung, dann läßt der Regen nach. Die Schlacht ist geschlagen, und wir, die Sieger, sind völlig fertig. Aus Angst vor erneutem Regen und weil wir von den „Trockenarbeiten“ so geschwächt sind, verzichten wir sogar darauf, die zehn Minuten bis zum Hotel zu gehen, um dort unser Abendessen einzunehmen.

Gegen Schluß unseres „Urlaubs“ verlangen wir von unserem Reiseleiter, uns alle Mängel schriftlich zu bestätigen. Er lehnt ab mit dem Hinweis, das sei Sache des Hotels. Beim Geschäftsführer des Hotels blitzen wir auch ab: Er habe mit uns keinen Vertrag geschlossen, sondern der Reiseveranstalter. Und der werde durch den Reiseleiter vertreten. Wieder zurück beim Reiseleiter, erfahren wir jetzt, daß er nur für die Besichtigungstouren und den Transfer verantwortlich sei. Schließlich fliegen wir ohne irgendwelche Bestätigungen heim. Außer viel Frust und den Adressen einiger Zeugen haben wir nichts im Gepäck.

Urin vor der Disko

Eigentlich sollte es ein Badeurlaub auf Malta in einer ruhigen Familienpension werden. Drei Wochen in Strandnähe und mit Frühstück. Gebucht von einem Berliner Ehepaar in einem Berliner Reisebüro. Was dabei wirklich herauskam, schildert der Ehemann in kurzen Worten:

Unsere Reisegruppe landet in einer bordellartigen Pension namens „Eros". Die Zimmer sind nichts anderes als Schlafkammern, so klein sind sie. Wenn man aus dem Fenster sieht, blickt man tagsüber auf Autos und eine enge Straße, in der es stinkt und laut ist. Die Pension liegt zwar unweit des Strandes, aber mitten im Zentrum eines sehr belebten Urlaubsortes.

Insgesamt gibt es in dieser Absteige zwölf Zimmer. Für all diese Zimmer steht nur eine Toilette zur Verfügung. Und die ist ständig verstopft. Wasser ist allgemein Mangelware. Für das, was aus den Hähnen tropft, ist das Wort „Rinnsal" eine glatte Übertreibung.

Im Erdgeschoß des etwa neun Meter breiten Gebäudes liegen eine Bar und eine Diskothek. Unser Zimmer liegt genau darüber. Nachts ist der Teufel los, im Bett schwingt man automatisch und ganz ohne Aufpreis im Takt der unten dargebotenen Livemusik mit. Und zwar pausenlos und bis in die Morgenstunden.

Unsere Frauen werden beim nächtlichen Verlassen oder Betreten der Pension von männlichen, meist besoffenen Disko-Gästen angepöbelt. Die Herren suchen eben Kontakt und können zwischen Urlauberinnen und Prostituierten nicht mehr so recht unterscheiden.

Daß nachts nicht in die Toilette, sondern ungeniert vor den Disko-Eingang uriniert wird, scheint in diesem Etablissement so etwas wie ein ungeschriebenes Gesetz zu sein. Schaut man vom einzigen Fenster unserer Schlafkammer runter, glaubt man, mitten im Klo zu stehen.

Dazu kommt noch der Luftschacht, der von unten direkt an diesem unserem Fenster vorbei nach oben führt. Noch so ein Wahnsinn, den kein Mensch aushalten kann. Das am einen Ende angeschlossene Aggregat bläst den ganzen Tag und die ganze Nacht und macht einen Höllenlärm.

Wir protestieren natürlich sofort bei der Reiseleitung. Aber erst nach zwei Tagen wird uns ein Ersatzquartier angeboten. Das lehnen wir ab, weil es im inneren Bereich der Insel liegen soll. An Baden wäre da ja wohl nicht mehr zu denken.

Also bleiben wir da und fordern unseren sofortigen Rücktransport. Es dauert noch eine ganze Woche, in der wir ständig drängeln und immer wieder drängeln müssen, bis wir endlich zurückfliegen können.

Wieder zu Hause, fahren wir für die restlichen 14 Tage in die Fränkische Schweiz. Leider regnet es dort pausenlos. Damit ist unser Badeurlaub endgültig und im wahrsten Sinne des Wortes ins Wasser gefallen.

Hilfe von Horváth

Freunde hatten geschwärmt, einen wunderschönen Urlaubsfilm gezeigt. Vom ungarischen Plattensee und einer fantastischen Unterkunft dort. Ein Ferienhaus am Südufer in der Stadt Fonyod, nur zwei Straßen vom Wasser entfernt. Von den Bildern und so viel Begeisterung beeindruckt, buchte eine Familie aus Weißenburg im Fränkischen Jura das vielversprechende Haus.

Der heißersehnte Sommer kam, und die Weißenburger brachen auf in den Urlaub. Ankunft am Ziel nach zwölf Stunden Autofahrt. Welche Überraschungen es dort gab, berichtet die Mutter:

Unsere ungarischen Vermieter warten schon. Bei der Begrüßung fließen sie förmlich über vor Freundlichkeit. Allerdings verstehen wir kaum etwas davon, denn die vielen Worte werden in Ungarisch gesprochen. Es wird aber bald klar, daß irgend etwas nicht stimmt. Es geht um das Haus. Es sei noch eine Woche lang an eine andere Familie vermietet, und deshalb sollten wir mitkommen nach hinten in den Hof, wo es eine Alternativ-Unterkunft gäbe.

Wir kommen nach hinten mit, wo uns eine Art Bretterverschlag präsentiert wird, beige gestrichen, mit ewig breiten Glasverkleidungen, hinter denen häßliche Vorhänge hängen. Diese entsetzliche Bude sollen wir beziehen? „Niemals“, sagen wir, „wir wollen nach vorne ins gebuchte schöne Haus.“ Wieder ein Wortschwall der Ungarn, unendlich viele Umarmungen der Vermieterin, die kurz darauf ein gigantisches Begrüßungsmahl auftischt: Reis, Suppe, Fleisch, Salat, Obst, Getränke in Hülle und Fülle.

Schließlich enden wir doch im Verschlag. Es soll ja nur für eine Woche sein, versichern die Vermieter und verschwinden. Wir sehen uns das Ding genauer an, und je mehr wir davon sehen, um so größer ist unser Entsetzen. Die Räume sind so angelegt, als ob dies früher ein Stall gewesen wäre: langgezogen, mit kahlen Wänden, die mit blauer Ölfarbe gestrichen sind. Eine winzige Dusche, ein stinkendes Klo, ein Waschbekken so groß wie ein Suppenteller. Einziger freundlicher Raum: die drei Quadratmeter große Küche.

Die Schlafräume liegen außerhalb und sind nicht mehr als schlecht riechende, muffige Löcher: klein, fensterlos und voller Spinnen. Um nachts das Klo zu erreichen, muß man abenteuerlicherweise durch fünf Türen und über den unbeleuchteten Hof.

Am anderen Tag die große Überraschung bei der ersten Dusche: Im Wasser schwimmen Larven von Läusen, Spinnweben und jede Menge Schmutz. Insgesamt ist alles eklig und nichts als eklig!

Nach einer Woche in diesem Dreckloch fahren die Leute im vorderen Haus tatsächlich nach Hause. Wie die Blitze packen wir unsere sieben Sachen und ziehen vorn ein. Endlich, denken wir uns und atmen auf, jetzt kann der Urlaub beginnnen. Doch zwei Stunden später stehen unsere Vermieter vor der Tür. Begleitet von einem Dolmetscher. „Bitte ziehen Sie sofort wieder nach hinten“, wird uns gesagt, „noch heute kommt eine Familie aus Deutschland, die dieses Haus übers Reisebüro gebucht hat.“

Jetzt kapiere ich erst. Das hier war bisher nicht etwa ein Buchungsfehler, sondern nacktes Kalkül. Wir waren von Anfang an nur für den Bretterverschlag vorgesehen. In mir schwelt die Wut. Wir sind uns einig: Nicht mit uns. Wir bleiben im Haus, hier kriegt uns keiner mehr raus.

Es beginnt eine hitzige Diskussion, aus der wir als Sieger hervorgehen. Aber nur, weil uns ein netter Ungar zur Seite steht, den wir beim Baden kennengelernt haben. Er setzt sich für uns ein, und wir dürfen im Haus bleiben. Die ankommende Familie soll bei einer Nachbarin Quartier bekommen. Zum ersten Mal sind wir so richtig erleichtert und verbringen den Rest des Tages am See.

Als wir abends zurückkommen, sind die anderen noch nicht da. Die Vermieterin wartet schon ganz aufgelöst im Bretterverschlag mit dem scheinbar obligatorischen Begrüßungsessen. Wir gehen unsererseits zum Abendessen, kommen um 22 Uhr zurück: Immer noch niemand da. Mit einem komischen Gefühl geht es zu Bett.

Um ein Uhr morgens klopft es an der Tür: Sie sind da. Mein Mann öffnet, und von draußen schallt es ihm auf Schwäbisch entgegen: „Sie wohnen in unserem Haus!“ Er wimmelt ab: „Gehen Sie zur Vermieterin, die schläft im Holzhaus.“ Die Konkurrenten ziehen ab, es bleibt für ein paar Stunden ruhig.

Um sieben wird wieder geklopft. Diesmal schon eine Runde energischer als in der Nacht. Man hört so richtig die Wut heraus, die die Klopfer haben. Also mache ich auf, und wieder geht die Streiterei los. Der Bretterverschlag ist den Herrschaften nicht gut genug. Sie bestehen auf unserem Haus, drohen mit Gericht, und, und, und… Aber wir bleiben hart und halten die Stellung. Inzwischen ist auch die Vermieterin aufgetaucht und erinnert sich an den Ungarn, der schon am anderen Tag so nett geschlichtet hatte.

Er wohnt nicht weit von hier, also geht sie zu ihm, weckt ihn auf und fragt ihn um Rat, was man tun könne. Und er hilft wieder, gibt einen sehr weisen Rat. Ist ja auch kein Wunder, schließlich handelt es sich um den berühmten Dirigenten Gyula Horváth, wie wir später erfahren.

Er weiß ein Haus direkt am Strand, das zu vermieten ist. Es kostet zwar das Doppelte von dem hier, aber wir erklären uns bereit, dorthin zu wechseln, nur um den ewigen Nörgeleien und Streitereien ein Ende zu setzen. Außerdem kommt unsere Vermieterin voll für die Miete auf, nur um uns endlich loszuwerden.

Im neuen Haus gibt es zwar einen Ameisenpfad, der mitten durch die Räume geht, doch solche Kleinigkeiten können uns nicht mehr schocken. Insgesamt ist die neue Unterkunft einfach, aber sauber. Herr Horváth kommt ab und zu zum Kaffeetrinken vorbei, und wir verbringen den Rest unseres Urlaubs so, wie wir uns das eigentlich von Anfang an vorgestellt hatten. Auch wenn sich die ganze Zeit über ein leicht bitterer Beigeschmack hartnäckig hält.

Flöhe und Kot

Eheleute aus Bielefeld fanden in der Tageszeitung eine Anzeige, in der eine Ferienwohnung bei Calella nördlich vom spanischen Barcelona zur Vermietung angeboten wurde. Sie schrieben hin und bekamen Informationen sowie eine vorläufige Reservierung der Wohnung zum gewünschten Termin zugeschickt. Bei Gefallen sollte der Mietpreis von 1770 DM innerhalb von zehn Tagen überwiesen werden. Nach Eingang des Geldes sei der Mietvertrag ab dem genannten Termin gültig. Der Ehemann:

Das Angebot sieht seriös aus. Wir malen uns aus, daß eine Ferienwohnung in deutschem Besitz eigentlich ordentlich und sauber sein müßte. Also überweisen wir das Geld.

Zwei Monate später stehen wir vor der Tür unseres Feriendomizils. Vom Nachbarn haben wir vorher den Schlüssel geholt. Wir drehen den Schlüssel im Schloß herum, und es öffnet sich nicht etwa das Paradies, sondern der größte Saustall, den wir je gesehen haben.

Es stinkt ganz erbärmlich, hier hat man schon seit Monaten nicht mehr gelüftet. Im Wohnraum und im Schlafzimmer hat sich überall der Schimmelpilz festgesetzt. Die Schlafdecken sind klamm und muffig, das Bettzeug im Wandschrank ist total mit Schimmel überwuchert. Für mich als Asthmatiker mit Schimmelpilz-Allergie ein Alptraum.

Alles ist irgendwie dreckig und schmuddelig, angefangen vom Besteckkasten bis hin zum Klo. In unserer Verzweiflung beginnen wir eine unmenschlich monströse Säuberungsaktion, bei der wir praktisch die gesamte Wohnung pingeligst reinigen müssen. Teilweise mit harten Mitteln, denn es wimmelt auch noch überall von Hundeflöhen.

Der Vormieter scheint einen unerzogenen und verwahrlosten Hund gehabt zu haben, denn draußen auf dem Hof ist alles voller Hundekot. Man läuft ständig Gefahr, in einen dieser Scheißhaufen zu treten. Eine Feinheit, die vor allem nachts immer wieder zu glitschigen Erlebnissen verhilft.

Zu allem Übel zieht in der Wohnung über uns kurz nach unserer Ankunft eine Horde von vier Erwachsenen und fünf Kindern ein, für die die Wohnung viel zu klein ist. Das Resultat: Ständiges Geschrei, Lärmbelästigung fast 24 Stunden am Tag.

Wir bleiben aber trotz allem für den gesamten gebuchten und bezahlten Zeitraum in der Bude. Blöd wie wir sind, machen wir sie vor unserer Abfahrt noch einmal schön sauber. Damit unsere Nachmieter nicht den gleichen Horror wie wir erleben müssen, denken wir uns.

Natürlich fordern wir nach unserer Rückkehr von dem Vermieter Geld zurück. Aber auf unseren Brief bekommen wir nie eine Antwort, an das auf dem Prospekt angegebene Telefon geht keiner mehr ran.

VI. Brutale Gewalt

12. Messer und Pistolen

Nächtliche Räuber mit Stil

In einem Audi 100 war ein Ehepaar aus Mainz unterwegs, um nach Prag, der Hauptstadt der Tschechischen Republik, zu reisen. Der Alptraum der beiden Mainzer begann an einem Samstag abend im September. Der Ehemann berichtet:

Wir passieren die Grenze am Übergang Waidhaus um etwa 20.45 Uhr. Kein Problem, genauso wie die Weiterfahrt Richtung Prag auf der E 50. Etwa 40 Kilometer vor unserem Ziel, so gegen Mitternacht, überholt uns plötzlich ein eigenartiger roter Lada. Im hinteren Fenster hat er einen Leuchtkasten mit der Aufschrift „Stop". Darunter hängt ein Schild „Polizia". Der „Stop"-Kasten blinkt mehrmals, dann fährt der Lada rechts ran. Klar, denken wir, das ist die Polizei, und die will uns jetzt kontrollieren. Also nichts wie auf die Bremse und hinter dem Lada schön brav anhalten.

Tatsächlich steigt vorne auch gleich einer aus, der aussieht wie ein Polizist. Er trägt Uniform und eine dazu passende Mütze auf dem Kopf. Er kommt zu mir auf die Fahrerseite, ich drehe die Scheibe herunter. Sekunden später wird mir klar, daß sich hier etwas ganz anderes als eine Verkehrskontrolle abspielt. Denn dieser Polizist ist kein Polizist. Statt meiner Papiere will er „Marke", also mein Geld. Daß das kein Scherz ist, verdeutlicht er anhand einer Pistole, mit der er uns vor der Nase herumfuchtelt. Zu Diskussionen kommt es erst gar nicht, weil der Mann kein Deutsch spricht.

Also hole ich den Geldbeutel aus der Tasche. Dabei gelingt

es mir, in der Dunkelheit des Wageninneren einige Scheine auf den Boden fallen zu lassen, ohne daß es der Räuber merkt. Danach kriegt er, was er will.

Aber er will noch mehr. Es folgt der Befehl „Koffer!“ Ich deute ihm, daß der Kofferraum offen ist. Meine Frau und ich dürfen sitzenbleiben, und er fängt hinten an zu wühlen. Kurz darauf kommt sein Komplize, der natürlich keine Uniform trägt, aus dem Lada und hilft ihm dabei.

Danach verlangt der Uniformierte die Wagenschlüssel und gibt uns zu verstehen, er würde diese einige hundert Meter weiter an den Straßenrand legen. Ich bin gezwungen, ihm die Schlüssel zu geben. Als die beiden zu ihrem Lada zurückgehen, sehen wir noch in der Dunkelheit, daß einer von ihnen etwas über dem Arm hängen hat. Dann steigen sie ein und fahren weg. Nach 200 Metern hält der Wagen wieder an, und eine der Gestalten legt etwas ins Gras.

Vorher hatten sie mir noch meinen Geldbeutel zurückgegeben. Wie ich jetzt sehe, fehlen zwar 400 DM, aber der Ersatzschlüssel für unser Auto ist noch drin. Also können wir die 200 Meter bis zu der Stelle, wo sie gerade angehalten haben, mit dem eigenen Auto fahren, und finden im Scheinwerferlicht tatsächlich unseren Original-Autoschlüssel wieder.

Im Kofferraum war zwar alles zerwühlt, aber am Ende fehlten nur zwei Lederjacken. Ansonsten blieb alles heil: das Ehepaar, das Auto und der Rest des Gepäcks.

Die anschließende Suche nach Gerechtigkeit, sprich nach der Polizei, gestaltete sich etwas schwierig. Zuerst war zwei Kilometer weiter ein Fernsprecher abmontiert, von dem aus die Überfallenen anrufen wollten. Dann war in einem Ort vier Kilometer weiter die Polizeistation zwar erleuchtet, aber nicht besetzt. Schließlich um etwa zwei Uhr morgens in Prag angekommen, erzählte ihnen die dortige Polizei, daß die Kollegen in einem anderen Ort, etwa 35 Kilometer vor Prag, zuständig wären. Der letzte Versuch, in einer anderen Prager Polizeistation Gehör zu finden, endete am folgenden Vormittag nach ein paar Stunden Schlaf ebenfalls damit, daß die beiden von den Beam-

ten abgewimmelt wurden. Der entnervte Ehemann schließt seine Erzählung mit den Worten:

Da wir nicht wissen, wie lange wir noch warten müssen und ob wir überhaupt bei der richtigen und zuständigen Stelle sind, verlassen wir unverrichteter Dinge die Polizeistation.

Die Schere am Hals und das Messer im Daumen

Ein Urlauber aus Frankfurt berichtet sichtlich beeindruckt von seinen Erlebnissen Ende September in La Roca del Valles bei Barcelona. Er beteuert noch Monate nach dem Überfall: „Auch wenn ich alles schildern wollte, ich könnte es nicht. Es regt mich noch zu sehr auf, wenn ich an den Kampf mit den Verbrechern denke, und, nachdem sie uns überwältigt hatten, an die Angst, was sie wohl mit uns machen würden." Deshalb sei sein Bericht sehr kurz gehalten, den er im übrigen nicht nur der spanischen Polizei, sondern auch der Kripo in Frankfurt vorgetragen habe:

Morgens um halb elf fahren meine Frau und ich mit unserem Wohnwagengespann auf einen Rastplatz der A 17. Etwa zehn Minuten später kommt ein VW Golf langsam an uns vorbeigefahren und wird ungefähr zwei Meter vor uns geparkt.

Kaum steht der Wagen, springen zwei Männer und eine Frau heraus. Uns bleibt keine Zeit für irgendwelche Reaktionen. Die Männer sind bewaffnet mit je einem Stilett, die Frau mit einer großen Schere. Die Stilettos fallen über mich her, ihre Komplizin über meine Frau. Nachdem sie mich auf den Boden gerissen haben, hält mir einer sein Messer an die Kehle, während der andere unseren Wagen ausräumt. Als der auf mir kniende Verbrecher einen Moment lang unaufmerksam seinem Freund dabei zuschaut, schlage ich ihm ins Gesicht. Sofort sticht der Kerl zu. Als ich ihn noch abzuwehren versuche, trifft die Klinge meine linke Hand und verletzt mich am Daumen.

Meine Frau wird währenddessen von dem Verbrecherweib und dem anderen Ganoven auf die Straße geworfen. Dabei reißt man ihr die Goldkette mit Anhänger vom Hals. Sie kann sich nicht wehren, weil sie mit der Schere in Schach gehalten wird. Zu unserem Glück im Unglück kommt plötzlich die Polizei dazu. Die drei Verbrecher springen auf der Stelle in ihren Wagen und rasen davon. Leider können sie entkommen, obwohl die Polizisten noch vier Mal auf das Fluchtauto schießen. Danach fahren sie hinterher, doch die Verfolgungsjagd bleibt ohne Erfolg.

Meine Frau und ich fahren gleich in die nahegelegene Stadt Granollers, einige Spanier sind uns Gott sei Dank behilflich. Dort breche ich dann zusammen und werde ins Krankenhaus gebracht, wo man mich ärztlich versorgt.

Was die Straßenräuber aus dem Auto holen konnten, verrät uns der aufgeregte Erzähler nicht. Auch nicht, ob die Polizei in dieser Angelegenheit noch irgend etwas für die Betroffenen tun konnte. Gut nach Hause gekommen sind die beiden aber offensichtlich doch, denn von dort erreichte uns ja schließlich ihr Brief. Er endet mit den Worten:

Meine Frau und ich leiden bis heute sehr unter dem erlittenen Schock. Wir sind auch noch in ärztlicher Behandlung. Es war grauenvoll.

Der Mann mit der Machete

Eine ältere Dame aus Jüchen schildert, was sie zusammen mit ihrem Mann in der Dominikanischen Republik erlebt hat. Sie hatten schon viele Länder bereist, auch weit entfernte, auf fast allen Kontinenten. Nie war etwas passiert. Diesmal hatten sie für drei Wochen in einem großen Hotel an der Playa Dorada gebucht und dafür 3500 DM pro Nase bezahlt. Die Geschichte beginnt mit einer Beobachtung, als die beiden Jüchener nach ihrer Ankunft in Puerto Plata vom Reiseveranstalter zum Hotel gebracht werden:

Nach Verlassen der Hauptstraße, noch bevor wir am Hotel ankommen, bemerken wir, daß wir eine Schranke mit Posten passieren. Am nächsten Morgen, beim sogenannten Begrüßungscocktail, die Bestätigung: Die Reiseleitung teilt uns unter anderem mit, daß die Hotelanlage von eigenem Personal überwacht werde und man mit Wertsachen am Strand vorsichtig sein solle.

Beim ersten Strandbesuch sehen wir dann nicht nur die typischen Strandverkäufer, sondern auch Wachpersonal. Trotzdem lassen wir während unserer Spaziergänge nur das Badelaken auf der Liege zurück und nehmen unsere sonstigen Badesachen in einer Badetasche mit auf den Weg.

Es folgt eine Beschreibung des Strandes. Die 508-Betten-Burg der beiden ist das letzte Glied in einer Kette von Hotels, die sich an der Playa Dorada entlangziehen. Laufen sie also in die eine Richtung, gibt es nur Hotels und nochmal Hotels. In der anderen Richtung ist erst mal nichts. Nach etwa einer halben Stunde Fußmarsch kommen dann einige Lokale von Einheimischen, in denen es Fisch zu essen und auch etwas zu trinken gibt.

Dorthin machen wir uns am fünften Tag auf den Weg. Um etwa 11.30 Uhr erreichen wir die Lokale. Noch ein wenig früh, denken wir uns, um schon zu Mittag zu essen. Also schlendern wir weiter am Strand entlang. Bis zu einer Biegung, wohin auch viele andere Strandläufer gehen. Dort schauen wir um die Ecke und drehen dann um.

Auf dem Rückweg dann der Schock. Plötzlich springt aus dem Gebüsch ein Mann hervor. Direkt auf meinen Gatten zu. In der Hand hat der Kerl eine Machete. Ich sehe alles, was passiert, kann aber nichts machen. Bin wie gelähmt vor Entsetzen. Das Ganze dauert nur wenige Sekunden. Ein Schnitt durch den Riemen der Badetasche, und weg ist das Ding. Wenigstens schlägt der Räuber nicht mit seiner Machete auf meinen Mann ein, sondern verschwindet genau so schnell wie er aufgetaucht ist. Es geschieht uns also weiter nichts, außer einigen Blutergüssen auf den Armen und dem Rücken meines Mannes. Sein Hemd ist auch zerrissen. Und natürlich sind die Badesachen weg.

Taxifahrt mit Überraschungen

Sie hatten sich fünf Wochen Zeit genommen, wollten in aller Ruhe den nördlichen Teil von Venezuela kennenlernen. Sie landeten in der Hauptstadt Caracas, um sich von dort aus per Mietauto ganz nach Lust und Laune Richtung Westen vorzuarbeiten. Aber irgendwie hatten der Düsseldorfer und seine Bekannte von Anfang an Pech.

Zum ersten Mal, als der gemietete Chevrolet, mit dem sie von Caracas aufgebrochen waren, schon nach 100 Kilometern mit Getriebeschaden liegenblieb. Am nächsten Tag gab es ein Ersatzauto, das immerhin 2000 Kilometer hielt. Dann war es wieder vorbei, wieder wegen des Getriebes. Es waren erst zwei Wochen vergangen, da saßen die Düsseldorfer schon im dritten Mietwagen. Damit ging es Richtung Osten, zum Strand Chichiriviche. Was dann passierte, erzählt der Düsseldorfer selbst:

Laut Reiseführer soll das einer der schönsten Strände von Venezuela sein. Doch als wir dort ankommen, sind wir ganz schön enttäuscht. Was hier so toll sein soll, ist uns ein Rätsel. Eigentlich gefällt es uns überhaupt nicht, aber wir sind von der vielen Fahrerei ziemlich erledigt. Also bleiben wir erst einmal, um uns zu erholen.

Ein paar Tage später haben wir dann wieder Lust weiterzufahren. An der Küste entlang zurück Richtung Caracas, um die weiter westlich gelegene „Isla de Margarita" zu erreichen. Doch bis zu der Insel kommen wir nicht.

Um etwa sechs Uhr abends ist es wieder mal soweit, Sie wissen schon, eine Panne. Diesmal ist es eine verstopfte Einspritzpumpe, die unsere Reise beendet. Keine Chance, das Auto will nicht mehr. So stehen wir einsam und verlassen am Straßenrand. 60 Kilometer hinter uns nichts und 50 Kilometer vor uns genauso wenig. Kein Mensch hält an, um uns zu helfen. Die wenigen Autos brausen alle weiter. So ist es schon stockdunkel, als irgendwann ein Taxi stehenbleibt. Ob er uns bis zum nächsten Hotel mitnehmen soll, erkundigt sich der Fahrer. Das muß er uns nicht zweimal fragen. Logisch, daß wir wollen. Hurtig packen wir unser gesamtes Gepäck ins Taxi um und sind heilfroh, daß wir hier endlich wegkommen.

Also steigen wir freudig ins Taxi und stören uns auch nicht großartig daran, daß hinten schon ein Mann sitzt. In Venezuela fährt man selten allein Taxi. Auf Anweisung des Fahrers setze ich mich hinten rein, meine Bekannte vorne. Beim Anfahren springen dann noch zwei weitere Männer ins Taxi, so daß es ganz schön eng wird. Aber immer noch besser, als die Nacht auf der Straße zu verbringen.

Nach etwa einer Viertelstunde Fahrt passieren wir eine Polizeikontrolle. Unser Fahrer hält an, grüßt freundlich und unterhält sich noch ein bißchen mit den Beamten, dann fahren wir weiter. Plötzlich verspüre ich einen Druck in der linken Seite. Ich schaue, was los ist, und erkenne eine Pistole, die in der Rippengegend eindeutig auf mich gerichtet ist. Im gleichen Moment reicht der Fahrer von vorne meinem rechten Nebenmann ein Messer nach hinten, mit dem der mich dann zusätzlich bedroht.

Die unangenehmen Herrschaften machen uns klar, daß dies ein Überfall sei, und nehmen uns bei der Gelegenheit schon mal Uhren und Schmuck ab. So ganz ohne Gegenwehr ergeben wir uns natürlich nicht in unser Schicksal. Wir versuchen, uns zu wehren. Im Wagen entsteht ein Handgemenge, es gibt Geschrei und hitzige Diskussionen. Aber aller Widerstand ist zwecklos. Sie haben die Waffen und sind in der Überzahl. Wir müssen froh sein, daß wir unverletzt bleiben.

Wir fahren etwa eine Stunde landeinwärts, in den Busch. Während der Fahrt wird klar, daß sie uns nichts lassen werden. All unser Gepäck, die Fotoausrüstung, die Kreditkarten, das Geld, die Tickets, eben alles werden sie uns nehmen. Mitten im Dschungel, wo sicher weit und breit keine Menschenseele ist, halten sie an. Die Situation spitzt sich zu, offensichtlich wollen sie jetzt auch noch über meine Bekannte herfallen und sie vergewaltigen. Mir befehlen sie, mich mit verschränkten Armen auf den Kofferraumdeckel zu legen. Das ist unsere letzte Chance, schießt es mir durch den Kopf. Ich nehme meinen ganzen Mut zusammen und reiße mich los. Im gleichen Moment packe ich meine Freundin, und dann rennen wir nur noch um unser Leben in die Dunkelheit. Zwei, drei Mal peitschen Schüsse durch die Nacht, keiner trifft.

Kurz darauf liegen wir in Deckung. Stille. Nur unser aufgeregtes Atmen ist zu hören, sonst nichts. Gespannt warten wir einige Minuten, dann hören wir, wie das Taxi wegfährt. Sie sind uns nicht gefolgt, wenigstens haben wir unsere Haut gerettet.

Außer den Kleidern am Leib ist uns aber nichts geblieben. Stundenlang irren wir durch die Nacht, bis wir endlich ein Haus finden. Wir klopfen und rufen. Ohne Erfolg. Niemand macht auf. Plötzlich ein Schuß. Ein Warnschuß aus dem Haus? Wir rennen wieder davon.

Bis wir zu dem Ort Moron kommen. Dort gibt es Polizei. Endlich Hilfe, denken wir uns, aber auf der Station reagiert man sehr ungehalten über die nächtliche Störung. Immerhin fahren die Polizisten mit uns zu der Stelle, wo unser Leihauto immer noch am Straßenrand steht. Das ist aber auch alles. Zurück im Polizeirevier, bietet man uns zwei alte Sessel an, in denen wir den Rest der Nacht verbringen dürfen.

Morgens um acht kommt der Polizeichef. Er rät uns, den Honorarkonsul in Valencia wegen Hilfe anzurufen. Das tun wir dann auch. Nachdem er auch mit dem Polizeichef gesprochen hat, bekommen wir von diesem 50 Bolivares (sein halber Tageslohn) geschenkt, um mit dem Bus bis zum Konsul fahren zu können. Von dort dürfen wir wegen einer Geldsendung nach Deutschland telefonieren. Der Konsul besorgt uns auch neue Pässe und etwas Geld, mit dem wir überleben können, bis die Sendung aus Deutschland dann tatsächlich eintrifft.

Am Ende regelt sich also alles irgendwie, und wir können in Valencia sogar noch fünf Tage richtig entspannen. So sind wir insgesamt trotz der Verluste und des großen Schreckens von unserem Urlaub hier begeistert. Im nächsten Jahr werden wir sicher wieder nach Südamerika reisen. Vielleicht etwas besser vorbereitet.

Die Uhr war ihnen zu wenig

Eine Familie aus Biblis bei Mannheim hatte an der Costa Brava ein Ferienhaus gemietet, um dort den Urlaub zu verbringen. Nach ein paar Tagen am Strand sollte zur Abwechslung ein Ausflug gemacht werden. So setzten sie sich in ihr Auto, einen nagelneuen Audi. Die sechs Jahre alte Jessica und ihr 14monatiger Bruder hinten, der Mann auf dem Beifahrersitz, die Frau am Steuer. Als die vier schon eine Zeitlang durch die Gegend gekurvt waren, fiel dem Mann etwas auf. Was, das erzählt er selbst:

An unserer Stoßstange klebt schon seit längerem ein Opel Ascona mit spanischem Kennzeichen. Bewußt lassen wir ihn überholen. Wir wollen ja schließlich die Gegend sehen und von daher nur langsam Auto fahren. Nach einer Weile klappt es, und die Spanier fahren vor. Sie ziehen aber nicht etwa weg, sondern fahren genauso langsam wie wir vor uns her. In dem Auto sitzen zwei Frauen und zwei Männer. Die beiden, die auf der Rückbank sitzen, beobachten uns ziemlich auffällig. Das Spielchen geht etwa fünf Minuten so, dann gibt ihr Fahrer Vollgas. Nach kurzer Zeit ist das Quartett verschwunden.

Wir fahren die schmale, kurvige Straße gemütlich weiter. Es gibt keine Abzweigungen, die bergige Landschaft mit ihren Steilhängen läßt für Straßen nur die eine Richtung zu, in der wir unterwegs sind.

Etwa fünf Minuten nach dem eigenartigen Überholmanöver fährt meine Frau in eine Rechtskurve. Erst im letzten Moment sehen wir, daß direkt nach dieser Kurve der Ascona von eben steht. Und zwar quer zur Fahrbahn, um uns so die Durchfahrt zu versperren. Wir müssen anhalten. Die Insassen des Opels stehen schon auf der Straße und erwarten uns. Zwei am rechten, zwei am linken Straßenrand.

Sobald unser Wagen steht, reißt einer von rechts die hintere Tür auf. Sofort ist er bei unserer Tochter Jessica und bedroht sie mit einem Stilett. Er hält ihr die Waffe an die Kehle und macht dabei stochernde Bewegungen. Dann kommt der andere Kerl von links, schnallt unseren Daniel aus dem Sitz, reißt ihn aus dem Auto und nimmt ihn auf den Arm.

Sofort springe auch ich aus dem Wagen und biete den Gangstern meine Uhr und die Kamera-Ausrüstung an. Einfach weil ich annehme, daß sie uns die Sachen sowieso rauben wollen. Aber offensichtlich sind sie daran gar nicht interessiert, denn sie nehmen davon keine Notiz. Eine der Frauen reißt jetzt meine Frau vom Fahrersitz.

Mittlerweile haben sie Jessica losgelassen, und ich kann sie aus dem Auto holen. Jetzt stehen wir alle auf der Straße, unser Audi ist leer. Aber nicht lange. Die Verbrecher interessieren sich offensichtlich nur für das Auto. Denn der Mann mit dem Stilett rennt darauf zu, setzt sich ans Steuer. Seine Komplizin, die gerade noch meine Frau angegriffen hatte, springt auf der Beifahrerseite rein, und schon brausen die beiden mit unserem Auto samt Inhalt davon.

Die andere Frau sitzt derweil schon fahrbereit im Ascona, in dem jetzt der zweite Mann verschwindet, nachdem er mir unseren Daniel in die Hand gedrückt hat. Sekunden später sind auch diese beiden weg. Meine Familie und ich bleiben zurück. Geschockt und mit zwei völlig verstörten Kindern. Der ganze Überfall ist nach drei Minuten vorbei, uns bleibt nichts als das Leben.

Es dauert sehr lange, bis eines der vorbeifahrenden Fahrzeuge anhält. Mit Sicherheit geht jeder, der uns winken sieht, davon aus, daß wir selbst einen Überfall planen. Irgendwann gelingt es mir aber dann doch, einen Wagen anzuhalten. Dessen Fahrer ist sehr anständig, er nimmt uns bis zur nächsten Polizeistation mit.

Die Fahndung der Polizei brachte weder die Täter noch deren Beute zurück. Einziger Trost für die Überfallenen: sie waren gut versichert. So bekamen sie später fast den gesamten Schaden von etwa 35000 Mark zurückerstattet.

13. Raubobjekt Handtasche

Blitzschnell bückte sich der Räuber

Sie sind begeisterte Camper. Und sie wissen, wie sie dorthin kommen, wohin sie wollen. Schließlich fahren die Bonner Eheleute schon seit 14 Jahren mit ihrem Wohnwagengespann immer die gleiche Strecke. 1250 Kilometer in mehreren Etappen, über mehrere Tage hinweg. Ziel Südfrankreich. Nach der Grenze meistens über ausgesuchte Nationalstraßen. Auch die Etappenziele sind immer die gleichen. Wie etwa der Vogelpark von Villars les Dombes oder die für ihr Nougat bekannte Stadt Montélimar. Dort, auf dem Gelände der Autobahnraststätte, gibt es ein Plätzchen, das die beiden als Refugium für die Nacht sehr schätzen:

Diesen Platz benutzen wir seit 13 Jahren, ohne jemals ein Problem gehabt zu haben. An diesem Juli-Tag muß mich aber der Teufel geritten haben *(erzählt der Ehemann)*. Und das Schicksal hat uns prompt für das Brechen mit alten Gewohnheiten bestraft. Egal, wie man die folgenden Stunden sehen mag, vielleicht waren wir auch einfach einmal dran.

Jedenfalls fühle ich mich an diesem Nachmittag noch frisch, als wir an der Raststätte ankommen. Warum also nicht weiterfahren und einen anderen Übernachtungsplatz suchen? Gedacht, getan. Meine Frau ist einverstanden, und so schaffen wir noch etwa 100 Kilometer. Bis zum Rastplatz Lancon de Provence. Dort gibt es ein Hotel, eine Tankstelle, Restaurant, Imbiß, Wechselstube, Telefonzellen, schlicht und ergreifend allen Komfort, den man sich wünscht.

Wir also raus – dem Unheil entgegen. Ein Parkplatz für unser Gespann findet sich erst ganz am Ende des Platzes in der Nähe einer Wasch- und Toilettenanlage. Während ich schon aussteige, holt meine Frau ihre Umhängetasche von hinten vor, um dort ihre Scheckkarte, meine Ausweismappe und andere Sachen zu verstauen. Als sie alles beisammen hat, stellt sie die Tasche noch einen Moment auf den Boden zwischen ihre Füße.

Die Fahrertür auf meiner Seite habe ich unterdessen schon abgeschlossen. Auf dem Weg zum Wohnwagen schaue ich zufällig zurück zum Auto und sehe einen jungen Mann, der plötzlich direkt vor der Beifahrertür steht, die meine Frau aufgemacht hat, um auszusteigen. Als er bemerkt, daß ich ihn bemerkt habe, fängt er an, mit den Händen heftig zu gestikulieren. So, als ob er die Uhrzeit erfragen wolle.

Ich zögere, dann gehe ich langsam zurück zum Pkw. Die Vorstellung des Herrn scheint mir doch ein bißchen komisch. Aber da ist es schon zu spät. Blitzschnell bückt sich der Räuber und greift nach der Handtasche meiner Frau. Mein Zuruf „Paß auf!" kommt zu spät. Sie kann die Tasche zwar noch fassen, aber nicht mehr festhalten.

Der Täter, nach meiner Einschätzung ein Nordafrikaner, reißt ihr die Tasche aus den Händen und rennt los. Ich hinterher, aber gegen den etwa 40 Jahre Jüngeren habe ich keine Chance. Zumal der schon nach Sekunden auf dem Motorrad seines Kumpels sitzt, der sich in einiger Entfernung für die Flucht bereitgehalten hat. Da fahren die beiden Richtung Autobahn, und mit ihnen unsere Sachen. Als wollte das Schicksal seinen Schlag gegen uns noch etwas abmildern, verlieren sie auf ihrer rasanten Fahrt die Schlüssel meiner Frau.

Trotzdem ist sie durch den schweren Schock wie gelähmt. Und ich koche vor Wut. Denn der materielle und ideelle Schaden ist groß. Finanziell sind wir damit völlig blank. Dummheit muß eben bestraft werden!

Ein Franzose, der alles gesehen hatte, alarmierte die Polizei. Die kam auch bald und suchte die nähere Umgebung ab, um so vielleicht wenigstens die leere Handtasche zu finden. Aber nach etwa einer halben Stunde kehrten die Ordnungshüter erfolglos zurück. Noch bevor sie sich einem Protokoll für die Überfallenen aus Bonn widmen konnten, wurden sie über Funk zu einem Unfall gerufen. Das Protokoll erstellten sie dann eineinhalb Stunden später.

Deutsche Touristen halfen schließlich mit ein paar Francs aus, damit die Bonner in Deutschland wegen einer Geldsendung anrufen und ihre Fahrt bis zum Zielort beenden konnten. Am Tag darauf rief das Ehepaar die Zentralnummer aller Banken und Sparkassen in Frankfurt an und ließ Scheckkarte und Eurocheques sperren. Das Geld für dieses Telefonat hätten sich die beiden allerdings besser gespart. Denn in den vier darauffolgenden Tagen wurden alle gesperrten Schecks in verschiedenen südfranzösischen Banken mit gefälschter Unterschrift eingelöst.

Der Schaden wurde mir trotzdem bis auf angefallene Gebühren und Wechselkurs-Differenzen von der Girozentrale zurückerstattet.

Unser Fazit: Nie mehr werden wir auf Reisen alle Wertsachen in einer einzigen Handtasche aufbewahren. Aber niemand sollte auch behaupten, so etwas könne ihm nicht passieren. Der Einfallsreichtum dieser Räuber ist nahezu grenzenlos. Fragen Sie einmal ihre Bank oder Sparkasse, wie viele gestohlene Schecks in einem Jahr von deutschen Geldinstituten bezahlt werden müssen. Sie werden staunen!

Zu sicher gefühlt

Ein Amerika-Fan über sich selbst: „Nachdem ich seit über 30 Jahren in die USA reise, war ich der Meinung, mich dort gut auszukennen. So gut, daß ich glaubte, in einer Stadt den Weg von einem Restaurant zum nahegelegenen Hotel leicht zu Fuß zurücklegen zu können. Leider hatte ich mich geirrt." Und dann erzählt er, was er erlebt hat und warum man sich seiner Ansicht nach nie sicher fühlen sollte:

Orlando in Florida, ein schöner Abend. Meine Tochter und ich haben in einem Restaurant gut gegessen und machen uns auf den Heimweg. Bis zum Hotel sind es etwa 300 Meter. Gerade richtig für einen kleinen Spaziergang, denken wir uns, und lassen das Auto stehen.

Es ist etwa 20 Uhr. Wir laufen eine belebte vierspurige Straße entlang. Plötzlich kommt eine Horde junger Burschen auf uns zu. Als wir an ihnen vorbeigehen wollen, gehen sie auf mich los und schlagen mich kurzerhand zusammen. Meiner Tochter wird die Handtasche weggerissen, ansonsten geschieht ihr nichts. Von den vorbeifahrenden Autos hält natürlich keines an, kein Mensch kümmert sich um die Schlägerei. Als wäre so ein Überfall das normalste Tagesgeschäft der Welt. Die Rowdys lassen schließlich von uns ab, und wir schauen, daß wir uns schnellstens in Sicherheit bringen.

Ein paar Tage später sind wir in Miami. Im Aufzug unseres dortigen Hotels treffen wir ein deutsches Ehepaar. Die Frau trägt eine Umhängetasche über der Schulter, ein ideales Objekt für Langfinger. Die Handtasche meiner Tochter war so ähnlich. Spontan erzählen wir von unserem Mißgeschick in Orlando und versuchen, die beiden zu warnen. Doch der Erfolg ist spärlich. Wir erhalten zur Antwort, man sei selbst von solchem Pech bisher verschont geblieben und werde am anderen Tag sowieso nach Hause fliegen.

Am nächsten Morgen sitzen sie dann noch im Frühstücksraum, als wir erscheinen. Mit einigermaßen betretenen Gesichtern, denn sie wurden tatsächlich am gleichen Tag, als wir sie gewarnt hatten, beraubt.

Es geschah auf einem sechsspurigen Highway. Mitten in der Stadt, als sie im Auto an einer roten Ampel warten mußten. Die Frau studierte gerade auf dem Beifahrersitz die Landkarte. Plötzlich riß ein Mann die Tür auf und griff über sie zu der schon erwähnten Umhängetasche, die in der Mitte des Wagens stand. Sekunden später saß der Überraschungstäter wieder in seinem eigenen Auto. Die Ampel schaltete auf Grün, und der „Purse Snatcher", wie man den Berufsstand hier nennt, brauste auf und davon. Und das alles um elf Uhr vormittags!

Da kann man wirklich nur warnen. Wertsachen sollten immer, wenn überhaupt, auf mehrere Taschen verteilt am Körper getragen werden. Damen- und Herren-Handtaschen sollte man ganz vergessen.

Der geheimnisvolle Helfer

Eine wunderschöne Badewoche an der Costa Brava in Katalanien hatten sie schon hinter sich. In einer kleinen, ruhigen Bucht in der Nähe von Tossa de Mar, nördlich von Barcelona. Eines Tages war dem Ehepaar aus Steinberghaff an der deutsch-dänischen Grenze und der guten Bekannten der Eheleute nach Abwechslung zumute. Also machte sich das Trio auf in die Großstadt, nach Barcelona. Es war ein Sonntag im Oktober, ideal für einen Stadtbesuch, dachten sich die drei. Kein Verkehr, keine Hektik. Und tatsächlich, so war es. Im Nu waren sie in der Altstadt und hatten dort einen sicheren Parkplatz fürs Auto gefunden. Die Berichterstattung des Ehemannes beginnt mit einer Schilderung der getroffenen Präventivmaßnahmen in Sachen Sicherheit:

Eingedenk der Ermahnungen guter Bekannter und der Ratschläge in den Medien für den Besuch von Großstädten, glauben wir uns wohlvorbereitet: Die Fotokopien von Ausweis, Führerschein und Autozulassung, das nicht benötigte Geld und andere Gegenstände von Wert liegen bestens verwahrt in unserem Quartier. Um die Sache einfacher zu gestalten, habe ich unsere Papiere, Schlüssel, einen Eurocheque für alle Fälle und die kleinen Utensilien für die Damen in meine Herrentasche genommen, die an meinem Handgelenk baumelt. Der Geldbeutel, in dem die EC-Karte, einige tausend Peseten und die Reserve-Autoschlüssel sind, steckt in meiner Gesäßtasche. Der Foto hängt mir über der Schulter, zusätzlich halte ich ihn fest. In einer kleinen Tasche meines Gürtels, hinter einem Reißverschluß versteckt, habe ich die Hundertmarkscheine. Man ist ja gewarnt.

So bummeln wir durch Barcelona. Die Sonne scheint, es ist angenehm warm. Wir genießen die Altstadt und den Hafen. Überall auf den Straßen herrscht heiteres Treiben. Besonders das quirlige Leben auf den Ramblas hat es uns angetan. Verkaufsbuden, Flamenco-Tänzerinnen, Hochrad-Akrobaten, Zauberer, Portrait-Maler und die vielen fröhlichen Menschen faszinieren uns so, daß wir an Diebe eigentlich nicht mehr so intensiv denken. Und das, obwohl hier so viele Polizisten unterwegs sind, wie wir es vorher noch in keiner anderen Großstadt gesehen haben.

Mit dem Kauf meiner geliebten Sonntagszeitung beginnt dann eigentlich schon unser Verhängnis. Um dabei besser hantieren zu können, gebe ich meiner Frau die Herrentasche. Aber sie besteht darauf, mir auch den Geldbeutel abzunehmen. Obwohl ich ihn lieber in meiner Hosentasche behalten würde, um das Risiko kleiner zu halten. Darüber droht fast ein kleiner deutscher Ehestreit auf den Ramblas auszubrechen. Mit den Worten „Halte die Tasche aber fest am Körper und lege die Trageschleife um dein Handgelenk!" überlasse ich ihr schließlich auch das Portemonnaie. Sie steckt es mit in meine Herrentasche, so daß sie darin jetzt alles beisammen hat.

Ich kaufe meine Zeitung, und wir schlendern weiter. Nach einiger Zeit aber werden wir etwas müde und beschließen, Richtung Auto zurückzugehen. Die Tasche trägt immer noch meine Frau. Schon fast am Parkhaus angelangt, müssen wir durch eine der für diese Gegend typischen engen Gassen. Auch dort herrscht reger Betrieb: Einheimische, Urlauber, Polizisten.

Am Ende der Gasse taucht auf einmal schräg hinter meiner Frau eine männliche Gestalt auf. Trampelt auf den Boden und gibt komische Laute von sich. Erschrocken dreht sie sich um. Da reißt der Kerl ihr die Arme auseinander und die Tasche vom Gelenk. Im gleichen Moment rennt er auch schon davon und verschwindet in einer Seitenstraße. Meine Frau ruft noch „Haltet den Dieb!" und rennt ihm schreiend hinterher. Übrigens beachtlich, welche Geschwindigkeit sie als Jungsechzigerin bei der Verfolgung des Räubers noch entwickelt! Auch unsere Bekannte nimmt die Verfolgung auf. Aber leider alles vergebens. Kein Passant hält den Flüchtenden fest. Warum auch, es wäre viel zu gefährlich.

Atemlos, vor Aufregung zitternd und völlig hilflos, kommen nach einiger Zeit beide an den Ort der Tat zurück. Die Schlaufe meiner Tasche hängt noch am Handgelenk der Überfallenen. Meinen Vorwurf „Ich hab's ja gesagt, nun ist alles futsch!"

nimmt sie nicht mehr wahr. Langsam sackt sie in sich zusammen. In diesem Augenblick fällt sie in eine gnädige Ohnmacht.

Jetzt erst, als alles zu spät ist, erscheint die Polizei. Die beiden Beamten sind sehr bemüht, uns zu helfen. Wir können uns zwar kaum verständigen, aber aus ihren Gesten entnehme ich, daß sie für meine ohnmächtige Frau einen Krankenwagen rufen wollen. Dem trete ich mit einem entschlossenen „No" entgegen. Weiß ich doch aus Erfahrung, daß sie schnell wieder zu sich kommt. Und tatsächlich: Mit einem naßkalten Tuch, das ein freundlicher junger Mann mit leidlichen Englischkenntnissen in einer Eisdiele besorgt, gelingt es mir dann, sie ins Bewußtsein zurückzuholen.

Dieser junge Mann hat nicht gerade ein vertrauenerweckendes Äußeres. Aber er ist sehr aufmerksam und begleitet uns bis zur Polizeiwache. Die ist nichts anderes als ein Wohnmobil, das an einer Hausecke abgestellt wurde. Dort angekommen, schildert unser geheimnisvoller Helfer den Polizisten den Vorfall, da wir ja kein Spanisch können. Dann geht er wieder auf die Straße, hält sich aber die ganze Zeit in der Nähe des Polizeimobils auf. Meine Frau erholt sich in der Zwischenzeit etwas, und auch bei mir klingt die Erregung langsam ab.

Bis unsere Anzeige fertig ist, vergeht viel Zeit, da es immer wieder Verständigungsprobleme gibt. Irgendwann führen uns die Polizisten einen Tatverdächtigen vor. „Der war es bestimmt nicht", ist unsere einhellige Meinung, also läßt man ihn wieder laufen.

Je ruhiger wir im Laufe der Zeit werden, um so klarer wird uns aber auch, in welcher Situation wir uns befinden. Die Papiere sind weg, die Schlüssel für unser Quartier sind weg. Genauso wie unsere Peseten und alle Autoschlüssel. Das einzige, was uns bleibt, sind die Hunderter in meinem Gürtel. Gott sei Dank, denke ich mir, und hole noch im Polizeimobil einen von ihnen heraus, so daß es unser draußen wartender Helfer nicht sehen kann.

Als wir den Polizisten nach einer Wechselstube fragen, ist er schon wieder zur Stelle, weil wir nicht verstehen, was der Polizist antwortet. Wie sich kurz darauf herausstellt, war es die Erklärung des Weges zum nächsten „Cambio". Der junge Mann begnügt sich aber nicht mit der Übersetzung, er bringt uns gleich selbst dorthin.

Auf dem Weg erfahren wir, daß er aus Bordeaux in Frankreich sei, aber Barcelona so sehr liebe, daß er jedes Jahr einige Monate hier verbringe. Auch er sei gestern nacht ausgeraubt worden. Zum Beweis bekommen wir seine Schramme an der Stirn präsentiert. Jetzt sei er völlig mittellos und müsse sehen, wo er übernachten kann. Darauf raunen mir meine Begleiterinnen zu: „Der ist nicht echt."

Bis zur Wechselstube gelangen wir mit ihm aber wohlbehalten. Auch an neue Peseten kommen wir, ohne daß etwas passiert. Er bringt uns sogar noch zum richtigen Bus, mit dem wir bis zu unserem 80 Kilometer entfernten Quartier fahren müssen. Kurz vor der Abfahrt verabschieden wir uns dann von ihm. Stunden später – es ist schon dunkel – kommen wir ohne weitere Zwischenfälle in unserer Ferienanlage an. Über den Manager und dessen Ersatzschlüssel sind wir auch bald in unserem Haus und schließlich in den gewohnten Betten.

Vor dem Schlafen sprechen wir aber noch lange über den Tag und was uns alles passiert ist. Die Damen sind sich in der Beurteilung des jungen Mannes sicher: Der gehörte dazu. Unsere Bekannte argumentiert: „Ich sah ihn genau. Er saß ziemlich nahe an der Stelle, wo der Dieb verschwand, in einem Hauseingang und unterhielt sich mit einem Mädchen." Und weiter: „Der wollte bestimmt unsere Adresse rauskriegen, um dann mit dem gestohlenen Schlüssel in unser Ferienhaus einzubrechen."

Meine Frau mutmaßt: „Er ist doch auch mit dir zum Schalter gegangen, an dem du die Busfahrkarten gekauft hast. Warum wohl? Nachdem er sich dann an der Haltestelle von uns verabschiedet hatte, traf er an der nächsten Straßenecke einen Mann, mit dem er sich sehr lange und sehr gestenreich unterhielt. Wenn ihr mich fragt, der war nicht echt."

Wer weiß es. Auf jeden Fall wurde das Ferienhaus niemals ausgeräumt. Aus welchen Gründen auch immer.

Das Auto holten sich die drei am folgenden Tag mit Hilfe der ADAC Notrufstation in Barcelona und eines von dort organisierten Abschlepp- und Schlüsseldienstes wieder. An neue Papiere gelangte man einen weiteren Tag später über das deutsche Konsulat. Am Ende ging dann also doch noch alles recht glimpflich ab, und das Trio landete nach dem Urlaub wohlbehalten zu Hause. Man war sogar um einige Weisheiten reicher geworden:

Nach unserer Rückkehr beschlossen wir, beim künftigen Besuch einer Großstadt die Fehler, die wir in Barcelona gemacht hatten, zu vermeiden. So sollte man alle Originalpapiere an einem sicheren Platz wie etwa einem Hotelsafe deponieren und nicht etwa die Kopien. Die Kopien nimmt man mit auf die Straße. Nicht benötigtes Bargeld, Schecks, Scheckkarten und andere wertvolle Dinge sollte man nie bei sich haben, wenn man unterwegs ist. Ohne den ganzen Ballast bummelt es sich schließlich auch viel angenehmer und sorgenfreier. Versuchen Sie es und Sie werden sehen, daß ich recht habe.

Eins zu null für Tanja

Eine Magdeburgerin machte sich nach Italien auf, zusammen mit Mann und Hündchen, einer Terrier-Dame namens Tanja. Was den dreien in Venedig, der Stadt der Gondeln, passierte, schildert sie in einem Stil, in dem sie wahrscheinlich auch ihre Postkarten schreibt:

Wir zwei *(die Erzählerin spricht von ihrem Mann und sich selbst)* auf dem Markusplatz. Wegen der vielen Menschen Tanja in der Mitte auf dem Arm. Es ist ein Erlebnis. Vieles gibt es zu sehen, was wir bisher nur aus Büchern kannten.

Nach etwa drei Stunden trennen wir uns. Mein Mann kauft Weintrauben, ich schreibe – auf einer Mauer sitzend – einen Kartengruß.

Drei junge Leute gehen vorbei, ein Ausfallschritt, schon ist eine Hand an meiner Tasche. Meine Tanja ist aber schneller und beißt dem Greifer ins Handgelenk. Er schimpft – ich auch!

Tanja bekommt ein großes Lob. Noch nie hat sich das kleine Hündchen so stark gezeigt.

Bald darauf kommt mein Mann zurück. Mit nichts in der Hand. Ich: „Keine Weintrauben?“ Er: „Nein.“ Aus der verschlossenen Reißverschlußtasche seiner Jacke haben sie ihm die Brieftasche gestohlen. Geld fort, Ausweis fort.

Nachdem ihr Mann übertölpelt wurde, sie und das Hündchen aber nicht, bricht in der Magdeburgerin der kriminalistische Spürsinn durch. Sie schließt messerscharf:

Offensichtlich ein organisierter Diebstahl. Lange genug unsere Gewohnheiten beobachtet und dann einzeln aufs Korn genommen. Ein Glück im Unglück: Ich habe Tanja und die Reisekasse!

Fast im Abstellraum verendet

Drei Freundinnen aus Karlsruhe reisten Ende August pauschal nach Teneriffa. Reiseziel: Puerto de la Cruz. Sie kamen auch gut im Hotel an und verbrachten dort erst einmal eine ruhige Nacht. Am nächsten Morgen dann der Empfangscocktail für die gesamte Reisegruppe. Man erfuhr etwas über Land und Leute und was man so alles unternehmen konnte. „Aber nichts darüber, daß man mit Überfällen rechnen muß oder wie man sich so davor schützen kann, daß sie erst gar nicht passieren“, empört sich eine der Freundinnen, die später Opfer eines Straßenraubes wurde. Der geschah kurz vor Ende einer organisierten Besichtigungstour, die die drei Karlsruherinnen an einem der folgenden Tage gebucht hatten. Der Bus hatte noch an einem Laden in Orotava angehalten, wo man Spitzendeckchen kaufen konnte. Was dann dort geschah, erzählt die Betroffene selbst:

Spitzendeckchen interessieren mich nicht. Auch nicht, wenn alle anderen sich welche kaufen. Also gehe ich an diesem Tag erst gar nicht in den Laden, sondern warte auf dem Gehsteig davor. Der ist zwar sehr schmal, aber Leute, die sich darauf drängeln, gibt es genug.

Nach einiger Zeit geht mir das Geschiebe auf die Nerven. Stellungswechsel ist angesagt. Während die anderen drinnen noch fleißig Deckchen kaufen, wechsle ich auf die Straße, wo es mehr Platz als auf dem engen Bürgersteig gibt. Vor dem Bus bin ich gut vor dem Verkehr geschützt. Dort bleibe ich stehen, in knapp drei Meter Entfernung von der Schnauze des Busses. Endlich Luft. Die Straße ist hier angenehm breit, erscheint eigentlich mehr wie eine Art Platz.

Plötzlich kommt von der anderen Straßenseite her ein Auto auf mich zugeschossen. Fast hätte der Wagen noch den Kühler des Busses mitgenommen, dann hält er direkt vor mir in gut einem Meter Abstand an. Die Tür geht auf, ein junger Bursche steigt aus und steht Momente später direkt bei mir. Ich denke noch, der will mich etwas fragen. Meine Lederumhängetasche hängt nicht nur quer über der Schulter, ich habe sie zusätzlich auch noch ganz bewußt unter dem linken Arm eingeklemmt.

Auf einmal packt der Kerl zu und zieht von der anderen Seite aus am Riemen meiner Tasche. Er hat wohl nicht damit gerechnet, daß ich sie so fest im Griff habe. Der Riemen spannt sich, die Tasche bleibt auf meinem Rücken hängen. Der Ganove zieht weiter, aber ich lasse nicht nach und halte fest.

Er hat mich sozusagen an der Leine, als er ins Auto springt. In dem Moment stolpere ich und falle zu Boden. Trotzdem fahren die Kerle los. Sie schleifen mich – an meiner Tasche hängend – etwa 15 Meter weit über den Boden. Ich denke nur noch: Kopf oben halten, es geht um Leben oder Tod.

Die Tasche ist mir in diesen schrecklichen Augenblicken natürlich völlig egal. Sie hängt aber an mir und ich hänge an ihr, ohne daß ich sie weiter festhalte. Nur ein scharfes Messer könnte sie von mir trennen. Das aber fehlt meinem skrupellosen Peiniger offenbar, also läßt er los.

Irgendwann stehe ich wieder auf der Straße. Um mich herum ein Haufen Leute. Ob ich selbst wieder aufgestanden bin oder ob mir dabei jemand geholfen hat, weiß ich bis heute nicht. Ich schaue an mir herunter. Aus meinem rechten Arm läuft Blut, als wäre er ein kleiner Brunnen.

Die folgenden Minuten und Stunden erlebe ich wie in Trance. Der Reiseleiter erscheint und bindet mir den Arm ab. Dann organisiert er auf der Straße ein Privatauto, das mich in die Klinik bringt. Dort verfrachten sie mich in einen Krankenwagen, der mich in eine andere Klinik überführt. Der Reiseleiter ist immer noch dabei und geht mit hinein. Drinnen versucht er, dem Personal zu erklären, was passiert ist, wird aber gar nicht beachtet. Dann verliere ich ihn aus den Augen.

Sie bringen mich in einen kleinen Raum, eher eine Abstellkammer. Bald darauf werde ich dort abgeholt, man röntgt meine Hand. Dann wieder zurück in die Kammer. Kein Mensch ist bei mir. Man hat mich auf drei aneinandergerückte Stühle gelegt. Liegen oder Betten scheint es hier für mich nicht zu geben. Mir ist sterbenselend und schon alles egal. Die Schmerzen in der Hand sind kaum auszuhalten.

Irgendwann findet mich eine meiner beiden Freundinnen in dieser furchtbaren Kammer. Endlich jemand, der wenigstens leidlich Spanisch spricht und den Ärzten begreiflich machen kann, daß ich etwas gegen die Schmerzen brauche. Das tut sie dann auch, und ich bekomme tatsächlich eine Spritze.

Danach ist wieder Funkstille. Ich liege – entschuldigen Sie bitte den Ausdruck – halb verreckt auf drei Stühlen in diesem Abstellraum. Sage und schreibe fünf Stunden lang, bis sie mich dann endlich in den Operationssaal bringen.

Die Überfallene wurde an der verletzten Hand operiert und lag danach vier Tage im Krankenhaus. Sie mußte so lange auf die Operation warten, weil deren Bezahlung unklar war. Das erzählte ihr zumindest später ihre Freundin, die in einem anderen Raum wegen des Krankenscheines mit dem Krankenhauspersonal verhandelt hatte.

Die gesamten Kosten, die im Krankenhaus entstanden waren, übernahm schließlich das Busunternehmen. Auch das zerrissene Kleid wurde ersetzt. Nur die kaputten Schuhe mußte die Hausfrau aus Karlsruhe selbst bezahlen.

Die Gangster waren für immer verschwunden. Irgend jemand hatte zwar die Autonummer notiert. Aber das führte zu nichts, denn das Auto war gestohlen.

14. Überfall auf der Straße

Psst… und abliefern

Ein Hamburger erlebte auf Gran Canaria sein ganz persönliches blaues Wunder. Es geschah an einem Ostersamstag, als er – mit einer Videokamera bewaffnet – im Parque Doramas, dem größten Park der Stadt, spazierenging:

Ich schlendere über einen der schönen Parkwege, als mir in der ruhigen Mittagszeit, so etwa um 13 Uhr, vier junge Männer entgegenkommen. Ihr Alter: vielleicht so zwischen 20 und 30. Sie laufen jeweils zu zweit nebeneinander her, wobei die ersten beiden mindestens fünf Meter vor den anderen laufen.

Das erste Paar geht ganz normal an mir vorbei, freundlich lächeln mich die Jungs an. Die hinteren zwei aber kommen frontal auf mich zu und versperren mir den Weg. Einer von den beiden legt seinen Zeigefinger auf den Mund und hält mir im gleichen Moment ein Messer an den Bauch. Verständigungsschwierigkeiten schließt er damit von vorneherein aus. Seine Botschaft: Maul halten, sonst passiert was!

Im gleichen Moment haben die ersten zwei umgedreht, von hinten zugepackt und halten mich jetzt im Klammergriff fest. Die Plünderung beginnt. In Windeseile fliegen Hände über meinen Körper, durchsuchen jede Tasche, ertasten alles Wertvolle, das ich bei mir trage. Dummerweise ist das nicht gerade wenig: natürlich die Videokamera, aber auch meine Uhr, meine Halskette, mein Geld und alle Sachen, die ich vorher in der Stadt gekauft habe. Sogar den Ehering ziehen mir die Ganoven vom Finger.

Nachdem sie mir alles geklaut haben, machen sie sich aus dem Staub. Sofort renne ich zur nächsten Straße und winke den Autos. Gott sei Dank hält auch gleich ein Spanier an, der sehr hilfsbereit ist und mich zur Polizei bringt. So stehe ich schon fünf Minuten später vor einem Revier.

Aber dort ist es vorbei mit der Hilfsbereitschaft: Man läßt mich gar nicht rein, von einer Fahndung oder so etwas ganz zu schweigen. Im Gegenteil, der Posten versucht, mich wegzuschicken. Erst nach einer Weile, als er erkennt, daß er mich so einfach nicht loskriegt, läßt er mich in die Polizeistation. Dort wird mir widerwillig ein Protokoll erstellt, und damit ist der Fall für die Uniformierten erledigt.

Abenteuer Südost-Anatolien

Ein Münchner bereiste bereits zum dritten Mal mit seinem Wohnmobil die Türkei. Diesmal zusammen mit seiner Freundin. Reiseziel: Südost-Anatolien. Die beiden mußten wissen, daß sie sich dabei auf ein unkalkulierbares Abenteuer einließen. Denn diese abgelegene letzte Ecke der Türkei ist seit langem Schauplatz bewaffneter Auseinandersetzungen zwischen Kurden und dem türkischen Militär. Die Gegend ist nur dünn besiedelt, Tourismus findet hier in der Regel nicht mehr statt.

Aber der Münchner Wohnmobil-Fahrer setzte auf seine Türkei-Erfahrung. Ausgerüstet mit einer Pistole, zwei Säcken voller Kleidung und Schuhe und einer ausreichenden Menge Bonbons. Die Klamotten und die Bonbons waren für die Kinder, die in den abgelegenen Gegenden „immer wieder die Straße versperren und mit Steinen werfen, wenn man ihnen nichts gibt". Bisher war er gut durchgekommen, wenn er im Bedarfsfalle etwas aus dem Autofenster warf.

Aber jede Serie geht irgendwann einmal zu Ende. Die Münchner waren über Istanbul an der Schwarzmeer-Küste entlang bis zu der Hafenstadt Trabzon gefahren, um von da aus ins Landesinnere in die unsicheren Gebiete aufzubrechen. Dort sollte sie das Schicksal ereilen. Der Münchner berichtet:

In der Provinzhauptstadt Erzurum, die schon mitten im Herzen Ost-Anatoliens liegt, finden wir keinen Campingplatz. Bei der Polizei erfahren wir, daß es zu gefährlich sei, einfach so auf der Straße zu übernachten. Deshalb nehmen uns die freundlichen Beamten unter ihre Fittiche und stellen uns ihren Hof und damit ihre Bewachung zur Verfügung. Angesichts der offensichtlichen Gefahr in der Gegend überlegen wir, ob wir zurückfahren sollen. Aber das Grauen vor den schlechten Straßen bis hierher läßt uns dann doch am nächsten Tag weiterfahren.

Ziel: Der Van-See im eigentlichen Südost-Anatolien. Auf halbem Weg zwischen Agri und Van, der größten Stadt am gleichnamigen See, sind wir dran:

Nach stundenlanger Fahrt tauchen auf der Straße Schafe und Ziegen auf, dann Kinder, Jugendliche, Erwachsene. Sie versperren uns den Weg, wir halten an. Wieder einmal ist es soweit, denke ich mir, und greife nach unseren Mitbringseln. Wir werfen wie üblich Bonbons und Kleidung raus und denken uns eigentlich nichts weiter dabei. Sorglos steige ich aus, ein Paar neuwertige Stiefel in der Hand.

Ein Fehler, den ich kurz darauf bereue. Denn plötzlich schaue ich in die Läufe von zwei Gewehren, die mir ihre verwegen aussehenden Besitzer unter die Nase halten. Erste Aktion: Sie schlagen mir die Schuhe aus der Hand. Dann steigt einer der Männer ins Führerhaus zu meiner Freundin, die Gott sei Dank vorher die Pistole unter dem Sitz hatte verschwinden lassen. Er wirft den gesamten Inhalt des Handschuhfachs auf die Straße.

Danach entdeckt er unseren Stromgenerator und versucht, ihn anzuwerfen. Allerdings ohne Erfolg. Ich solle das Ding in Gang bringen, gibt er mir unwirsch zu verstehen. In der Aufregung muß ich wohl irgendeinen Knopf vergessen haben, denn auch ich scheitere. Ein Glück, denn so bleibt uns am Ende der Generator erhalten.

In der Zwischenzeit stöbert der Kumpel des Generator-Experten hinten herum, während die draußengebliebene Meute abwechselnd „Money, money!“ und dann wieder „Zigarett, Zigarett!“ schreit. Der Kumpel wird fündig. Er klaut uns den Fotoapparat, ein Fernglas und schließlich aus der Handtasche meiner Freundin 1500 DM in bar.

Unter den Sachen im Handschuhfach entdecken die Gauner auch unsere Postschecks. Sie zwingen uns, alle bis auf einen auf je 400 DM auszustellen und ihnen zu geben. Dann lassen sie uns durch. Als wir passieren, bewirft man uns mit Steinen und ballert dann noch mit den Gewehren hinter uns her.

Einzige Konsequenz des Vorfalls: Die Nummer mit den

Bonbons und Klamotten ist für uns ab diesem Moment gestorben. Von jetzt an gilt: Wann immer jemand versucht, uns den Weg zu verstellen, gebe ich Gas und halte direkt drauf zu, während meine Freundin mit der Pistole aus dem Fenster schießt. Versteht sich, daß wir das nur mit Platzpatronen machen. Aber das wissen die anderen ja nicht.

So kommen wir gut durch. Nur auf dem Rückweg, als wir schon wieder in Zentral-Anatolien sind, werden wir in der Nähe des „Berges der Götter" noch einmal unter Steinbeschuß genommen. Die Beulen und Kratzer sind unserem Wohnmobil bis heute geblieben.

Maskierter im Morgengrauen

Noch einmal ein Münchner, diesmal allein unterwegs: zurück nach Hause nach einem Urlaub in Spanien. Auf der A6 nördlich von Lyon in Richtung Dijon. Eigentlich wollte er die Ausfahrt Chalon-Sud nehmen, um auf der Landstraße nach Besancon weiterzufahren.

Aber die verpaßte er. Weil es fast fünf Uhr morgens war und weil er schon die ganze Nacht im Auto gesessen hatte und weil er einfach todmüde war. Während er sich noch darüber ärgerte, als Gefangener der Autobahn geradeaus nach Dijon weiterfahren zu müssen, wurde er jäh aus seinen Gedanken gerissen:

Plötzlich ein Schlag, ein Ruck, ich schaue in den Rückspiegel. Und erkenne dicht hinter mir ein Auto, das mich offensichtlich von hinten gerammt hat. So ein Mist, fluche ich innerlich, der Kerl muß wohl eingeschlafen sein.

Ich bremse vorsichtig und halte auf der Standspur an. Auch das andere Auto hält, etwa 50 Meter hinter mir. Ein 7er BMW, wie ich jetzt erkenne. Ich steige aus, der Fahrer des BMW auch. Wir gehen aufeinander zu. In diesem Moment hält ein drittes Fahrzeug, wird direkt vor meinem geparkt. Ist wohl ein Bekannter von der Schlafmütze, denke ich arglos, und gehe weiter Richtung BMW.

Wegen der Dunkelheit erkenne ich erst kurz bevor ich meinen Unfallgegner treffe, daß dieser eine Gesichtsmaske trägt. Ich spreche ihn an, aber er reagiert gar nicht. Ohne mich weiter zu beachten, geht er einfach an mir vorbei zu meinem Auto. Da fällt es mir wie Schuppen von den Augen: Der Unfall war Absicht, der Wagen vor meinem hindert mich am Wegfahren, und der Maskierte, dem ich jetzt ziemlich hilflos hinterhergehe, schnappt sich gerade mein Auto.

Und tatsächlich: Kurz darauf sitzt er schon drin. Da nehme ich in einem Akt der Verzweiflung meinen ganzen Mut zusammen, stürze mich auf ihn und versuche, ihn aus dem Wagen zu zerren. Die Quittung folgt auf den Fuß: Als Antwort sprüht mir der Maskierte eine geballte Ladung Gas ins Gesicht.

Damit bin ich erst mal bedient, kann kaum mehr etwas sehen und taumle zurück. Zum BMW, schießt es mir durch den Kopf, die Kennzeichen-Nummer! Reichlich benebelt wanke ich los. Auf halbem Weg mache ich an der Leitplanke Pause. Dabei höre ich, wie unter den Räubern eine laute Diskussion entsteht. Wie von Sinnen rennt einer zu mir, bleibt vor mir stehen, während er mit den anderen weiterdiskutiert. Er starrt mich an, dann dreht er ab und verschwindet wieder. „Glück gehabt", sage ich halblaut zu mir, „er hat dir keine reingehauen."

Momente später fahren alle drei Autos los, und ich bleibe allein auf der Autobahn zurück. Einfach jämmerlich, wie ich da stehe: in kurzen Hosen und dünnem T-Shirt, bei etwa acht Grad Temperatur.

Etwas ziellos setze ich mich in Bewegung. Versuche, Autos anzuhalten. Natürlich ohne Erfolg, man will ja schließlich nicht überfallen werden. Plötzlich entdecke ich den Hinweis auf eine Notrufsäule – die Rettung! Voller Freude renne ich los, mit Riesenschritten. Direkt in mein zweites Unglück.

Denn unmittelbar vor der Notrufsäule tappe ich ins Leere, falle in ein großes Loch, das normalerweise von einem Kanaldeckel bedeckt sein sollte. Aber der Kanaldeckel fehlt hier, und ich gehe eine Station tiefer. Als ich wieder auftauche, brennen das zerkratzte Gesicht und die Hände. Im Bein habe ich eine tiefe Schnittwunde, die ordentlich blutet. Und das Schlimmste:

Vor lauter Schreck habe ich die Nummer des BMW vergessen, die ich gerade noch im Kopf hatte.

Der Rest ist schnell erzählt: Ich rufe an, nach einer halben Stunde kommt der Service-Wagen der Autobahngesellschaft. Dem erzähle ich in radebrechendem Französisch, was passiert ist. Daraufhin ruft er die Polizei. Zwanzig Minuten später sind die Uniformierten da und nehmen mich mit auf die Wache. Dort hört sich ein tapferer Beamter die Geschichte an, die ich mühsam zusammenstottere. Alle anderen waren vorher hustend und mit tränenden Augen aus dem Raum geflüchtet, nachdem ich immer noch von einer Gaswolke umgeben bin.

Nach Stunden kommt ein Arzt, um meine Wunde zu nähen. Dann bekomme ich ein Frühstück. Irgendwann erfahre ich, das Auto sei gefunden worden. Deshalb werde ich zu einer anderen Polizeistation gebracht, wo es einige Formalitäten zu erledigen gibt. Danach muß ich dort noch einmal stundenlang warten, bis die Beamten in meinem Auto alle Spuren gesichert haben.

Abends um 19 Uhr ist es dann soweit: die sehr freundlichen Polizisten übergeben mir meinen Wagen, und ich mache mich auf den Weg nach Deutschland. Netterweise haben mir die Räuber das Nötigste gelassen: meinen Ausweis, fünf Liter Rotwein und eine Stange Zigaretten fand ich im Auto wieder.

Ungewollte Entführung

Eine Familie aus Hamburg hatte sich für drei Wochen ein Haus in Florida gemietet. Genauer gesagt am Rande der Everglades (größtes Sumpfgebiet der Erde, nordwestlich von Miami), in Fort Meyers.

Leider hatte die Maschine der dreiköpfigen Familie über fünf Stunden Verspätung und landete erst spät abends um 23.15 Uhr in Miami. Noch am Flughafen nahmen sich die Hamburger wie geplant einen Mietwagen. Aber so spät noch bis zu ihrem Haus nach Fort Meyers fahren, das wollten sie dann doch nicht mehr. Man hatte ihnen wegen der häufigen Überfälle dringend abgeraten, nachts durch die Everglades zu fahren.

Was also tun? Irgendwie mußte die Zeit bis zum Morgengrauen überbrückt werden. Man entschloß sich, Richtung Süden nach Miami Beach zu fahren. Auf der Strecke dorthin passierte es dann, wie der Ehemann schildert:

Mit einem Mal fährt ein alter Straßenkreuzer neben uns. Drinnen sitzen zwei Schwarze, die einen sehr aufgeregten Eindruck machen. Durchs offene Fenster rufen sie immer wieder „Fire, fire" zu uns herüber und deuten mit den Fingern auf den vorderen Teil unseres Mietwagens. Richtung Motorhaube oder Vorderreifen. Wo genau das Feuer sein soll, ist nicht exakt auszumachen.

Da sie nicht aufhören zu rufen, halten wir schließlich an. Meine Frau und ich steigen beide aus und gehen nach vorn, um zu schauen, wo es brennt. In dem Moment hält auch der Straßenkreuzer neben uns. Blitzschnell springt dessen Beifahrer heraus – und Bruchteile von Sekunden später sitzt er hinter dem Lenkrad unseres Mietwagens. Wie gelähmt beobachten wir die Szene, sind unfähig, etwas zu unternehmen. Wie auch, der Kerl in unserem Auto gibt sofort Vollgas und rast – gefolgt von seinem Komplizen in dem Straßenkreuzer – mit quietschenden Reifen davon.

„Halt", schreien wir, halb wahnsinnig vor Entsetzen. „Anhalten, unser Sohn!" Wir rennen hinterher, sehen, wie der Wagen, in dem noch immer unser Sohn auf der Rückbank sitzt, um eine Ecke verschwindet.

Die folgenden Minuten erlebe ich wie in Trance, denn die Sorge um unser Kind bringt mich fast um den Verstand. Irgendwie versuchen wir alles, jemanden anzuhalten, der uns helfen soll, die Verbrecher zu verfolgen. Ein Taxifahrer hält und fährt wieder weiter, als er hört, worum wir ihn bitten. Auch der nächste Taxifahrer hat keine Lust auf eine Verfolgungsjagd. Endlich hält einer an, der es gut mit uns meint. Es ist ein Polizist in einem Zivilwagen. Er ruft über Funk seine Kollegen und beruhigt uns erst einmal. Und plötzlich, noch bevor die Kollegen eintreffen, kommt unser Sohn um die Ecke. Total verängstigt und verstört zwar, aber egal. Wichtig ist nur, daß wir ihn wiederhaben. Unsere Freude darüber kann man nicht beschreiben.

Zehn Minuten später kommt die Polizei und nimmt den Fall auf. Das ändert nichts daran, daß wir alles verloren haben: unser Gepäck, unsere Wertsachen und Papiere, und nicht zuletzt unseren Traumurlaub in Florida.

Interessant sind die einleitenden Worte einer Stellungnahme des deutschen Generalkonsulats in Miami zu dem Vorfall. Man beachte dabei, daß diese Stellungnahme Anfang März des Jahres 1991 formuliert wurde:

„Leider muß einleitend festgestellt werden, daß dieser Fall beinahe schon ein Regelfall ist. Die geschilderten Tatumstände, Überfall kurz nach Übernahme eines Leihwagens, gehören zur bevorzugten Vorgehensweise der örtlichen Kriminellen."

Ein Schwarm von Mofas

Noch einmal Leihwagen, jetzt aber auf Sizilien. Gesteuert von einem Urlauber aus Bonn. Auf dem Beifahrersitz: seine Ehefrau. In der Hafenstadt Catania suchten die beiden ihr Hotel, in dem sie ein Zimmer reserviert hatten. Leider war an diesem Tag wegen eines Festes in Catania die Hölle los. Verkehr, Verkehr und nochmal Verkehr. Und Menschen, massenhaft Menschen auf der Straße. In dem Gewühl verloren die Bonner ab und zu die Orientierung, mußten mehrmals nach dem Weg fragen. In einer sehr belebten Straße schlug dann ihre Stunde. Der Ehemann schildert den Vorfall:

Auf einmal fährt mitten aus dem Gewühl heraus ein Mofa so ungeschickt vor unser Auto, daß ich eine Vollbremsung hinlegen muß. Kurz bevor ich den jungen Mann auf dem Mofa erfasse, kommt unser Wagen zum Stehen. Wir erholen uns gerade von dem kleinen Schreck und sind mit Durchatmen beschäftigt, als eine Hand durchs Seitenfenster meiner Frau nach hinten zum Knopf der hinteren Tür durchlangt und den Knopf nach oben zieht.

Fast im gleichen Moment wird diese hintere Tür aufgerissen, und die gleiche Hand von eben greift nach der Jacke, die auf der Rückbank liegt. Sekundenschnell fliegt sie weg und mit ihr alle Dokumente und ein größerer Geldbetrag. Der Mann, zu dem die Hand gehört, und der vermeintlich ungeschickte Mofafahrer verschwinden in der nächsten Seitengasse.

Eine Verfolgung versuchen wir erst gar nicht. Ich wende mich an Passanten auf der Straße, da ich ganz gut Italienisch spreche. Ich bitte sie um Hilfe oder wenigstens um Auskunft, wo die nächste Polizeistation ist. Doch keiner hilft. Sie scheinen alle Angst zu haben und behaupten, nichts zu wissen.

Was bleibt uns anderes übrig, als wieder ins Auto einzusteigen. Ich drehe um und fahre los. Nach etwa 100 Metern sind wir plötzlich von einem ganzen Schwarm von Mofafahrern umgeben. Immer wieder versuchen sie, an unseren Kofferraum ranzukommen. Einer von ihnen springt während der Fahrt auf das Heck unseres Wagens und versucht es mit brachialer Gewalt. Dabei benützt er eine Eisenstange als Brecheisen. Doch es gelingt ihm nicht, den Kofferraumdeckel aufzuhebeln. Aus Wut darüber schlägt der Kerl die Heckscheibe ein, die unter lautem Getöse in tausend Teile zerplatzt.

Glücklicherweise gelingt es mir dann aber doch, trotz des starken Verkehrs einige riskante Manöver zu fahren und so den Kerl und seine Freunde abzuschütteln. Irgendwann habe ich freie Fahrt und kann Vollgas geben und bin damit die ganze Meute endgültig los.

Ohne zu zögern fahren wir zum Flughafen und nehmen die nächste Maschine nach Deutschland.

VII. Mit Raffinement aufs Kreuz gelegt

15. Fallensteller

Zwangstermin im Hinterzimmer

Er hatte sich auf einen längeren Aufenthalt in der Türkei eingerichtet. Wollte Land und Leute kennenlernen und sich dabei Zeit lassen. Freunde hatten ihm so viel Positives erzählt.

Also machte er sich auf. Erste Station war Istanbul. Dort verbrachte er einige Tage. Bummelte durch die Stadt, ließ sich treiben. Offen für alles. Neugierig, diese quirlige Metropole kennenzulernen.

Irgendwann sprach ihn ein junger Mann an. Mitten auf der Straße und ganz freundlich. Sogar auf deutsch, wenn auch etwas holprig:

Er erzählt mir, daß er in Deutschland Gastarbeiter war und daß er sich gerne an diese Zeit erinnert. Seitdem er wieder in seiner Heimat ist, so sagt er, nutze er jede Gelegenheit, sein verstaubtes Deutsch aufzupolieren. Deshalb suche er ab und zu spontan den Kontakt zu deutschen Touristen.

Ich finde ihn auf Anhieb sympathisch, und wir gehen gemeinsam weiter. Noch auf der Straße zieht er einige Papiere heraus, um seinen Erzählungen die entsprechenden Beweise hinzuzufügen. Unter anderem zeigt er mir Dokumente über seinen früheren Wohnsitz bei Köln und seine jetzige Wohnung in Istanbul. Er scheint gleich viel Vertrauen zu mir gefaßt zu haben, sonst wäre er nicht so offen.

Nach einiger Zeit lädt er mich ein, mit ihm etwas zu trinken. Wahrscheinlich mache ich einen sehr verlorenen Eindruck auf ihn, sonst würde er das bestimmt nicht tun. Nach anfänglichem Zögern willige ich ein. Mein neuer Freund freut sich und führt mich um ein paar Ecken in eine kleine, wenig belebte Seitenstraße. Die Bar, in die wir dort gehen, würde ich allein allerdings nicht betreten. Ein etwas zwielichtiges Etablissement. Ich fühle mich zwar plötzlich gar nicht mehr so recht wohl, aber nein sagen kann ich jetzt auch nicht mehr.

Also rein in die Spelunke. Drinnen setzen wir uns an einen Tisch, jeder bestellt sich eine Cola. Bald haben wir Besuch. Zwei Frauen setzen sich dazu und trinken hastig ein Glas Wasser nach dem anderen. Nach einiger Zeit wird mir das zu blöd. Ich gebe ihnen zu verstehen, daß ich auf ihre Anwesenheit keinen Wert lege. Und prompt verschwinden sie.

Aber irgendwie ist jetzt der Faden gerissen. Das Gespräch mit meinem Freund ebbt ziemlich rapide ab, und nach kurzer Zeit geht er aufs Klo. In dem Moment weiß ich, daß ich ihn nicht wiedersehen werde. Warum, weiß ich auch nicht. Was tun? Mich vor den Ausgang stellen und auf ihn warten? Nein, das ist auch nichts. Ich sitze da wie angewurzelt, allein und nicht fähig, etwas zu tun. Und wie ich so vor mich hinstarre, sehe ich auch schon, wie mein Freund durch die Tür huscht und verschwindet.

Jetzt heißt es Ruhe bewahren, denke ich mir. Ich schleiche mißtrauisch zur Toilette: kein Mensch ist drin. Ich habe also richtig gesehen. Die Sache belebt sich, als ich in die Bar zurück will. Denn vor dem Klo werde ich abgepaßt. Vom Türsteher, dem Kellner und dem deutschsprachigen Wirt.

Die drei versperren mir den Weg. Mir ist klar, jetzt wird es ernst. Ich solle mitkommen, wird mir sehr deutlich eröffnet. Ich leiste keinen Widerstand. Also führen sie mich in einen kleinen Nebenraum. Dort wird mir dann gesagt, was Sache ist: Die Rechnung in Höhe von 400 DM muß bezahlt werden, und zwar sofort. Bescheiden einzuwenden, daß das vielleicht ein bißchen viel Geld sein könnte für zwei Cola und vier bis fünf Glas Wasser, dafür ist jetzt auf keinen Fall der richtige Moment.

Das untermauern die finsteren Gesellen auch gleich dadurch, daß sie alle meine Taschen durchsuchen und mich von oben bis unten abklopfen. Dabei finden sie meinen Brustbeutel, in dem

150 DM und ein Eurocheque stecken. Mehr habe ich an dem Tag nicht dabei.

Das Bargeld reicht den Kerlen natürlich nicht. Also fordern sie mich auf, den Scheck über 300 DM auszustellen. Mit dem Hintergedanken, ihn ja gleich sperren zu können, falls ich hier heil herauskommen sollte, tue ich das auch. Meine rüden Gesprächspartner sind damit zufrieden. Sehr höflich werde ich verabschiedet und darf gehen. Mit zitternden Knien verlasse ich die Bar.

Wieder draußen, rufe ich sofort meine Bank zu Hause an und veranlasse eine Schecksperre. Zwei Wochen später erhalte ich von derselben Bank einen Brief. Sein trauriger Inhalt in Kurzfassung: Der Scheck wurde am Tag zuvor eingelöst.

Freundliche Helfer

Viel gereist sei er schon, und lange Jahre habe er im Ausland gearbeitet, schreibt ein Kölner. Aber trotzdem wurde er hereingelegt. Und zwar zusammen mit seiner Frau und einem Freund, einem alten Spanienkenner, der auch fließend die Sprache spricht.

Mit diesem Spanienkenner waren sie also in Spanien, und zwar in Andalusien. Es begann, als sie an einem heißen Abend vor einem Hotel in Cordoba geparkt hatten:

Der Wagen ist nur provisorisch abgestellt. Meine Frau bleibt im Auto, und wir gehen erst einmal rein zur Rezeption, um uns anzumelden. Auf dem Weg dorthin fällt uns auf, daß drei gutgekleidete Männer herumstehen, die einander aber nicht zu kennen scheinen. Einer von ihnen spricht uns an, ob er irgendwie behilflich sein könne. Natürlich lehnen wir ab.

Nachdem wir die Zimmer haben, gehen wir zu meiner Frau zurück. Ich parke den Wagen in eine Lücke. Dabei sehe ich im Rückspiegel, daß der gleiche Mann schon wieder da ist und per Handzeichen einweist. Nachdem das Auto steht, steige ich aus. Und sofort fällt mir dieses Geräusch auf, ein gewisses Zischen.

Die anderen steigen auch aus, und kurz darauf wissen wir, warum es zischt: Der rechte Hinterreifen ist platt.

Als wir so davorstehen und uns den Schlamassel ansehen, ist auch unser Helfer wieder da und will beim Reifenwechsel mit anpacken. Wir lehnen höflich ab und denken uns nichts weiter. Daraufhin kommt sein Angebot, die Koffer auf die Zimmer zu tragen, da er irgendwie vom Hotel sei. Das ist für uns der entscheidende Hinweis. Wir sagen zu, und ich belade ihn, unseren Freund und meine Frau mit dem Gepäck, bevor ich mich an den Reifenwechsel mache.

Den Rest der Geschichte kenne ich nur aus den Erzählungen meiner Frau und unseres Freundes: Der Spanier geht also vorneweg ins Hotel. Drinnen setzt er in der Lobby kurz die Koffer ab. Ganz in der Nähe steht ein weiterer von den gutgekleideten Herren, die uns ganz am Anfang aufgefallen waren. Bald nimmt unser Helfer das Gepäck wieder auf und trägt es direkt bis vor die Zimmer, die im ersten Stock liegen. Meine Leute sind immer dabei. Dort oben angekommen, setzt der Spanier seine Last ab und verabschiedet sich höflich. Erst als er schon längst weg ist, fällt der Diebstahl auf. Kamera und Handtasche unseres Freundes sind spurlos verschwunden. In der Handtasche waren unter anderem Personalausweis, Dienstausweis, Führerschein, Kreditkarten, Eurocheques und EC-Karte.

Später rekonstruieren wir den Trick, auf den wir hereingefallen sind: Die Sachen müssen in dem Moment übergeben worden sein, als unser „Helfer" in der Lobby, wo sein Freund wartete, kurz das Gepäck abstellte. Der kaputte Reifen war letztendlich der entscheidende Auslöser dafür, daß wir in die Falle gingen. Er wurde, wie wir bei genauerer Betrachtung feststellten, mit einem Messer zerstochen. Ein Trick, der augenscheinlich sehr gut geplant war.

Schlechte Karten

Ein Erlanger in Bangkok. Allein, unternehmungslustig, offen für Abenteuer. Einen Tag nach der Ankunft wird er in der Nähe des Tokyo Centers angesprochen. Von einem Mann namens Bec:

„Hallo, Sie sind doch Deutscher. Meine Schwester fliegt demnächst dorthin. Können Sie mir etwas über das Land erzählen?“ Ich habe, ehrlich gesagt, in diesem Moment keine Lust. Aber der Typ schaut mich so treuherzig an, daß ich ihm zumindest meine Hotelanschrift und Telefonnummer gebe, bevor ich mich von ihm verabschiede.

Am nächsten Morgen ruft mich Bec tatsächlich im Hotel an, eine halbe Stunde später steht er vor der Tür. Kurz darauf sitzen wir schon im Taxi, unterwegs zum Haus seines Onkels. Dort könnten wir in Ruhe reden, meint er, dort sei es gemütlicher. Als wir da sind, bestätigt sich sein Versprechen. Das Haus sieht ganz nett aus und liegt in einer guten Wohngegend.

Drinnen sind mehrere Personen anwesend, die sich aufgeregt unterhalten. Den Grund erfahre ich schnell: Die Schwester, die nach Deutschland wollte, sei gerade ins Krankenhaus eingeliefert worden. Mir wird ein Platz angeboten, und ich komme mit einem schon etwas gesetzteren Herrn ins Gespräch, der sich als Mario vorstellt. Er behauptet, der Onkel des betreffenden Mädchens und von Bec zu sein. Damit ist er auch der Besitzer des Hauses.

Mit der Zeit schaltet sich sein Freund Bob ins Gespräch ein. Es geht um die Frage, wie sich am besten die bevorstehende Operation der Nichte finanzieren ließe. Irgendwann kommt einer auf die Idee, man könnte sich das Geld beim Kartenspiel verdienen. Ist auch sehr naheliegend, denn Mario und Bob sind angeblich im Spielcasino beschäftigt. „Wir kennen da einen Mr. Dagwan“, sagen sie, „der ist leidenschaftlicher Spieler. Er kommt aus der Goldbranche und hat Geld wie Heu. Noch dazu hat er vor kurzem einen sehr hohen Betrag gewonnen.“

Der sei leicht auszunehmen, ist man sich einig. Man brauche nur einen neutralen Spielpartner für ihn. Und da gebe es auf die Schnelle natürlich nur einen, und der sei ich. Das gewählte Spiel solle Black Jack sein. Den nötigen Einsatz lege Bob aus. Der geeignete Zeitpunkt, das Spiel zu beenden, würde von ihnen bestimmt.

Gesagt, getan, ich bin einverstanden. Nachdem Bob das finanzielle Risiko trägt, lasse ich mich auf den Zauber ein. Wir studieren das Spiel ein, in der Zwischenzeit wird alles arrangiert. Mit dem Taxi holt Bob Mr. Dagwan von seinem Hotel ab. Eine Stunde später erscheint er dann mit meinem Gegenspieler. Mr. Dagwan ist etwa 55 Jahre alt und sieht sehr gepflegt aus. Ohne großartig Zeit zu verlieren, beginnen wir sofort zu spielen.

Der von Bob für mich gesetzte Betrag wird gleich von Mr. Dagwan überboten. Leider hat Bob nicht so viel Geld, um mithalten und damit aufdecken zu können. Ich habe aber 21 Punkte *(für Nicht-Zocker: bessere Karten kann man bei Black Jack nicht haben)* und bin damit der sichere Gewinner in diesem Spiel. Bob schlägt folgende Lösung vor: Um aufdecken zu können, müsse er den fehlenden Betrag besorgen. Das werde er tun, aber dafür brauche er ein bißchen Zeit. Mr. Dagwan ist zwar nicht gerade begeistert, willigt aber dann doch ein. Am nächsten Tag soll es weitergehen, bis dahin wird das Spiel eingefroren.

Also kommen die Karten in Umschläge, und diese Umschläge werden versiegelt. Zusammen mit dem Geld, das im Topf liegt, bringt Bob dann das unterbrochene Spiel in sein Haus und deponiert dort alles in seinem Safe. Ich gehe in mein Hotel, um dort zu schlafen. Aus Sicherheitsgründen – ich bin ja schließlich der Sieger und damit ein reicher Mann – bleibt Bec bei mir und rollt sich die Nacht über in meinem Zimmer auf dem Teppich zusammen.

Am nächsten Tag kommt Bob ins Hotel. Er habe nicht alles besorgen können, meint er aufgeregt. Jetzt solle ich mich auch mal darum kümmern. Gegen Nachmittag bringt mich Bec mit einer mir unbekannten Frau per Taxi in ein Goldgeschäft. Dort werde ich aufgefordert, Gold zu kaufen. Nachdem ich das aber nicht tue, geht es anschließend zu Bobs Haus.

Nach unserer Ankunft gibt es etwas zu essen und zu trinken. Daraufhin wird mir komisch – vielleicht war etwas im Essen drin. In meinem nun nicht mehr ganz klaren Zustand üben Bob und Bec erneut Druck auf mich aus, Gold zu kaufen. Benebelt wie ich bin, lasse ich mich breitschlagen. Wir fahren in ein anderes Goldgeschäft, dort suchen meine Begleiter verschiedene

Arm- und Halsketten aus. Die Rechnung in Höhe von umgerechnet 27590,88 DM muß ich mit meiner American-Express-Karte bezahlen. Nach Vorlage des Reisepasses funktioniert das auch, wir haben das Gold in der Tasche.

Damit fahren wir wieder zu Bobs Haus, wo Mr. Dagwan schon wartet. Ich bringe die fehlende Summe in den Topf ein und gewinne damit natürlich alles. Grund für meinen Gegenspieler, mich zu einem zweiten Spiel aufzufordern, das ich ihm selbstverständlich gewähren muß.

Es wird neu gemischt und neu gesetzt. Dagwan geht gleich wieder ordentlich zur Sache. Um mitzuziehen, muß ich alles Bargeld setzen. Den ursprünglichen Einsatz von Bob und den Gewinn aus dem vorherigen Spiel. Als wir die Karten öffnen, verliere ich, das Geld ist weg.

Bob fordert mich auf, noch ein Spiel zu machen. Schließlich müßten die Verluste ausgeglichen und sein Einsatz zurückgeholt werden. Wir vertagen das Ganze allerdings auf den nächsten Tag. Den Goldschmuck deponieren wir solange im Safe. Wieder begleitet mich Bec zum Hotel und bleibt die ganze Nacht bei mir.

Am anderen Tag erhalten wir per Telefon Zeichen, daß es weitergeht. Also fahren wir wieder mit dem Taxi in Bobs Haus. Dort gibt es noch einmal Unterricht durch meine Freunde. Die Spielregeln werden erneut durchgesprochen und einstudiert. Begründung: Ich hätte gestern wegen eines Spielfehlers verloren.

Dann gibt es zu essen und zu trinken. Kurz darauf erscheint Dagwan, das Spiel beginnt. Sofort bringt er gigantisch hohe Einsätze. Ich setze mein ganzes Gold, aber das reicht nicht. Um die Karten aufdecken zu können, muß neues aufgetrieben werden. Und wer ist der einzige, der das mit seiner Kreditkarte kann? Sie haben es erraten, ich. Also auf ins nächste Goldgeschäft. Zum Glück wird dort meine Karte nicht akzeptiert. Der Verkäufer sagt mir, er müsse zuerst in Erlangen bei meiner Sparkasse anrufen, ob der Kauf gedeckt sei. Wir sollen in zwei Tagen wiederkommen.

An diesen beiden Tagen bekomme ich einen neuen Bewacher namens Boyett. Trotzdem finde ich die Gelegenheit, mit einem deutschen Ehepaar über meine Situation zu sprechen. Gott sei Dank reagieren sie und helfen mir. Auf meine Bitte hin informieren sie die Deutsche Botschaft.

Am nächsten Morgen früh um neun erscheint die von der Botschaft verständigte Touristen-Polizei im Hotel. Die Uniformierten nehmen Boyett sofort fest. Dann wird ein Protokoll gemacht, dann die Wohnung von Boyett durchsucht. Danach geht es zu dem von Bob angemieteten Haus. Leider ist der Vogel schon ausgeflogen, und mit ihm mein Gold.

Tage später finden sie das Haus von Mario, dem angeblichen Onkel des sicherlich überhaupt nicht existierenden Mädchens, das angeblich nach Deutschland fliegen wollte. Aber ohne nennenswertes Ergebnis, denn Mario bleibt verschwunden. Das Haus bewohnen zwei mir unbekannte Personen. Tags darauf findet noch eine Gegenüberstellung bei der Polizei statt, aber von den mir präsentierten Männern kenne ich keinen.

Das war's dann auch schon, die Polizei meldet sich nicht mehr bei mir. Alles, was sie mir sagen konnten: Ich war einer philippinischen Betrüger-Bande auf den Leim gegangen. Das Lehrgeld, das ich bezahlen mußte: 27 590,88 DM.

Wo geht es nach Alicante

Ein Ehepaar aus Bad Säckingen bei Basel war mit dem Auto auf der spanischen A7 in Richtung Süden unterwegs. An einer Autobahnraststätte kurz vor Valencia machten sie halt und erfrischten sich etwas. Das Weitere schildert der Ehemann:

Wir wollen gerade wieder wegfahren, als auf meiner Seite eine Frau ans Wagenfenster klopft. Ich solle mal nach hinten schauen, da sei etwas.

Blöd wie ich bin, tue ich das auch prompt. Und siehe da, das Heck ist mit einer ekligen, schmierigen Masse verklebt. Was mache ich also? Papier aus dem Kofferraum holen und das Zeug abwischen, so gut es geht.

Als ich so mit dem Geschmiere kämpfe, kommt ein nicht nur gut aussehender, sondern auch gut gekleideter Herr zu mir.

In der Hand hat er eine Landkarte. Er fragt mich, ob ich weiß, wo es nach Alicante geht. Um die Sache besser zu ergründen, breitet er umständlich seine Karte auf dem Boden aus. Also gehe auch ich auf Tauchstation und erkläre ihm ausführlich, daß er nur immer geradeaus fahren muß.

In dem Augenblick wird auch meine Frau aus dem Auto gelockt. Von einer Frau, die angeblich die Frau des Karten-Mannes ist. Und die will auch noch etwas ganz Spezielles über die spanische Geographie erfahren. Während die beiden Frauen miteinander plaudern, gehen auch sie nach hinten Richtung Landkarte.

Meine bessere Hälfte macht vorher zwar die Autotür zu, aber sie verschließt sie nicht. Die Handtasche, auf die sie normalerweise aufpaßt wie ein Luchs und die sie immer zwischen ihren Füßen am Boden des Wagens stehen hat, läßt sie in diesem Augenblick leider im Fahrzeug zurück.

Nach einer Weile haben wir alle Fragen beantwortet, den Small Talk beendet und die Schmiere abgewischt. Die Frager haben sich verkrümelt, jetzt kann es also weitergehen. Wir steigen ein, und die Handtasche ist weg. Logisch! In der Zeit der Abwesenheit gestohlen. Das Gangster-Trio hat uns mit Erfolg in die Falle gelockt.

Die Beute: sieben Schecks, 200 DM, 30000 Peseten, Familienpaß, Kfz-Schein und Versicherungskarte. Die Schecks waren übrigens alle eingelöst, als wir wieder zu Hause waren. Unglaublich, wie so etwas vor sich geht. Die Scheck-Karte war uns nämlich geblieben.

16. Die schnellen Finger sind überall

Der fliegende Geldbeutel

Es war in einem Oktober, und es war in Prag. Eine Münchnerin und ihr Bekannter erlebten einen Taschendieb-Klassiker, den sogenannten Sandwich-Trick. Wie es passiert ist, erzählt die wehrhafte Bayerin selbst:

Wir erkunden die Prager Innenstadt und benutzen dafür öffentliche Verkehrsmittel. Diesmal ist es die Tram, mit der wir fahren wollen. Unsere Haltestelle liegt auf einer Verkehrsinsel. Leider hat die Linie, auf die wir warten, Verspätung. Also drängen sich schon bald viele Leute auf dem engen Stück Bürgersteig mitten auf der Straße.

Irgendwann kommt die Tram dann doch. Zufällig hält sie mit der Tür direkt vor mir, so daß ich als erster Passagier mit dem Einsteigen dran bin. Die Tür geht auf, und ich erklimme die erste Stufe. Noch bevor ich den Fuß auf die zweite bringe, schiebt sich von hinten eine junge, kleinwüchsige Frau mit unglaublicher Kraft vor mich. Aber anstatt einzusteigen, klammert sie sich rechts und links mit je einer Hand an die Haltegriffe und bleibt stehen. So blockiert sie für Sekunden den ganzen Betrieb. Dabei fragt sie den Fahrer irgendwelches Zeug und tut so, als wolle sie von ihm eine Auskunft.

Währenddessen drängt aber die Menge von hinten mit Macht nach vorn. Es sieht ja auch keiner, daß es dort nicht mehr weitergeht. Die Folge ist natürlich, daß ich ordentlich eingequetscht und von allen Seiten bedrängt werde. Mein linker Arm bleibt im Gewühl stecken und wird irgendwie nach hinten verklemmt. Es ist genau der Arm, unter dem meine Tasche hängt. Deren Lederriemen trage ich allerdings – gut gesichert, wie ich glaube – quer über der Schulter.

Plötzlich läßt die Frau vor mir los. Ich purzele hinterher und falle so fast in die Tram. Sofort hege ich den Verdacht, daß hier nicht alles mit rechten Dingen zugeht. Ein Blick auf meine Tasche beweist es: Sie hängt zwar noch da, aber sie ist offen. Aus ihr verschwunden ist der Geldbeutel mit meinem Bargeld, außerdem Kreditkarten und einigen wichtigen persönlichen Papieren.

Mein Bekannter hat von all dem nichts mitbekommen. Er ist nicht mit mir vorne, sondern hinten eingestiegen, um dem Gedrängel etwas zu entgehen. Da stehe ich also nun, des Tschechischen nicht mächtig, wütend, erschreckt, mit zitternden Knien und einem enorm hohen Adrenalinspiegel. Alles geht so schnell. Jeden Augenblick müssen die automatischen Türen schließen, schießt es mir durch den Kopf. Da sehe ich auch schon, wie drei Mädchen, darunter die „meine", in aller Eile vom Wagen springen.

Aber auch wir funktionieren jetzt ganz gut. Ich rufe durch die ganze Straßenbahn nach hinten meinem Bekannten ein paar Worte zu. Der versteht sofort, und im Nu sind auch wir draußen, noch bevor die Tram losfährt.

Aber kaum sind wir draußen, sind die anderen schon wieder drinnen. Blitzschnell sind sie auf den zweiten Wagen der noch stehenden Straßenbahn aufgesprungen. Wir wieder hinterher. Und kaum haben wir das Innere des Wagens erreicht, sehe ich noch im Augenwinkel, wie die Bande durch die andere Tür erneut hinausspringt. Sekunden später sind auch wir wieder auf der Straße, die Tram fährt los.

Das Diebestrio versucht jetzt, über die Gleise zu fliehen. Auf der anderen Seite der Gleise ist die Tram-Haltestelle der Gegenrichtung. Wieder eine Verkehrsinsel, wieder voll mit eng aneinandergedrängt wartenden Fahrgästen. In dieser Menschenmauer verschwinden die Mädchen. Aber wir sind ihnen hart auf den Fersen. Hetzen in Riesenschritten nach, rufen und schreien.

Als wir schon direkt auf der Insel sind, kommt plötzlich der Geldbeutel irgendwie über die Köpfe durch die Luft geflogen und landet hinter uns auf den Gleisen. Sofort stürzen wir uns darauf. Sehen hastig nach, ob sie uns noch etwas übriggelassen haben vom wertvollen Inhalt.

Und siehe da, es ist wie ein Wunder: Alles noch drin! In unserer Freude setzen wir den Diebinnen natürlich nicht weiter nach. Wir sind zwar außer Atem, aber die beherzte Verfolgung hat sich rentiert. Die Mädchen hatten offensichtlich keine Zeit mehr, den Geldbeutel zu öffnen, und gaben auf.

Nette Früchtchen

Mit einem guten Schuß Selbstironie erzählt ein 64jähriger aus Kropp bei Flensburg, was nach seinen Worten „etlichen Herren passiert". Nur seien die meisten nach so einem peinlichen Erlebnis nicht bereit, ihre Geschichte zum besten zu geben.

Dieser Erzähler traut sich, und er tut es auf recht amüsante Weise. Es erwischte ihn auf Gran Canaria:

Blauer Himmel, Sonnenschein, olé! Wieder einmal sind wir da, wieder einmal sind wir in Playa del Ingles. Sich wie Tausende anderer Touristen in den langen Kolonnen auf der Strandpromenade entlangschieben: Wer kennt es nicht, dieses erhabene Gefühl eines frohgestimmten Urlaubers, das er nach mühevollen und langen Arbeitswochen jedes Jahr einmal genießen darf.

So schlendere auch ich durch das dichte Gewühl. Schaue hierhin, schaue dorthin, lasse mich treiben. Ein paar Schritte vor mir meine Frau mit Sohn und Schwiegertochter. Da! Plötzlich steht vor mir ein feuriges, schwarzhaariges, südländisch aussehendes, weibliches Wesen. Bildschön, wenn auch schon etwas betagt. Aber für einen Mann im fortgeschrittenen Alter wie mich durchaus noch sehr attraktiv.

In der rechten Hand hat sie einen prächtigen Nelkenstrauß. Huldvoll lächelnd versperrt sie mir den Weg. Eigentlich ist es mehr ein glutäugiges Strahlen. Wie auch immer, ich bleibe stehen. Schon steckt sie mir geschickt eine Nelke in mein oberes Knopfloch.

Beglückt betrachte ich einerseits ihr Tun, andererseits rufe ich stolz meiner Familie zu: „Schaut doch mal, welche Chancen ich noch bei jungen Mädchen habe!“ Meine Frau bestätigt den Sachverhalt süßsauer lächelnd, während Sohn und Schwiegertochter mir gratulieren.

Nun, solch ein Liebesdienst muß einfach belohnt werden! Eifrig zücke ich mein Portemonnaie und klappe es auf. Schon leuchten die bunten Peseten-Scheine hervor, die ich gerade auf der Bank geholt habe. Die rühre ich natürlich nicht an, sondern krame aus dem Kleingeldfach einige Münzen hervor, um damit meine Verehrerin zu erfreuen.

Da! Eine weitere holdselige Spanierin steht urplötzlich vor mir. Heftig gestikulierend erklären mir nun die beiden, daß sie meine Großzügigkeit mit einer Nelke belohnen wollten, die viel frischer sei als die, die ich schon im Knopfloch habe. Die anschließende Prozedur des Befestigens dauert dieses Mal zwar etwas länger. Aber als die Blume endlich dran ist, bin ich vom betörenden Duft zweier Nelken umgeben. Das behindert offensichtlich meinen Blick. Oder vielleicht auch meinen Durchblick. Dazu kommt noch das liebevolle Bemühen der beiden Schönen. Ich gestehe: Bis zu diesem Moment bemerke ich nichts. Ich halte schließlich meinen Geldbeutel auch immer fest in meinen Händen.

Aber dann tauchen meine beiden Blumenmädchen wieselschnell im Menschengetümmel unter. Gerade wollte ich mich noch herzlich bei ihnen bedanken, da sind sie schon weg.

Der Leser ahnt wahrscheinlich schon die Pointe. Ich persönlich bleibe lange ahnungslos. Wir beenden in aller Ruhe unseren Bummel über die Strandpromenade, dann geht es zurück in unser Feriendomizil. Dort erhalte ich von meiner Frau den Auftrag, noch etwas zu essen zu besorgen. Also marschiere ich – natürlich immer noch nelkengeschmückt – in den nahegelegenen Supermarkt. Als es an der Kasse ans Zahlen geht, hole ich ganz normal mein Portemonnaie hervor. Ich öffne es, und mein Gesicht wird lang und länger. Die unendlich leeren Fächer der Geldbörse scheinen mich regelrecht anzugrinsen. Nicht einen einzigen Schein haben mir die netten Früchtchen gelassen!

Montezuma ist an allem schuld

Zusammen mit seiner Lebensgefährtin hatte ein Düsseldorfer eine Package-Tour durch Ägypten gebucht. In zwei Wochen fünf Flüge, ein Segeltörn und jede Menge Fahrten per Bus oder Taxi, um das ausgedehnte Reiseprogramm zu bewältigen. Ein Riesenstreß, der sich für den Protagonisten noch dadurch erhöhte, daß ihm Magen und Darm einen Streich spielten. Letztendlich zuviel für ihn:

Wie man so sagt, kommt ein Unglück selten allein. Bereits am zweiten Tag unserer Rundreise leide ich an schweren Darmkrämpfen. Ein direktes Ergebnis von „Montezumas Rache“. So kommt es, wie es kommen muß: Durch meine Indisponiertheit passiert mir Folgendes:

Am dritten Tag sind wir in Luxor, im Tal der Könige. Der Bus hält auf einem Parkplatz. Von dort aus muß man etwa 600 Meter laufen, um zu den Königsgräbern zu gelangen. Auf der ganzen Länge dieser Strecke, die von jedem Touristen zurückgelegt werden muß, stehen links und rechts Einheimische, die Reiseandenken verkaufen. Noch bevor wir den Bus verlassen, warnt uns die Reiseleitung, bei den Händlern niemals unser Bargeld offen herzuzeigen.

So marschieren wir also dann mit guten Ratschlägen im Gepäck los. Schon bald bestürmen uns Kinder und wollen „Bakschisch". Die nächsten sind fliegende Händler, die Skarabäen und Papyrusbildchen schwenken. Bei ihren Preisofferten unterbieten sie sich gegenseitig – und zwar in erstaunlich gutem Deutsch. So geht es dann bis zum Eingangstor am laufenden Band mit einer Unzahl von Angeboten. Allerdings lassen wir uns in kein einziges dieser Geschäftchen verwickeln.

Drinnen dann die Grabkammer von Tutanchamun – eindrucksvoll. Aber leider darf man nicht fotografieren. Zu gern hätte ich ein paar Bilder geschossen. Schade, ja fast ärgerlich! Das wurmt mich noch während der ganzen restlichen Besichtigung.

Draußen dann wieder die Händler. Es dauert nicht lange, dann hält mir einer auch schon Dias von der Grabkammer unter die Nase. Drei Streifen, bestehend aus je sechs Dias, für umgerechnet etwa 32 DM. Während ich noch überlege und dummerweise bereits mein Portemonnaie halb geöffnet in der Hand halte, schießt regelrecht von rechts ein zweiter Händler auf mich zu und wedelt mit seinem Dia-Päckchen. Und weil das noch nicht reicht, kommt kurz darauf von der linken Seite her ein dritter mit wallendem Umhang angerannt, der auch noch ein paar günstige Dias zur Hand hat.

Nun beginnt das Gezeter. Ich biete umgerechnet nur rund 24 DM, was den Verkäufern zu wenig ist. Sie rücken mir ganz schön auf die Pelle, als sie mir unter lautem Geschrei klarmachen wollen, daß ihre Dias unheimlich schön seien und deshalb einen besseren Preis verdient hätten. Dabei halten sie mir ihre Ware direkt vor die Nase, so daß ich sozusagen vor einem Wald von Dias stehe. Ich Dummkopf schaue dabei nur noch nach rechts oder links in ihre Gesichter, in der Hoffnung, den Preis noch etwas drücken zu können. Den halbgeöffneten Geldbeutel natürlich immer noch in der Hand.

Auf einmal scheint den linken das Geschäft nicht mehr so zu interessieren, kurz darauf ist er weg. Ein paar Augenblicke später verschwindet auch der rechte. Bevor ich mich versehe, stehe ich mit meinem ersten Handelspartner alleine da.

Da ruft auch schon meine Partnerin, ich solle jetzt endlich kommen, der Bus warte schon. Ich unterbreite meinem Gegenüber ein letztes Angebot. Als der nicht darauf eingeht, entschließe ich mich, doch nicht zu kaufen. Daraufhin rennt der Ägypter ziemlich schnell davon. Es bleibt mir keine Zeit, mich über seine Spontaneität zu wundern. Frustriert eile ich zum Bus, um den Anschluß nicht zu verpassen.

Erst als wir schon unterwegs sind, bemerke ich, daß aus meinem Geldbeutel 200 DM und zehn Dollar fehlen. Genau in dem Moment setzen dann auch wieder meine Bauchschmerzen ein. Wie sich später herausstellt, eine Viruserkrankung. Deshalb war ich mit Sicherheit auch so träge und unaufmerksam, daß mich die drei Gauner mit ihrer bemerkenswert raffinierten „konzertierten Aktion" aufs Kreuz legen konnten.

Dank dem Retter zwei Mark verdient

Ein Ehepaar aus Belm bei Osnabrück machte Urlaub in Portugal. Natürlich wollten sie die Hauptstadt Lissabon sehen. Also fuhren sie auch dorthin. Übernachtet wurde auf dem städtischen Campingplatz. Dort ließen die beiden am anderen Tag das Auto stehen und nahmen den Bus, um in die Stadt zu gelangen. Nach stundenlangem Besichtigungsmarsch durchs Zentrum waren sie ganz schön müde geworden und wollten zurück:

Wir warten gerade an der Haltestelle auf den Bus. Brav und geduldig in der Reihe wie alle anderen auch. Da fällt wie aus heiterem Himmel mit deutlich vernehmbarem Klimpern eine silberne Münze direkt vor unsere Füße. Als wir uns bücken, um das Geldstück aufzuheben, stellen wir erstaunt fest, daß es sich um ein deutsches Markstück handelt. Vielleicht ist es uns heruntergefallen, denken wir, und stecken es in die Tasche.

Aber siehe da, einige Sekunden später: Ein weiteres Markstück klimpert vor unsere Füße. Donnerwetter! Überraschung, Ratlosigkeit. Wir heben es zwar auf und stecken es ein, aber jetzt mahnt schon langsam eine innere Stimme leise zur Vorsicht. Wir schauen ins Geäst des Baumes über uns, dann hinauf zu den offenen Fenstern des dahinterliegenden Gebäudes. Sollte da jemand mit Geld um sich werfen? Nichts zu sehen.

Und dann klimpert es doch tatsächlich noch einmal. Wieder direkt vor unsere Füße. Diesmal trauen wir uns nicht mehr, lassen die Mark liegen. Uns schwant nichts Gutes. Mit flinker Hand überprüfe ich den Sitz des Geldbeutels: noch da! Dann kommt er raus aus der Gesäßtasche der Hose, rein in die Seitentasche. Taschentuch drauf und die Hand ständig darüber. Wir sprechen uns kurz ab: Beim Einsteigen und im Bus nahe beieinander bleiben und die Augen offenhalten.

Dann kommt der Bus. Ziemlich voll, Gedränge beim Einstieg. Meine Frau dicht hinter mir – sichernd, wie beim Barras. Blick rechts, Blick links. Beim Fahrer werden die Tickets mit vorher abgezähltem Geld bezahlt. Die Hand bleibt dabei immer in der Hosentasche, dort, wo das Portemonnaie ist.

Sitzplatz gibt es keinen mehr, also stehen wir. Zusammen mit vielen anderen. Der Bus fährt an. Ein freundlicher Herr stupft mich an und weist mich darauf hin, daß ich die Tickets, die ich immer noch in der Hand halte, in den Knipser zum Entwerten stecken müsse. Recht hat er, denke ich mir, glatt vergessen! Also hält sich eine Hand an der Stange fest, die andere verläßt die Hosentasche kurzfristig und knipst die Tickets ab.

Genau in diesem Moment Riesengeschrei auf Portugiesisch. Verstehe nichts, aber doch soviel, daß der Grund dafür ich bin. Das Geschrei kommt von einem Fahrgast, der ganz in der Nähe sitzt. Irgendwie macht er mich auf einen feingliedrigen Mann aufmerksam, der dicht hinter mir steht. Er hat den Unterarm angewinkelt, die Jacke darübergelegt, seine Hand ist nicht zu sehen.

In dem Moment begreife ich, was der Zeternde mir sagen will. Sofort ist die eine Hand wieder zurück in der Hosentasche: Geldbeutel noch da! Dann frage ich den hageren Kerl hinter mir mittels Zeichensprache, ob er mich vielleicht gerade beklauen wollte. Reaktion: empörtes Kopfschütteln. Aber als der Bus beim nächsten Mal hält, springt er mit einem Satz heraus und verschwindet fluchtartig in der Menge, die draußen steht.

Doch der aufgebrachte Fahrgast, der mir offensichtlich helfen will, schimpft weiter. Jetzt konzentriert er sich dabei auf den freundlichen Herrn, der mich aufgefordert hatte, unsere Tickets zu knipsen. Auf die Worte unseres Helfers hin schüttelt auch er den Kopf und scheint sich – allerdings wenig überzeugend – zu verteidigen. Als der Bus abermals hält, verläßt er ihn genauso fluchtartig wie zuvor der andere.

Wir atmen durch und bedanken uns, so gut es geht, bei unserem nun nicht mehr zeternden, aber immer noch über seine Landsleute entrüsteten Retter.

Wie Schuppen fällt uns jetzt auch von den Augen, was abgelaufen ist: Die beiden waren natürlich Komplizen. Die Münzen dienten nur dazu, herauszubekommen, in welcher Tasche wir den Geldbeutel trugen. Denn genau dorthin wandert normalerweise ein Geldstück, das man wegsteckt.

Vermutlich wollten die beiden dann schon im Gedränge beim Einsteigen in den Bus zuschlagen. Aber da hatte ich noch die Hand auf dem begehrten Objekt. Also versuchten sie, die Chance mit den Tickets zu nutzen. Da mußte ich ja die Hand aus der Tasche nehmen, um sie zu knipsen. Nur konnten sie nicht mit unserem aufmerksamen Retter rechnen. Dank ihm haben sie jetzt nichts und wir zwei Mark mehr.

17. Einträgliche Bauerntricks

Die Sache mit dem Spitzel

Er kommt aus Kaarst-Vorst bei Mönchengladbach. In einem Juli reiste er nach Ungarn, und zwar nach Balatonlelle am Plattensee. Obwohl er wußte, daß es illegal und riskant ist, versuchte er, Geld auf der Straße schwarz zu tauschen. Noch dazu unmittelbar vor einer offiziellen Wechselstube. Und prompt fiel er auf eine uralte Masche herein, die von Trickbetrügern in aller Welt glänzend beherrscht und immer wieder in verschiedenen Variationen mit Erfolg praktiziert wird.

Die Geschichte beginnt mit einer kleinen Notlüge des Autors, der wahrscheinlich nicht zugeben will, daß er auf die unheimlich vielen Forint scharf war, die ihm ein angeblicher Student in der Nähe des Bahnhofs für seine deutschen Mark bot:

Der junge Mann, der mich anspricht, sagt, er brauche deutsche Mark, um sich westliche Bücher und Geräte für sein Studium kaufen zu können. Ob ich nicht, bitte, bitte, verkaufen wolle. Aus spontanem Mitleid stimme ich zu.

Daraufhin verklärt sich das Gesicht des Studenten. Er bittet mich, ihn einen Moment zu entschuldigen, er komme gleich wieder. Ganz glücklich eilt er dann davon. Bis zu einem nahegelegenen Parkplatz, wo ein anderer junger Mann steht, den er offensichtlich kennt. Ich beobachte, wie die beiden miteinander reden und schließlich Geld zählen.

Schon bald sind sie damit fertig und kommen nun zu mir herüber. Der neu Dazugekommene zeigt ein Bündel Geldscheine und bedeutet mir geheimnisvoll, wir sollten ein paar Schritte abseits gehen. Ich komme mit, mein Student bleibt stehen. Unterwegs klärt mich mein neuer Geschäftspartner auf, daß ein Wachposten notwendig sei, um unbeobachtet alles erledigen zu können.

Hinter einer Hausecke, sinnigerweise die der offiziellen Wechselstelle, zählt er mir dann haarklein, und so, daß für mich wirklich kein Zweifel bleiben kann, 22 Tausend-Forint-Scheine vor. Die sollte ich für 500 DM bekommen, so war es vorher mit dem Studenten ausgemacht worden *(für damalige Verhältnisse ein gigantisch guter Kurs)*. Also hole ich meinerseits die 500 DM aus meinem Geldbeutel.

So stehen wir – jeder mit seinem Bündel – da, als plötzlich der Student herbeieilt und halblaut flüstert: „Vorsicht, da kommt ein Spitzel!" Und schon sehe ich, wie sich von der anderen Seite des Platzes ein Mann nähert, der irgendwie amtlich aussehende Kleidung trägt und ein Notizbuch in der Hand hält. Er winkt mit dem Arm und ruft etwas, was sich für mich so anhört wie: „Hallo, was geht denn da vor?"

Da zischt der Student uns hektisch an: „Schnell, macht voran und geht gleich auseinander!" In Sekundenschnelle werden die Bündel ausgetauscht. Kurz darauf ist der Geldwechsler verschwunden.

Zusammen mit dem Herrn Studiosus laufe ich langsam weiter. Nach dem Spitzel schaue ich mich vor Unbehagen und Schuldbewußtsein erst gar nicht mehr um. „Gehen wir ganz ruhig, als ob nichts passiert wäre", beruhigt mich der Student. Er verwikkelt mich in ein belangloses Gespräch und fragt mich sogar noch, ob ich nicht andere Deutsche kennen würde, die auch tauschen wollten.

Wir verabschieden uns, der Spitzel ist Gott sei Dank nicht mehr zu sehen. Zwei Minuten später sitze ich in meinem Auto und atme durch. Endlich kann ich mich in aller Ruhe meinem Forint-Bündel widmen. Doch als ich es hervorhole, packt mich das blanke Entsetzen. Von den 22 Tausend-Forint-Scheinen ist ein einziger übriggeblieben. Der ist außen um das Bündel gewickelt, das innen nur noch Zwanzig-Forint-Scheine enthält. Und zwar genau abgezählt 22 Stück. Für meine 500 DM habe ich also nicht 22000, sondern 1440 Forint bekommen!

Während mein Gemütszustand noch zwischen Schock und unendlicher Wut hin und her schwankt, wird mir klar, daß der Spitzel mit zu den Betrügern gehörte. Er war der dritte Mann, der notwendig war, um mich so abzulenken, daß ich nicht bemerkte, wie der Geldwechsler seine Bündel austauschte. Das echte, das er mir vorgezählt hatte, gegen das falsche mit dem

Tausender-Mantel, das er mir dann in der Hektik übergab. Der Rest des Palavers war reine Ablenkung und Zeitgewinn, damit zwei der drei Gauner schon mal verschwinden konnten.

Ein guter Tip vom Busfahrer

Mit einer Freundin hatte sie eine Busreise über Sorrent und Capri nach Ischia unternommen. Vorher gebucht bei einer Reisegesellschaft. Alles war gutgegangen, auch die Rückreise Richtung Köln verlief ohne Probleme. Bis zur letzten Zwischenstation, die auf einem Rastplatz am Gardasee gemacht wurde:

Zwei Italiener kommen zum Bus. Ganz vorn bleiben sie stehen und unterhalten sich mit dem Fahrer. Offensichtlich geht es um die Pakete, die sie dabeihaben. Es dauert nicht lange, dann scheint unser Fahrer zwei dieser Pakete gekauft zu haben. Denn erst gibt er den Männern Geld, und danach verstaut er die Ware hinter seinem Sitz.

Jetzt kommen sie zu uns. Mit neuen Paketen. Sie enthalten, wie wir jetzt erfahren, Videogeräte. Originalverpackt von Grundig. Erhältlich nur im Set Kamera plus Rekorder für sagenhafte 500 DM. Ein Traumangebot. Aber natürlich sind wir skeptisch und zögern. Doch schon ist unser Busfahrer da und zerstreut alle Zweifel. Die Geräte seien einwandfrei, meint er, er habe schon einmal welche gekauft. „Und weil sie so unheimlich günstig sind, habe ich heute schon wieder zugegriffen", sagt der Fahrer, zu dem wir im Laufe der Fahrt ein gutes Verhältnis gewonnen haben.

Das ist für uns Argument genug. Meine Freundin und ich kaufen zusammen ein Set. Die Kamera soll für meinen Sohn sein, den Rekorder will meine Freundin für sich selbst.

Mit dem tollen Gefühl, ein gutes Geschäft gemacht zu haben, treten wir den Rest der Rückreise an. In einem Rutsch schaffen wir es dann schließlich auch bis nach Köln. Nach der Ankunft verabschiede ich mich von meiner Freundin und trage mein Paket nach Hause.

Dort angekommen, überreiche ich freudestrahlend die Überraschung meinem Sohn. Gespannt schaut die ganze Familie beim Auspacken zu. Der Karton öffnet sich. Aber anstatt der erhofften Videokamera kommt nur eine Attrappe voller Sand zum Vorschein.

Erkennen Sie den plumpen Trick? Mit Sicherheit. Der Busfahrer und die beiden Verkäufer steckten unter einer Decke.

Beerenstark

Harmlos verlaufen, aber doch ärgerlich ist das Mißgeschick eines Ehepaares aus Völklingen. Geschehen auf der Autofahrt durch Polen:

Wir fahren auf der Strecke zwischen Krakau und Breslau, als wir am Straßenrand eine Frau mit einem dieser typischen Verkaufsstände entdecken. Als wir uns nähern, erkennen wir, daß sie dort schöne Heidelbeeren anbietet. „Das wäre doch mal was zur Abwechslung", meint meine Frau, und so halten wir an.

Ich steige aus und sehe, daß die Beeren aus der Nähe immer noch so gut ausschauen wie vom Auto aus. 12 DM kostet ein Spankörbchen voll. Das scheint uns recht günstig, und so nehmen wir leichtfertigerweise eines mit.

Erst als wir zu Hause in Völklingen ankommen und dort den Beeren näher zu Leibe rücken, merken wir, daß nur die oberste Schicht aus Heidelbeeren besteht. Der Rest und damit die Masse des Inhalts sind ungenießbare Vogelbeeren.

Nicht alles, was glänzt, ist Gold

Seiner Leichtgläubigkeit fiel ein Sardinien-Urlauber aus Eisenberg in der Pfalz zum Opfer:

Auf der Rückfahrt, kurz nach Mailand, muß ich tanken und fahre deshalb an einer Autobahn-Tankstelle raus. Nachdem der Tank voll ist und ich bezahlt habe, setze ich mich wieder in den

Wagen und fahre los. Ich will gerade den Gurt einklicken, da sehe ich, wie mir ein etwa 50jähriger Mann zuwinkt.

Ich weiß nicht warum, aber ich halte an. Er tritt näher zum Fahrzeug und fragt mich durch die halb geöffnete Seitenscheibe, ob ich an echten Omega-Uhren Interesse hätte. Absurd, denke ich mir, verneine, und will schon weiterfahren. Daraufhin zieht er eine dicke Goldkette, ein passendes Armband und einen kleinen Goldbarren aus seiner Tasche. Eigentlich will ich auch das nicht kaufen, aber irgendwie reitet mich jetzt der Teufel. Ich fange an, mit ihm über das Goldzeug zu sprechen. Er behauptet, er sei in einer Notlage, und nur deshalb verkaufe er die Sachen. In Wahrheit sei das Gold zusammen 2000 DM wert, er gebe es aber billiger. Ich sehe mir die Stücke an, für mich als Laien sehen sie echt aus. Die Ketten haben schließlich auch einen Stempel. Nach einigem Hin und Her gebe ich dem Kerl 250 DM plus meine restlichen vier Benzingutscheine für den Schmuck und den Barren.

Das Geschäft ist gelaufen, ich fahre mit einem mulmigen Gefühl weiter. Und je weiter ich fahre, um so mulmiger wird es. Vielleicht ist es Hehlerware, denke ich, die mir da angedreht wurde. Gestohlene Sachen, und die bei mir im Auto! An der Grenze schwitze ich deswegen Blut und Wasser.

Allerdings völlig umsonst. Denn erstens interessieren sich die Grenzer überhaupt nicht dafür. Und zweitens stellt sich zu Hause, als ich die Sachen überprüfen lasse, peinlicherweise heraus, daß sie nicht aus echtem Gold sind.

So wird man bestraft, wenn man naiv alles glaubt, was einem die Leute erzählen.

Teures Leder

Der Urlaub am Gardasee sollte gekrönt werden durch den Kauf einer günstigen Lederjacke für den Erzähler dieser Geschichte. Meinte zumindest seine Frau. Italien ist ja bekannt für seine Ledermode. Wenn nicht hier, ja wo denn dann! Als in Ri-

va del Garda ein großer Markt abgehalten wurde, schlug der Ehemann aus Bernkastel-Kues im Hunsrück zu:

Auf dem Markt wird auch viel Bekleidung angeboten. Wir schlendern so dahin und sehen uns die Sachen an. Je mehr wir sehen, um so mehr bedrängt mich meine Frau: „Du mußt dir unbedingt so eine Lederjacke kaufen, wie sie zur Zeit modern sind." Also bleiben wir bei einem Händler hängen, bei dem mir tatsächlich auch eine Jacke gefällt.

Wir werden uns einig, 200 DM soll sie kosten. Ein wirklich günstiges Angebot. Als ich bezahlen will, bemerke ich aber, daß wir nicht mehr genügend Lire dabeihaben. Ich entschuldige mich beim Händler mit der Erklärung, ich müsse erst zur Bank gehen und dort per Scheck das entsprechende Bargeld holen.

Da winkt er schon ab. „Kein Problem", meint er, „mit Eurocheque können Sie auch bei mir bezahlen." „Ja, wenn das so ist", erwidere ich freudestrahlend, „dann können wir die Jacke ja gleich mitnehmen." Alles scheint in bester Ordnung zu sein. Ich stelle den Scheck in Höhe von 200 DM aus, und schon gehört das begehrte Bekleidungsstück mir.

Zwei Wochen später, wir sind schon längst zu Hause, kommt mit der Post ein Kontoauszug, auf dem eine Belastung von 400 DM für einen Scheck verbucht ist. Ich wittere sofort Ärger und gehe zur Bank. Dort will ich den Scheck sehen. Es ist mir in dem Augenblick schon klar, daß es sich dabei um eine Fälschung handeln muß.

Die Enttäuschung auf der Bank: der Scheck muß erst in der Zentrale angefordert werden. Dafür werden mir dann 5 DM Gebühren extra berechnet, was ich als eine zusätzliche Unverschämtheit betrachte.

Nach 14 Tagen die Meldung: der Scheck ist da. Ich bin sofort auf der Bank und lasse mir das Ärgernis zeigen. Und tatsächlich, ich hatte recht: eine Fälschung. Aber was für eine! Ich traue meinen Augen nicht. Es darf einfach nicht wahr sein, wie plump sie ausgeführt wurde. Überdeutlich ist noch zu sehen, daß der Scheck anfänglich auf 200 DM ausgestellt war. Sowohl in dem Feld „Betrag", in das man eine Zahl einträgt, als auch in dem Feld „Betrag in Buchstaben", in dem man diese Zahl ausgeschrieben bestätigt.

Die Kripo, der ich später den Scheck zeige, schüttelt auch nur den Kopf und meint, daß jeder Laie diese Fälschung auf Anhieb erkennen würde. Helfen können mir die Beamten nicht, geben mir aber den Hinweis, daß manchmal Bankangestellte mit solchen Scheckbetrügern gemeinsame Sache machten.

Anmerkung: Die dem Brief beigelegte Kopie des gefälschten Schecks bestätigt klar und deutlich die Ausführungen des Betrogenen. Es scheint fast ausgeschlossen, daß ein rechtschaffener Bankangestellter so etwas durchgehen ließe.

Die Teppich-Show

Ein Ehepaar aus Mülheim an der Ruhr war mit einer Reisegesellschaft durch die Türkei unterwegs. An- und Rückreise per Flugzeug, Rundreise im Bus. Geführt von äußerst fachkundigem Personal:

Wohin wir auch fahren, unser türkischer Reiseleiter erweist sich als „Big Businessman". In allen Anlauforten kennt er jemanden. Meistens sind es Händler und Geschäftsleute. Und meistens kann man bei ihnen, wie er uns immer wieder versichert, besonders günstig einkaufen.

Die tollste Masche erleben wir in einem Teppich-Handelszentrum in Denizli *(Anatolien)*, dem eine Schule für Teppichknüpferei angeschlossen ist. Hier bekommen wir eine regelrechte Show vorgeführt. Der Chefverkäufer empfängt uns mit großen Gesten und vielen Worten. Er macht uns auf charmanteste Weise den Hof, alles in akzentfreiem Deutsch selbstverständlich. Verkaufspsychologisch geschickt aufgebaut, kommt dann die galante Einladung zum Kaffee, der natürlich alle entzückt folgen. Dabei gibt es schon mal einen Kurzkurs in Teppichkunde.

So gut vorgewärmt, tauchen wir danach endgültig ein in die Geheimnisse der Teppichproduktion. Die Führung durch die Schule zeigt uns alle Arbeitsgänge, angefangen von der Bearbeitung der Teppichwolle über das Einfärben bis hin zum eigentlichen Knüpfen – das im übrigen von zwölfjährigen Kindern erledigt wird.

Schon bald sind wir richtige kleine Teppich-Experten. Die natürlich wissen, warum die Teppiche, die hier angeboten werden, so gut sind. Und denen natürlich auch klar ist, daß solch hochwertige Teppiche zu einem so niedrigen Preis anderswo nicht zu haben sind.

So ist dann auch fast die ganze Horde der Mitreisenden dabei, als es ans Kaufen geht. Einschließlich uns. Die einzelnen Geschäfte, die getätigt werden, bewegen sich zwischen 600 und 18 000 DM. Die Teppichfritzen machen mit unserer Reisegruppe einen Gesamtumsatz von schätzungsweise 100 000 DM.

Meine Frau kauft ein Stück für 8900 DM. Fünf Tage später müssen wir in einem anderen Teppichladen in Kemer allerdings erfahren, daß dort genau der gleiche Teppich nur 3500 DM kostet, angeblich sogar noch um 30 Prozent dichter geknotet. Wie wir bei der Gelegenheit auch erfahren, bekommen die Reiseleiter bis zu 30 Prozent Provision von dem Umsatz, der in den Geschäften mit den von ihnen angeschleppten Schäfchen gemacht wird. Aber beweisen Sie das mal jemandem!

Mein Video – oder sein Video

Eine sehr eigenartige Geschichte, die sicher nicht oft in dieser Art passiert. Kein typischer Gaunertrick, sondern ein amateurhafter Versuch, sich fremdes Eigentum unter den Nagel zu reißen. Aber da auf Reisen selbst die unmöglichsten Dinge möglich sind, soll auch diese Geschichte hier erzählt werden.

Sie spielt in Griechenland. Eine Familie aus dem fränkischen Gunzenhausen hatte einen Tagesausflug per Schiff auf die Insel Skiathos (in der Ägäis, südlich der Chalkidike) mitgemacht. Auf der Rückfahrt war Gelegenheit zum Baden, als das Schiff für zwei Stunden in einer Bucht anlegte. Mutter und Tochter gingen wie alle anderen Passagiere an Land, während der Vater und der dreijährige Sohn als einzige an Bord blieben. Grund: Der Kleine war eingeschlafen, und man wollte ihn nicht wekken. Doch schon bald wachte der Benjamin auf. Eine Stunde bleibt uns, dachte der Vater, da gehen wir auch noch kurz an den Strand:

Meine Videokamera will ich aber für die kurze Zeit nicht mitnehmen. Doch wohin damit? Ich überlege kurz, dann kommt mir die Idee: die hinterste Sitzbank des Bootes, da, wo wir vorher gesessen haben. Darunter verstecke ich die Tasche, in der die Kamera ist. Dann verlassen wir das menschenleere Schiff und gehen an den nahen Strand.

Als wir nach einer Stunde alle zusammen zurückkommen, ist die Kamera tatsächlich noch da. Ein Pärchen steht davor, aber ich denke mir nichts weiter dabei. Unangenehm ist nur, daß die beiden kaum zur Seite gehen, als wir uns auf unseren alten Platz – also die Sitzbank, worunter die Kamera steckt – setzen wollen. Schließlich nehmen sie neben uns Platz.

Das Schiff legt ab, und wir fahren noch nicht lange, als der junge Mann plötzlich nach unten langt, die Tasche mit der Kamera hochzieht und sie neben sich auf die Sitzbank stellt. Obwohl mir das schon etwas komisch vorkommt, denke ich mir noch nichts Schlimmes dabei. Vielleicht will er ja nur verhindern, daß jemand mit dem Fuß dagegenstößt.

Nach einiger Zeit zieht meine Frau die Tasche etwas näher zu sich heran. Doch das scheint diesem seltsamen Menschen nicht zu schmecken. Jetzt wird er deutlich. Mit einem Ruck greift er die Tasche und stellt sie direkt neben sich hin mit den Worten: „That's my video!"

Da werde ich allerdings hellhörig und greife meinerseits ein. Ich packe die Tasche, hänge sie mir demonstrativ um und erkläre – ebenfalls auf englisch – klar und deutlich, daß die Tasche mir gehört und sonst niemandem.

Da protestiert der Kerl doch glatt, und zwar ziemlich heftig. Lautstark unterstützt von seiner Partnerin. Mein Argument, daß die Kamera in meinem Paß eingetragen sei, interessiert ihn überhaupt nicht. Statt dessen gibt er mir mit einer unmißverständlichen Handbewegung zu verstehen, daß ich wohl die Absicht hätte, ihm die Kamera zu klauen.

Jetzt bin ich doch etwas verunsichert. Ich öffne die Tasche, um mich zu überzeugen, daß es wirklich meine Kamera ist. Drinnen sehe ich sofort das Heftpflaster, das ich schon zu Hause an den zweiten Akku geklebt hatte, um ihn nicht mit dem ersten zu verwechseln. Der erste ist nämlich meiner, und den zweiten hatte ich mir für den Urlaub ausgeliehen.

Jetzt ist also kein Zweifel mehr möglich. Ich halte dem komischen Typen den so markierten Akku unter die Nase und frage ihn, ob das Pflaster auch von ihm wäre. Darauf zuckt er nur mit den Schultern und sagt: „I don't understand." Mit den Worten „das ist meine Kamera, aus, basta, und jetzt verstehe ich auch nichts mehr" beende ich dann die unangenehme Diskussion.

Das eigenartige Pärchen droht zwar damit, zur Polizei gehen zu wollen, aber das ist nur noch Rückzugsdeckung. Im Prinzip geben sich die beiden geschlagen und verkrümeln sich beim Aussteigen sang- und klanglos. Was hat sie wohl dazu gebracht, auf so plumpe Art und Weise eine Videokamera ergaunern zu wollen?

VIII. Deutsche Gauner

18. Achtung Landsleute

Spurenleger

Den Glauben an seine Mitmenschen restlos aufgegeben hat nach eigenen Angaben ein 58jähriger Hamburger, nachdem ihm diese Ungeheuerlichkeit mit den Schuhen passiert ist. Auf 25 Jahre Camper-Dasein blickt er zurück, seit zehn Jahren fährt er jeden Sommer zum gleichen Campingplatz in Spanien, nie hat es an irgend etwas gefehlt. Und jetzt das: diese fast unglaubliche Geschichte.

Eigentlich passiert zunächst gar nichts. Oder zumindest bemerke ich nichts davon. Ich verbringe die Urlaubstage wie immer zwischen Strand und Campingplatz, lasse es mir gutgehen. An den Leuten um mich herum ist nichts auszusetzen. Auch nicht an diesem Rentner-Ehepaar aus Stuttgart, das seinen Standplatz direkt neben mir hat. Sie sind mit ihrer Tochter und ihrem Schwiegersohn da und verhalten sich völlig korrekt, wenn auch für mein Temperament etwas zu zurückhaltend.

Eines Tages bemerke ich bei der Rückkehr von einem ausgedehnten Tag am Strand, daß meine Turnschuhe nicht wie gewohnt direkt neben der Tür zum Wohnwagen stehen. Aber kurz darauf finde ich sie beim Hinterrad und hake die Angelegenheit schnell unter „Unwichtig" ab.

Der Urlaub vergeht, ich fahre nach Hause. Alles läuft ohne besondere Vorkommnisse wie immer. Drei Monate später bekomme ich Post. Ich mache auf, und was finde ich? Einen Zahlungsbefehl in Höhe von 2300 DM! Weil ich angeblich den Wohnwagen meiner Nachbarn vom Campinglatz in Spanien, also dieser Rentner aus Stuttgart, geknackt habe.

Ich glaube zu träumen. Als Beweis führen diese gemeinen Betrüger ein Videoband an. Darauf wollen sie per Videokamera meine Spuren verewigt haben, die sie angeblich am Tag des Einbruchs innerhalb und außerhalb ihres Wohnmobils gefunden haben. Es ist einfach nicht zu fassen. Aber jetzt fällt mir auch der Tag wieder ein, an dem meine Schuhe an einer anderen Stelle standen als sonst. Klare Sache: Die haben sich die Schuhe während meiner Abwesenheit geschnappt und damit die Spuren selbst gelegt, die sie dann später abfilmten!

Ich zahle natürlich nicht. So einfach lasse ich mich nicht aussaugen. Es kommt zur Gerichtsverhandlung. Und Gott sei Dank werde ich freigesprochen. An die Menschen glaube ich seitdem zwar nicht mehr, aber die Justiz scheint wenigstens noch zu funktionieren.

Der arme Bestohlene

Ein Vater aus Solingen präsentiert einen kleinen Schriftverkehr, aus dem hervorgeht, daß sein Sohn mit einem ganz billigen Trick in Frankreich zum Narren gehalten wurde. Was da genau passiert ist, steht in der Anfrage, mit der sich der Sohn an das Max-Planck-Institut bei München wandte:

Sehr geehrte Damen und Herren,
am 11.8. dieses Jahres wurde ich im Hafen von Toulon von einem Mann angesprochen, der angab, ein Mitarbeiter Ihres Instituts zu sein und sich in Schwierigkeiten zu befinden, da man ihm seine Papiere gestohlen habe. Er sagte, daß er im Auftrag Ihres Instituts in Nizza arbeite und beruflich auf dem Weg nach Ajaccio *(Korsika)* sei. Er bat mich um 40 FF *(Französische Francs)* für die Bahnfahrt zur Botschaft in Marseille. Da ich seine Geschichte am Ende unseres eineinhalbstündigen Gesprächs glaubte, gab ich ihm das Geld und war auch mit dem Austausch der Adressen einverstanden, weil mir als Diplomand diese Bekanntschaft nicht uninteressant erschien.

Später kamen mir Zweifel an der Richtigkeit der Geschichte sowie Besorgnis über mögliche Folgen. Deshalb möchte ich Sie fragen, ob Sie mir bestätigen können, daß Herr Peter Zimmermann, 151, Rue France, F-06000 Nice, tatsächlich für Ihr Institut in Südfrankreich tätig ist.

Die Antwort einer Mitarbeiterin des Instituts fiel freundlich, aber wenig erfreulich für den Diplomanden aus, der sich Hoffnungen auf einen guten Kontakt für seine berufliche Zukunft gemacht hatte:

Auf Ihr Schreiben muß ich Ihnen mitteilen, daß ein Herr Peter Zimmermann nicht für unser Institut arbeitet. Leider sind Sie auf einen zur Zeit offensichtlich häufig benutzten Trick eines Betrügers hereingefallen. Sie haben, glaube ich, noch Glück gehabt, daß der Schaden sich „nur" auf 40 FF beläuft. Ein Freund von mir hat in Costa Rica 50 US$ durch eine ähnliche Geschichte verloren.

Es tut mir leid, Ihnen keine bessere Auskunft geben zu können.

Spende für die Drogenkasse

Die Dame vom Institut hat leider völlig recht. Der Trick wird immer öfter in den verschiedensten Variationen angewandt. In jedem Fall sind es Landsleute, die angeblich durch ein Verbrechen oder sonstiges Schicksal völlig unschuldig in existentielle Schwierigkeiten geraten sind und nur ein paar Mark bräuchten, um sich aus dem schlimmsten Schlamassel ihrer mißlichen Lage zu befreien. Entweder zum Kauf von Bahnkarten oder einiger Liter Benzin oder einfach, um dem drohenden Hungertod zu entgehen, wie im nächsten Fall geschildert.

Da lief ein Oberammergauer gleich zweimal ins offene Messer von Ganoven. Von den erwähnten Betrügern wurde er allerdings erst aufs Kreuz gelegt, nachdem ihn kurz zuvor schon ein anderes Mißgeschick ereilt hatte. Die ungute Geschichte begann in Amsterdam, dem Venedig der Niederlande. Nach einem dreistündigen Stadtrundgang war er zu seinem auf einem Behördenparkplatz abgestellten Golf zurückgekommen und mußte – o Schreck – feststellen, daß der Kofferraum aufgebrochen war. Alles weg, das teure Fernglas, alle Lebensmittel, Kleidung, schlichtweg das gesamte Gepäck:

Sogar meinen drei Tage alten Schweizer Käse haben sie geklaut. Die müssen wirklich arme Schweine gewesen sein und einen Riesenhunger gehabt haben!

In meiner Wut beschließe ich, sofort zur Polizei zu fahren. Aber im Chaos der Amsterdamer Innenstadt ist das gar nicht so einfach. Ich finde keine Polizei, fahre mich im Verkehrsgetümmel völlig fest. Nach einer Stunde noch immer kein Revier, eine Belastung ohnegleichen für meine doppelt gestreßten Nerven.

Dann fällt mir im Rückspiegel auf, daß der Wagen hinter mir ständig blinkt und hupt. Ein älterer Ford, Wuppertaler Kennzeichen. Offensichtlich bin ich gemeint, denn Fahrer und Beifahrerin winken mir eindeutig zu.

Ich fahre rechts ran, die Winker auch. Wir steigen aus, und die junge Frau fängt gleich an zu erzählen: Einen Unfall haben sie gehabt, und der Schuldige, der ihnen reingefahren sei, habe einfach die Fliege gemacht. Die Reparatur: angeblich 200 DM. „Das hat uns unser letztes Urlaubsgeld gekostet, wir haben nicht einmal mehr etwas zu essen", jammert die Frau, den Tränen nahe. Und der Mann am Steuer flucht laut auf den Flüchtigen und mimt Verzweiflung.

In meiner Urlaubskasse, die auch nicht mehr sehr prall gefüllt ist, sind gerade noch 150 DM. Ich gebe der Frau 100 DM, die sie mir gierig aus der Hand reißt. Im Austausch dafür erhalte ich ihre Adresse in Wuppertal und das Versprechen, mir das Geld automatisch an meine Heimatadresse zu schicken.

Wir verabschieden uns, und ich finde letztendlich die Polizei. Die Formalitäten wegen des Einbruchs sind schnell erledigt. Mein Resturlaub verläuft ohne weitere Zwischenfälle.

Wieder zu Hause, warte ich auf das Geld. Einen Tag, drei Tage, eine Woche, zwei Wochen – es tut sich nichts. Ich rufe in Wuppertal an und habe die Schwägerin der Frau aus dem alten Ford am Apparat. Von ihr erfahre ich die Wahrheit. Ich sei in diesem Jahr etwa der 25. Anrufer, sagt sie, der versuche, sein

Geld zurückzubekommen. „Mein Bruder und seine Frau sind drogensüchtig, leben in Amsterdam und verdienen sich mit der Unfall-Masche ihren Lebensunterhalt."

Wutentbrannt gehe ich zur Polizei. Doch der Beamte dort schüttelt nur den Kopf. Der Aufwand, die 100 DM wiederzubekommen, sei viel zu groß, meint er. Und außerdem habe die Amsterdamer Polizei weiß Gott andere Probleme.

Frustriert gehe ich in die nächste Kneipe. Und warte dort in einem Eck, bis meine Wut verraucht ist.

Zehner-Trick

Daß auch im deutschen Betankungsgewerbe vor allem entlang der Autobahnen und während der Urlaubszeit nicht immer alles mit rechten Dingen zugeht, belegt das Erlebnis eines Autofahrers aus Sprockhövel bei Essen. Auf der Rückreise von Südtirol wurde er „nach 500 schon zurückgelegten, streßreichen Kilometern" an einer Autobahn-Tankstelle in Bayern hereingelegt:

Es ist früher Nachmittag, als ich an dieser Tankstelle vorfahre. An den Zapfsäulen herrscht ziemlich viel Betrieb, wir sind mitten in der Sommerreisesaison. Ich tanke für 62,20 DM, hänge den Zapfhahn ein und gehe mit dem Beleg ins Kassenhäuschen. Vor mir eine Schlange, und es dauert nicht lange, dann bildet sich hinter mir schon wieder eine neue Schlange.

Im allgemeinen Gedränge kriege ich ein paar Wortfetzen mit, die vorne an der Kasse ziemlich laut ausgetauscht werden. Ein Kunde scheint sich zu beschweren, weil er 10 DM zu wenig herausbekommen hat. Aber schon bald ist die Aufregung zu Ende, es scheint sich auch keiner weiter dafür zu interessieren. Hier wollen alle nur schnell drankommen, um so bald wie möglich diesem Ansteh-Streß zu entrinnen.

Nach nerviger Warterei bin ich Minuten später dran und zahle meine 62,20 DM mit einem Hunderter. Froh, endlich fertig zu sein, nehme ich das Wechselgeld, ohne es zu kontrollieren, und flüchte nach draußen. Ah, durchatmen, ich komme wieder zu mir.

Zurück am Auto, mache ich die Hand auf und schaue, was man mir an der Kasse herausgegeben hat. Und siehe da: Es finden sich ein Zwanziger und 7,80 DM in Münzen. Hoppla, denke ich mir, da fehlt doch genau ein Zehner. Und ich erinnere mich an den Kunden von eben, der sich wegen eines Zehners beschwert hatte. Dieser Trick mit den zehn Mark scheint hier mit System praktiziert zu werden.

Und jetzt verläßt den Sprockhöveler der Mut. Anstatt zurückzugehen und sich sein Geld zu holen, macht er sich aus dem Staub, indem er sich selbst in die Tasche lügt:

Der Betrug ist also kein Zufall. Ich beschließe daher, mich nicht an Ort und Stelle zu beschweren. Der Kassierer würde sich ohnehin nur dumm stellen oder wortreich entschuldigen. Und wenn ich verlangte, sofort einen Kassensturz zu machen, würde das nur Verdruß und noch mehr vergeudete Zeit für die in der Schlange wartenden Urlauber bedeuten. Also fahre ich eben weiter, ohne etwas zu unternehmen.

Schau mir in die Augen, Kleiner

Ein Norweger aus Bergen machte Stadturlaub in München und lernte dabei die schnellen Finger der bayerischen Taschendiebe kennen:

Ich bin auf dem Weg zum Deutschen Museum, habe es aber nicht besonders eilig. Also schlendere ich noch durchs Karlstor und über die Fußgängerzone in der Kaufingerstraße. In einem der Geschäfte dort gefällt mir eine Geldbörse so gut, daß ich sie spontan kaufe. Sie verschwindet in meiner rechten Manteltasche, dann gehe ich auf dem direkten Weg ins Museum.

Dort verbringe ich ein paar Stunden, genieße diese wundervolle Technik-Schau in vollen Zügen. Aber irgendwann ist man satt, es gibt einfach zu viel zu sehen. Ich verlasse die Ausstellung und nehme für den Rückweg zum Hotel wieder die gleiche Route wie auf dem Hinweg über die Kaufingerstraße und das Karlstor.

Etwa in Höhe des Tores, dort, wo sich die Fußgängerzone ein wenig verengt, gerate ich kurzfristig in ein Fußgänger-Knäuel. Mit einem Mal wird es eng, Körper an Körper zwängt man sich weiter. Kreuz und quer, jeder sucht sich seinen Weg. Nur einer scheint ihn nicht recht zu finden: Er ist etwa 40 Jahre alt, groß, trägt so einen bayerisch aussehenden Hut und stellt sich direkt vor mich hin. Schaut mir tief in die Augen, so als ob er mich hypnotisieren wollte. Ich tauche weg und will mich rechts an ihm vorbeidrücken. Doch er macht einen Schritt nach links und steht wieder vor mir. Ich versuche es auf der anderen Seite, und wieder blockiert mich der sonderbare Zeitgenosse. Dabei flucht er auf Bayerisch, so als ob ich ihm ständig in den Weg laufen würde.

Da tut sich seitlich eine Lücke in den Menschenmassen auf, die ich mit zwei, drei Ausfallschritten nutzen kann, und schon schwimme ich wieder im Strom. Sekunden später habe ich die komische Situation mit diesem Bayern vergessen.

Ich komme im Hotel an. Das erste, was mich interessiert, ist die neue Geldbörse. Ich greife in die Manteltasche, aber die Geldbörse ist nicht mehr da. Ich durchwühle alle anderen Taschen, doch das Ding ist wirklich weg, einfach verschwunden. Ich denke nach, wo ich sie verloren haben könnte, komme aber auf keinen grünen Zweig.

Es dauert bis zum nächsten Morgen, dann ist die Erleuchtung da. Natürlich! Dieser Bayer am Karlstor! Um mir einen Weg an ihm vorbei zu bahnen, nahm ich die Hände aus den Manteltaschen. Diesen Moment hat hundertprozentig ein Komplize ausgenützt und von hinten die Börse aus meiner Tasche geangelt.

Pech nur für die Diebe, daß absolut nichts drin war. Ein ganz neues Stück zwar, aber ohne jeden Inhalt.

Die schwerverletzte Tochter

Ein Ehepaar aus Hannover ging im spanischen Lloret de Mar an der Costa Brava einem offenbar perfekten Schauspieler auf den Leim, der sie am Ende gleich zweimal übers Ohr hauen konnte. Die Geschichte beginnt, als die Eheleute in aller Ruhe und Gemütlichkeit am Swimmingpool ihres gemieteten Hauses sitzen und die Sonne genießen. Erzählt wird sie vom Ehemann:

Gegen 13 Uhr klingelt es an der Haustür. Draußen steht ein Deutscher im Jogging-Anzug. Seine Turnschuhe sind offen, es sieht so aus, als hätte er sich die Sachen gerade in aller Eile übergezogen.

„Entschuldigen Sie bitte, wenn ich Sie belästige", fängt er in rheinischem Dialekt an, „ich wohne nur ein paar Häuser weiter in der nächsten Straße und brauche dringend Hilfe." Er macht einen sehr aufgeregten Eindruck. Erst nachdem wir ihn ein bißchen beruhigt haben, kommt er zur Sache und erzählt, was eigentlich passiert ist.

Seine Frau hat demnach im 20 Kilometer entfernten Calella einen schweren Autounfall gehabt und liegt jetzt zusammen mit der schwerverletzten Tochter im dortigen Krankenhaus. Er selbst wurde gerade benachrichtigt, hat aber logischerweise kein Auto und auch keinen Zugang zu seinem Bargeld und zu seinen Papieren. Denn das liegt alles im Tresor seines Hauses, und die Schlüssel zum Tresor hat seine Frau.

Spontan erkläre ich mich bereit, den Mann nach Calella zu seiner Familie zu fahren. Dieses Angebot nimmt er zögernd, aber dann doch sehr dankbar an. Also düsen wir in unserem Auto nach Calella. Dort zeigt er mir den Weg zum Krankenhaus, Minuten später sind wir da.

Er bittet mich, kurz zu warten. Er wolle nur schnell nach den beiden sehen und den Tresorschlüssel abholen. In fünf Minuten sei er wieder da. Mir erscheint das absolut logisch, also bin ich einverstanden.

Es dauert nicht lange, dann ist er wieder da. War er vorher nur sehr nervös, so ist er jetzt vollkommen aufgelöst. In seinen

Augen stehen Tränen. Mit bebenden Wangen versucht er, sich zu artikulieren, was ihm nicht gleich gelingt. Doch dann bekommt er seine Gefühle in den Griff und erzählt: „Meine Tochter hat es viel schlimmer erwischt, als ich dachte. Sie schwebt in Lebensgefahr. Man hat sie mit dem Hubschrauber ins Krankenhaus nach Barcelona gebracht."

Auch ich bin beeindruckt. Völlig verzweifelt fragt er mich, ob ich ihm noch einmal helfen und Geld für den Zug nach Barcelona leihen könne. Denn seine Frau sei zwar Gott sei Dank nur leicht verletzt, aber sie sei mitgeflogen und daher habe er jetzt wieder keine Schlüssel für den Tresor.

„Ich habe nichts dabei", sage ich, „aber ich fahre Sie selbstverständlich sofort nach Barcelona." Nein, meint er, mit dem Auto sei das unglaublich schwierig. Die vom Krankenhaus hätten ihm den dringenden Rat gegeben, den Zug zu nehmen: „Da fährt alle 60 Minuten einer."

Es nützt also alles nichts, wir müssen zu unserem Haus, um Geld zu holen. Dort bekommt er den nötigen Betrag, und ich bringe ihn wieder zurück nach Calella zum Bahnhof. Vor dem Bahnhof steigt er aus und verspricht, am anderen Tag bis spätestens um zwölf Uhr mittags bei uns zu Hause vorbeizuschauen. Nachdem er im Bahnhof verschwunden ist, wird mir erst klar, daß ich nicht einmal den Namen dieses Mannes weiß. Aber sei's drum, ich rechne fest mit ihm.

Ich fahre heim, verbringe eine unruhige Nacht und warte schon ungeduldig, als er mittags tatsächlich mit dem Taxi vorfährt. Wir gehen ihm entgegen und laden ihn ein, hereinzukommen. An seinem schlechten Zustand scheint sich nichts geändert zu haben. Im Gegenteil, er wirkt völlig abwesend. Erst auf unsere bohrenden Fragen hin rückt er mit seiner Geschichte heraus: Er habe die ganze Nacht kein Auge zugemacht, seine Tochter sei um Mitternacht an den Folgen einer Lungenembolie gestorben.

Meine Frau und ich sind total fertig. Nach Minuten des gemeinsamen Schweigens steht der Mann auf und sagt halblaut, er würde mal eben zu sich gehen, um das Geld zu holen, das er uns noch schulde. In 20 Minuten sei er wieder da.

Die 20 Minuten vergehen, eine Stunde vergeht, der Mann taucht nicht auf. Um 14 Uhr machen wir uns ernsthaft Sorgen, wollen ihn mit dem Auto suchen. Doch draußen gibt es kein Auto mehr. Es ist weg, geklaut. Wir stürzen zurück ins Haus und bemerken erst jetzt, daß auch Autoschlüssel und Papiere fehlen. Hat es doch dieser gemeine Betrüger tatsächlich fertiggebracht, während unserer gemeinsamen „Trauersitzung“ die Sachen zu stehlen. So haben wir nicht nur unser Geld und unsere Zeit an diesen talentierten Schauspieler verloren, sondern auch unser Auto. Was für eine Schande, daß es solche Landsleute gibt!

IX. Alles Gefühlssache

19. Die haben nichts für uns getan

Der Polizist mit dem Butterbrot

Sie waren insgesamt zu zehnt: Die deutsche Erzählerin und ihre Mutter. Der marokkanische Freund der Mutter und sein Bruder. Und schließlich seine Schwester samt Mann und vier Kindern.

Sie reisten verteilt auf zwei Autos. In einem Pkw und einem Kleinbus. Von Leverkusen bis nach Marokko. Durch Frankreich und Spanien. Irgendwo im Baskenland beginnt die Geschichte:

Eigentlich wollten wir durchfahren. Ohne nachts anzuhalten durch Spanien kommen. Aber so gegen zwei Uhr morgens ist es dann doch zuviel. Der Freund meiner Mutter, der als einziger imstande ist, den Kleinbus zu steuern, kann nicht mehr. Vor Müdigkeit fallen ihm die Augen zu. Bevor etwas passiert, fahren wir also rechts raus auf einen Parkplatz.

Gemütlich ist es dort allerdings nicht gerade. Dicht am Waldrand erkennt man in der Dunkelheit ein altes Lagerhaus. Auf dem Parkplatz selbst sind wir wenigstens nicht ganz allein. Es stehen noch fünf andere Autos da. Wahrscheinlich auch Durchreisende, die hier schlafen, denn fast alle haben marokkanische Kennzeichen.

Ansonsten gibt es nur noch ein Hotel. Das ist uns aber zu teuer, also behelfen wir uns auf eine etwas einfachere Art. Da wir in den Autos nicht alle Platz haben, müssen die Männer draußen bleiben. Für sie kein Problem, denn die Nacht ist schön warm. Sie legen sich zwischen Kleinbus und Pkw einfach auf den Boden. Frauen und Kinder machen es sich in den Autos so bequem wie möglich.

So gegen drei Uhr morgens schnarcht alles friedlich. Der

Frieden währt allerdings nicht lange. Es muß wohl so eine halbe Stunde später sein, als plötzlich meine Mutter furchtbar schreit. Bis ich richtig wach werde, ist der große Tumult schon in vollem Gange. Draußen sehe ich meine Mutter. Ihr Gesicht ist kreidebleich, sie sieht zu Tode erschreckt aus. Um sie herum sind schon die Männer, es wird aufgeregt diskutiert. Natürlich auf marokkanisch, so daß ich zunächst überhaupt nicht verstehe, um was es eigentlich geht.

Erst später, nachdem der erste Schock vorbei ist, erzählt mir meine Mutter, was passiert ist: Sie hörte einen Knall, schreckte hoch und sah Feuer. Ihr erster Gedanke: Der Wagen neben uns ist explodiert. Also nichts wie raus. Voller Panik sprang sie aus dem Auto. Viel zu spät merkte sie, daß sie sich getäuscht hatte. Räuber hatten das Fenster, das genau über ihrem Kopf war, mit einer Spezialpistole oder so etwas Ähnlichem zerstört. Dabei war die Scheibe in tausend kleine Stückchen zersprungen.

Dann langte ein Gangster ins Wageninnere, und schon war eine ihrer beiden Handtaschen weg. Und zwar die mit den 4000 DM, den Ausweisen und Führerscheinen von ihr und mir, den Schlüsseln von unserer Wohnung und unserem Auto zu Hause. Die andere Tasche mit dem Plunder wie Taschentücher, Puder und Kamm ließen die Gangster wohlweislich stehen.

Ob das Zufall war oder ob sie genug Zeit hatten, reinzuschauen, wissen wir bis heute nicht. Jedenfalls leert sich unser Parkplatz nach dem Überfall schnell. Die anderen Autofahrer sind von dem Lärm auch wach geworden und machen sich einer nach dem anderen aus dem Staub. Den letzten bitten wir noch, die Polizei zu verständigen und hierher zu schicken.

Doch wir warten über eine Stunde lang vergeblich. Schließlich fahren wir selbst los und suchen uns eine Polizei. Im nächsten Dorf haben wir keinen Erfolg, dort ist nichts. Erst im übernächsten Dorf – es ist inzwischen sieben Uhr in der Früh – finden wir eine Polizeistation.

Ein zweistöckiges Haus, das so aussieht wie alle anderen hier. In einem der Fenster des oberen Stockwerks ein Polizist. Und zwar ein Butterbrot kauender. Als er uns bemerkt, lehnt er sich gelangweilt heraus. Ob er uns öffnen könne, fragen wir ihn. Es gehe um einen Überfall und ein Protokoll. Da schaut der Ordnungshüter auf die Uhr und schüttelt den Kopf. Wir erhalten den Hinweis, daß die Polizeistation nicht vor acht Uhr geöffnet werde. Dann ist das Fenster zu.

Also warten. Pünktlich macht der Herr seinen Laden auf, und wir dürfen eintreten. Ein Regal mit verstaubten Akten, ein wackliger Schreibtisch, ein Stuhl und eine uralte Schreibmaschine, das ist die ganze Polizeistation. Das gesamte anwesende Personal besteht einzig und allein aus diesem Polizisten. Es war bestimmt sehr ärgerlich für ihn, sein Butterbrot-Frühstück wegen uns so früh beenden zu müssen.

Denn die Amtsperson hat an diesem Morgen äußerst schlechte Laune. Offensichtlich fühlt sich der Polizist gestreßt. Mißmutig klemmt er ein DIN-A4-Blatt, das drei Durchschläge hat und aufgrund seiner üppigen Verzierung mit einer Krone ein höchst wichtiges Formular sein muß, in seine Maschine ein. Dann beginnt das Spielchen mit den üblichen Fragen. Die Sache wird dadurch erschwert, daß keiner von uns besonders gut Spanisch kann. Mehr schlecht als recht versucht der Freund meiner Mutter, dem Uniformierten verständlich zu machen, was passiert ist.

Was davon bei dem Polizisten ankommt, hackt der in seine Maschine. Nebenbei schimpft er – und so viel verstehen wir dann doch –, daß er es unmöglich finde, daß Leute durch Spanien fahren, die kein Spanisch können.

Als er das schöne Blatt fertig hat, legt er es sorgfältig beiseite. Dann nimmt er ein einfaches DIN-A4-Blatt ohne Krone und zerreißt es in der Mitte. Eine Hälfte legt er in die Maschine ein und tippt darauf die gleiche Geschichte noch einmal in Kurzform. Als er damit endlich fertig ist, bekommen wir dann – wir trauen unseren Augen kaum – dieses halbe Blättchen überreicht. Zum Vorzeigen an der marokkanischen Grenze, weil meine Mutter und ich ja keine Papiere mehr haben.

Danach bekommen wir nicht etwa noch einen Durchschlag von dem schönen Blatt! Weit gefehlt, wir werden unfreundlich, aber bestimmt verabschiedet. Der Polizist ist froh, als er uns los hat.

Bis nach Marokko kamen die zehn Beraubten dann aber reibungslos durch. Einer von ihnen hatte noch etwas Geld in der Tasche, das nicht gestohlen worden war. In Marokko selbst wohnten die Leverkusener bei Freunden, die ihnen halfen, über die Runden zu kommen.

Die Geschichte endet mit einer Zusammenfassung der Unannehmlichkeiten. Der entstandene materielle Schaden war erheblich ...,

ganz zu schweigen von der Lauferei von Amt zu Amt. Wegen der Papiere mußten wir zigmal die gleiche Geschichte erzählen, und zwar so einfach wie möglich. Der Schock, den meine Mutter erlitten hatte, wirkte lange nach. Die Folgen waren Schlaflosigkeit und Schreckhaftigkeit. An den Ärger mit dem spanischen Polizisten will ich mich gar nicht mehr erinnern, sonst werde ich wütend.

Wir leben noch – aber ohne Hurra!

Den Titel für den folgenden Bericht hat die Autorin selbst gewählt. Sie kommt aus Taunusstein bei Wiesbaden und ist mit einem Griechen verheiratet. Sie erzählt uns ihr Abenteuer auf ihre ganz eigene, sehr ausschweifende Art und Weise. Schon die Einleitung ist von besonderer Qualität:

Ich mochte die griechischen Berge nie, und ich wußte nicht einmal warum. In diesem Sommer bekam ich meine Erklärung. Denn ein einziger, verfluchter, dreckig-weißer Berg bot die staubige Kulisse für ein schreckliches Erlebnis.

Dieses Erlebnis trug sich in einem Juli zu. Unsere Erzählerin ist mit Mann und Sohn wieder einmal in Griechenland. Diesmal auf der Insel Korfu. Mit ihrem Auto fährt die Familie auf der „einzigen Landstraße, die es auf dieser Insel gibt", um sich irgendwo ein Hotel zu suchen. Sie fahren gemütlich hinter einem Bus und einem anderen Pkw her, als ...

wie aus dem Nichts hinter uns ein Lastwagen auftaucht. Bei

uns zu Hause nennt man das „Delikt“, was dessen Fahrer nun mit uns treibt, schwerste „Nötigung“! Hupen, Auffahren, daß keine Hand mehr dazwischen paßt. Beschimpfungen und Drohungen erreichen uns. Ist der Kerl denn wahnsinnig? Wir fahren schließlich Kolonne!

Mein Mann hebt die Hand aus dem geöffneten Schiebedach: Geduld bitte! Irgendwann, der Bus ist schon abgebogen, überholt der Kerl in halsbrecherischer Weise. Möchte uns anscheinend von der Straße drücken. Doch damit nicht genug. In einer der nächsten Kurven stellt er sich quer und beschimpft und bedroht uns massiv. Will er meinen Mann zum Aussteigen provozieren? Doch der tut's nicht – mir oder seinem Sohn oder uns beiden zuliebe. Aber er gibt sich als Landsmann zu erkennen und bedeutet diesem Unverschämten, endlich das Feld zu räumen. Darauf stiebt die düstere Gestalt in einer Staubwolke davon – und wir atmen vorsichtig auf.

Richtung Roda *(an der Nordküste der Insel)*, noch nachdenklich, fahren wir ganz normal die Straße weiter. Es ist glühend heiß. Gegenverkehr, Roller und Mofas sind dazwischen. Es ist etwa halb ein Uhr mittags. Rechts taucht ein weißer Steinbruch auf. Dort springt plötzlich dieser Mensch aus seinem Versteck hinter einigen Büschen hervor. Mit wutverzerrter Fratze, seine Ortskenntnisse nutzend, direkt vor unser Auto. Er hievt mit urwüchsiger Kraft eine lange, dreckige Eisenstange hoch und bewegt sich, die Stange schwingend, auf unsere Windschutzscheibe zu. Unter Schreien und Drohen, uns alle zu erschlagen.

Sekunden werden lang, die Zeitlupe trägt wohl in solchen Momenten jeder in sich. Ausweichen? Bremsen? Geröll aus dem Steinbruch macht die staubige Straße zur Schlitterbahn. Die Windschutzscheibe birst unter dem schweren Hieb, obwohl mein Mann versucht, irgendwie auszuweichen.

Aber keine Chance. Wir hören nur noch einen furchtbaren Knall, dann verlieren wir jede Kontrolle. Den Mistkerl reißt es hoch, wir geraten ins Schleudern. Keine Sicht, ein Mast, ein Abgrund links, Gegenverkehr. Rechts, nach Umdrehungen irgendwann die Landung. Büsche nehmen uns auf. Entgegen der

Fahrtrichtung kommen wir zum Stillstand, unterhalb des weißen Berges. Aber nur einen Moment. Denn die Straße, oder besser gesagt der Asphalt der Straße ist abgebrochen, und das Auto kippt einen Meter tief in den Graben.

Das Aussteigen ist kein Problem. Glas überall. Zum Glück nur leicht blutende Verletzungen. Schock? Und wie! Hilfe? Polizei? Von wegen! Vom Berg kommt ein Dutzend Männer bedrohlich auf uns zu. Für seine Kollegen sah es vielleicht so aus, als hätten wir diesen „Mörder" überfahren.

Alle anderen Autofahrer, Taxifahrer, Hilfsbereite, werden trotz unserer Bitten unter Drohungen von den Männern weggejagt. Wir bleiben, Feldarbeiter um Wasser anflehend, in der Mittagsglut bei unserem Auto zurück, bedroht von diesen Freunden des Wahnsinnigen.

Irgendwann erbarmt sich dann doch ein alter Mann und nimmt uns mit bis in den nächsten Ort. Dort steigen wir in ein Taxi und fahren zur Polizei. Während wir unsere Angaben machen, fährt man den Verursacher allen Übels ins Krankenhaus. Und unser Auto wird schwer beschädigt. Mit Steinen zerschlagen sie Scheiben, Scheinwerfer, den guten Stern.

Unser Papa muß fast drei Tage lang bei der Polizei bleiben. Die Polizisten sind zwar sehr nett, aber Gesetz ist nun mal Gesetz. Wenn auch sehr umständlich und wortreich. Dann darf er zwar gehen, aber wir alle müssen noch fünf weitere Tage im Ort bleiben. Dann soll es eine Art Kurzverhandlung geben. Unsere Urlaubskasse schmilzt in dieser Zeit für Taxis, Telefonate und für viel zu hohe Hotelkosten dahin.

Dann die Verhandlung. Verhandlung? Eine Schande! Welche Fragen müssen mein Sohn und ich uns als Zeugen und mein Mann sich als Angeklagter gefallen lassen. Wo ist unser Recht, möchte ich alle anschreien und fürchte, in der übergroßen Hitze vor Aufregung einen Schlaganfall zu bekommen! Das große „Warum" – keiner hat es diesen Mistkerl je gefragt. Er streitet alles ab. Behauptet, er habe am Straßenrand gewunken. Nie, nie werden wir drei das Bild vergessen, seine Fratze, diese verfluchte Eisenstange.

Das Urteil des Gerichts lautet: 30 Tage auf Bewährung für den scheinbar unschuldigen Mann der Erzählerin. Das Monster mit der Eisenstange geht straffrei aus. Bezahlt hat er seine Attacke aber mit einer Knieverletzung und einem gebrochenen Arm. Das Auto der malträtierten Urlauber wird später vom ADAC geborgen. Die Geschichte endet genauso wie sie angefangen hat, nämlich im poetischen Überschwang der Ehefrau aus Taunusstein:

Ein menschliches Individuum hat mit unergründlichem Haß unsere Korfu-Träume auf immer zerschlagen. Dieser überstandene Horror wird lange nachklingen. Eine bittere Erfahrung. Dabei hätte die Liebe zur schönen Insel Korfu so süß sein können.

Nächtliche Irrfahrt

In einer Zeit, in der bei uns alle mit dem Christkind beschäftigt sind, kreuzte ein Urlauber aus Stuhr bei Bremen samt weiblicher Begleitung durch Tunesien. Einen Tag vor Weihnachten mieteten sich die beiden in Hammamet, einer Küstenstadt südlich von Tunis, ein Auto. Die anschließende Fahrt aus der Stadt heraus verlief ohne Komplikationen. Eigenartig wurde die Sache erst, als sie an einer Ausfallstraße Pause machten. Der Ärger begann spätabends in einem Fernfahrer-Restaurant, in das sie sich gesetzt hatten und in dem sie gemütlich etwas tranken:

Draußen kracht es. Wir fahren herum und schauen durchs Fenster raus. Schnell werden unsere Augen groß und größer. Denn was wir dort auf der Straße sehen müssen, ist nicht etwa ein böser Traum, sondern die blanke Wahrheit. Ein Kleinlaster hat unseren geparkten Mietwagen gerammt. Vier Araber entsteigen dem Lkw und beginnen am Unfallort, laut zu palavern. Nach einer kurzen Schrecksekunde handeln wir sofort. Während meine Begleiterin die Polizei anruft, stürze ich nach draußen. Meine erste Maßnahme: ich blockiere den Laster, um eine mögliche Fahrerflucht zu verhindern. Dies erbost einen der Araber so sehr, daß er Daumen und Zeigefinger so formt, daß sie wie eine Pistole aussehen. Unmißverständlich gibt er mir zu verstehen: Dich müßte man erschießen! Da weiß ich, woran ich bin. Es steht vier gegen einen und es ist Nacht – kein sehr erhebendes Gefühl.

Es dauert nicht lange, dann kommt auch meine Begleiterin dazu. Ihr Telefongespräch ergab: Die Polizei kommt nicht, weil niemand verletzt ist. Wir sollen uns die notwendigen Daten aus den Papieren des Unfallgegners abschreiben. Aber machen Sie das mal, wenn Sie weder die arabische Schrift noch die Sprache beherrschen. Wir können doch nicht einmal erkennen, ob ein vorgelegtes Papier überhaupt ein Führerschein oder Ausweis ist. Was also tun?

Als wir so ratlos herumstehen, tauchen plötzlich doch zwei Verkehrspolizisten auf. Sie sind aber rein zufällig hier, nicht etwa wegen des Unfalls. Also müssen wir bitten und betteln, bis sich die beiden dazu herablassen, tätig zu werden. Die Anordnung an alle lautet schließlich: „Folgen Sie uns zur Polizeidienststelle!"

Ein seltsamer Konvoi setzt sich in Bewegung. Die Polizisten haben sich ein Taxi gestoppt und benutzen es nun als Dienstwagen. Ihnen folgt der Lkw mit den Arabern, und dann kommen wir in unserem etwas „platten" Mietwagen *(was an dem Fahrzeug kaputt ist, teilt uns der Erzähler leider nicht mit)*.

Nach einiger Zeit sehen wir endlich die Polizeidienststelle. Wir kommen näher und näher, aber es passiert nichts. Keiner bremst, wir fahren einfach dran vorbei. Obwohl es jetzt mit Sicherheit die falsche Richtung ist, bleiben die Polizisten weiter auf ihrem seltsamen, ziellosen Kurs. Irgendwann passiert dann aber doch etwas. Einer der Uniformierten signalisiert: Alles umdrehen!

Also wendet die ganze Kolonne und fährt zurück. Erfolg der Aktion: Zum zweiten Mal geht es – jetzt in der Gegenrichtung – am Polizeigebäude vorbei, ohne daß angehalten wird. Kurze Zeit später stoppen wir an einer Tankstelle. Der Taxifahrer darf sich verabschieden, die Polizisten verschwinden im Tankstellen-Häuschen. Als sie wieder herauskommen, nehmen sie im Lkw unserer Unfallgegner Platz.

Weiter geht die nächtliche Fahrt. Jetzt in Richtung Süden, landeinwärts. Irgendwo in einsamer Landschaft stoppt der Laster vor uns. Es ist stockdunkel, nirgendwo ist auch nur ein Lichtschein zu sehen. Spätestens jetzt wird es uns ganz schön mulmig. Gebannt starren wir auf das Fahrzeug vor uns, nicht fähig, etwas zu unternehmen. „Jetzt passiert etwas!" Meine Begleiterin spricht genau das aus, woran ich in diesem Augenblick denke.

Aber es passiert nichts. Nach ein paar Minuten, in denen wir ordentlich Angst schwitzen, setzt sich der Laster wieder in Bewegung. Die Kerle wenden und fahren zurück. Wir spielen weiter hartnäckig Verfolger. Und raten Sie mal, wohin die Fahrt diesmal geht? Genau dorthin, wo sie begann: zum Fernfahrer-Restaurant. Einer der Polizisten besorgt sich eine Zeitung, dann geht es weiter. Wieder einmal zur Polizeistation. Aber jetzt halten sie dort tatsächlich an. Und steigen sogar auch aus. Aber als wir nach den Polizisten ins Gebäude wollen, fällt vor unserer Nase die Tür ins Schloß. Als Gesprächspartner sind wir anscheinend für die Herren nicht sehr attraktiv.

Frustriert und ratlos drehen wir um. Doch bevor wir unser Auto erreichen, kommen plötzlich die Araber aus dem Laster auf uns zu. Sie sind auf wundersame Art völlig verändert. Sie zerfließen jetzt förmlich vor Höflichkeit uns gegenüber. Der nette Zeitgenosse, der mich vor Stunden noch „erschießen" wollte, verteilt auf einmal Wangenküsse. Vor der Polizei spielen sich die reinsten Verbrüderungsszenen ab. Bei so viel Überschwang bleibt auch die Polizei nicht lange fern.

Einer der beiden Beamten, die gerade die Tür hinter sich zugeknallt haben, kommt aus derselben wieder heraus. Er übergibt uns ein Blatt Papier, das gut aus einem Schulheft stammen könnte. Auf jeden Fall hat es nicht die Spur eines offiziellen Dokuments. Außer einem handgeschriebenen Vierzeiler auf Arabisch ist nichts drauf. Unseren Einwand, daß wir das nicht lesen können, wischt der Beamte mit einer Handbewegung und der Bemerkung beiseite: „Geben Sie das in der Autovermietung ab."

Wir müssen uns schließlich mit dem Fetzen zufriedengeben. Einziger Trost: unsere nächtliche Odyssee ist damit zu Ende.

Am nächsten Morgen gaben die beiden ihr Mietauto in Hammamet zurück. Dank der vorher abgeschlossenen Vollkaskoversicherung mußten sie für den Schaden nichts bezahlen – außer etwa 90 DM für den abgebrochenen Außenspiegel.

Der Zettel von der Polizei war im übrigen völlig wertlos. Wie die Urlauber in der Autovermietung erfuhren, war weder eine Unterschrift noch ein Stempel darauf. Und überhaupt gebe es ein offizielles Unfall-Formblatt, das die Polizisten hätten ausfüllen müssen.

Das letzte Bad

Er hatte bei einem deutschen Reiseveranstalter drei Wochen Griechenland gebucht. Auf Santorin, einer Inselgruppe der Kykladen in der südlichen Ägäis. Zusammen mit seiner Freundin verbrachte der Urlauber aus Filderstadt unbeschwerte Tage. Bis kurz vor der Abreise dieser schreckliche Unfall passierte. Ein Unfall, der hätte verhindert werden können, meint der Mann aus Filderstadt. Er wurde Zeuge einer Tragödie. Seine Schilderung will er als Anklage an die Sicherheitsbehörden vor Ort, vor allem aber an den Reiseveranstalter verstanden wissen:

Meine Freundin und ich verbringen viele Urlaubstage am Strand von Kamari. Baden, über den schwarzen Lavakiesel laufen, im Liegestuhl in der Sonne braten. Oder einfach den schönen Blick aufs Meer genießen. Draußen das blaue Wasser, rechts die gewaltige Felsformation, die weit ins Meer hinausragt. Auf der Landseite schließt sie den schwarzen Strand mit großen vulkanischen Gesteinsbrocken ab.

Am vorletzten Tag unseres Urlaubs sind wir noch einmal da. Aufs Baden verzichten wir heute, denn es gibt hohen Seegang. Trotz strahlenden Sonnenscheins pfeift der Wind ganz ordentlich. Die Wellen sind bestimmt zwei Meter hoch, die Windstärke schätze ich auf sieben oder acht.

Natürlich schauen wir den Wellen zu, wie sie gegen den Fels peitschen. Es ist ziemlich genau 12.10 Uhr mittags, als wir draußen im Meer einen Mann entdecken. Er schwimmt etwa 15

Meter vom Strand entfernt in den hohen Wellen. Von dem gefährlichen Felsen trennt ihn ungefähr der gleiche Abstand. Wir wissen, daß es vor dem Felsen gefährliche Strömungen gibt. Der Mann muß schon in diesem Bereich sein. Denn jetzt sehen wir, wie er immer wieder die Hand hebt. Das kann nur heißen, daß er Hilfe braucht.

Ich renne sofort zu einem Sonnenschirmverleiher und frage nach einem Rettungsring mit Seil. Den hat er nicht. „Am ganzen Strand gibt es so etwas nicht", sagt er mir, nachdem ich ihm hektisch erklärt habe, was los ist. Aber er hilft und besorgt ein Seil von einem Fischerboot, das lang genug zu sein scheint. Fünf Minuten später sind wir beim Felsvorsprung.

Doch jetzt ist der Mann schon 20 Meter vom Fels und mindestens 40 Meter vom Strand entfernt. Auch andere Menschen sind auf ihn aufmerksam geworden. Denn er hält sich an einem Ast fest, der ihm offensichtlich während meiner Abwesenheit zugeworfen worden war. Doch das hilft ihm natürlich nicht viel. Während der Sonnenschirmverleiher mit zwei anderen versucht, mit dem jetzt zu kurzen Seil ranzukommen, renne ich zum nächsten Lokal und rufe die Rettungswacht.

Als ich an den Unglücksort zurückkomme, will gerade ein junges Mädchen ein Boot ins Wasser befördern. Wie sich später herausstellt, ist sie die Tochter des Mannes, der da draußen um sein Leben schwimmt. Nur mit großer Mühe kann sie von den Anwesenden zurückgehalten werden. Es wäre glatter Selbstmord gewesen, bei diesem Seegang rauszurudern.

Um 13 Uhr treffen endlich drei Leute von der Rettungswacht ein. Ihre Ausrüstung ist einfach unglaublich. Sie bringen nicht mehr als zwei Funkgeräte und ein Hobbyfernglas mit. Klar, daß sie nichts unternehmen können, um den Mann zu retten, der immer weiter aufs Meer hinaustreibt. Sie erklären aber, daß ein Fischkutter von dem südlich gelegenen Ort Perissa aus unterwegs sei. Von dem näheren Kamari im Norden könne man nicht kommen, weil Boote aus dieser Richtung unweigerlich auf den Fels zugetrieben würden.

Eine Stunde später warten wir immer noch vergeblich auf den Fischkutter. Plötzlich taucht die Ehefrau des in Not geratenen Mannes auf. Ihre Tochter hat sie aus dem Hotel geholt. Entsetzt läßt sich die verzweifelte Frau von mir schildern, was überhaupt passiert ist.

Während wir noch fassungslos die verzweifelte Lage besprechen, taucht auf dem Meer statt des versprochenen Fischkutters ein Kanu auf, das sich auf den Fels zubewegt. In ihm rudert ein Einheimischer, der auf eigene Faust von Kamari aus gestartet ist, um eine Rettung zu versuchen. Tatenlos müssen wir mit ansehen, wie der Retter kentert und nun seinerseits in Lebensgefahr auf den Fels zutreibt.

Um 15.15 Uhr kommt endlich der Fischkutter. Sage und schreibe drei Stunden, nachdem ich die Rettungswacht verständigt habe, kommt ernstzunehmende Hilfe. Es ist einfach unfaßbar. Von dem Kanuten und dem Schwimmer ist zu diesem Zeitpunkt von uns aus schon nichts mehr zu sehen.

Um 16 Uhr bittet der „Einsatzleiter" der Rettungswacht die Frau des Verunglückten und mich, mit in sein Büro in die Hauptstadt Thira zu kommen, um die Formalitäten zu erledigen. Auf dem Weg dorthin erfahren wir immerhin, daß sich der Kanufahrer mit erheblichen Verletzungen auf den Fels retten konnte.

In Thira erklärt man der Ehefrau und mir, daß noch bis Einbruch der Dunkelheit nach ihrem Mann weitergesucht werde. Doch die halbherzige Sucherei bringt nichts. Um etwa 18 Uhr bricht man die Aktion ab.

Am nächsten Morgen überfliegt noch ein Hubschrauber, den die Ehefrau auf eigene Faust gechartert hat, die Unglücksstelle. Natürlich ist es dafür schon viel zu spät. Ihr Mann wird nicht gefunden. Er ist ertrunken.

Ein völlig unnötiger Tod. Weder Boote noch Hubschrauber wurden von den örtlichen Behörden für eine Rettung zur Verfügung gestellt. Rettungspersonal gibt es nicht, obwohl der Strand touristisch voll erschlossen ist. Es gibt auch keine abgrenzenden Bojen, keine Hinweisschilder und keine Rettungsringe. Jeder von hier weiß aber, wie gefährlich die Strömungen bei der Felsformation sind. Die letzten Toten waren zwei griechische Urlauber, die vergangenes Jahr an genau der gleichen Stelle ums Leben kamen.

20. Wenn ich nicht gewesen wäre

Hinter mir die Meute und neben mir meine weinende Frau

Der Erzähler ist mit 65 Jahren gerade Pensionär geworden. Grund genug für ihn und seine Frau, beim Thema Reisen etwas großzügiger zu denken. Die beiden Skandinavien-Fans gehen die große Tour an, nehmen sich vier Monate Zeit für Norwegen, Schweden und Finnland. „Ganz ohne Zeitdruck" soll es sein und unter Verzicht auf Hotels, Hütten oder Campingplätze. Diese große Freiheit erlaubt „mein Reisemobil", wie der Rentner aus Dortmund schreibt. Die von ihm in der Erzählung häufig gewählte Ich-Form wird aufmerksamen Lesern und vor allem Leserinnen noch öfter auffallen.

Es war in einem Mai, als die beiden mit ihrem Wohnmobil in Dortmund aufbrachen. Zwei Monate lang ging alles gut. Sie übernachteten, wo es ihnen Spaß machte. Kamen bis zum Nordkap und genossen die Mitternachtssonne. Hatten auf dem Weg dorthin schon Nordschweden und Nordfinnland durchfahren und sahen sich jetzt die Fjorde Norwegens an.

In der Nacht, als sie Opfer eines sehr schlechten Scherzes wurden, hatten sie an einer einsamen Straße in der Nähe des Ortes Folkestad (im Westen Norwegens nahe der Küstenstadt Ålesund gelegen) angehalten. Der Erzähler hatte noch im Fjord zwei Dorsche geangelt, dann ging er mit seiner Frau zufrieden schlafen. Das Unheil überraschte die beiden zweieinhalb Stunden später:

Nichtsahnend werden wir etwa um ein Uhr nachts mit viel Lärm, Sirenengeheul und Autogehupe aus tiefem Schlaf gerissen. Halogenscheinwerfer sind auf unseren Wagen gerichtet. Draußen versuchen mehrere Personen, den Wagen anzuheben und umzuwerfen. Aber das gelingt nicht.

Wir wissen im ersten Moment gar nicht, was los ist. Meine Frau schreit nur unter der Schockeinwirkung, ich suche in der Aufregung vergeblich nach meinem Schlagstock – neben meiner Taschenlampe meine einzige Waffe.

Während meine Frau in einen Weinkrampf verfällt, geht es mir durch den Kopf: Was haben die vor, und wieviel Leute sind es, die uns gegenüberstehen? Ich mache Licht und finde kurz darauf endlich meinen Schlagstock. Dann nehme ich mein Herz in beide Hände – obwohl auch ich ängstlich und verunsichert bin – und springe aus dem Wagen.

Schon stehe ich im grellen Scheinwerferlicht. Zu meiner Sicherheit stelle ich mich mit dem Rücken zum Wagen. Dann drohe ich mit dem Schlagstock und schimpfe. Offensichtlich hatten die Angreifer nicht erwartet, daß einer von uns den Wagen verläßt. Denn jetzt laufen vier junge Männer im Alter von etwa 22 bis 25 Jahren und ein gleichaltriges Mädchen zu ihrem an der Straße bereitstehenden Auto und fahren davon.

Als ich ihnen nachschaue, erkenne ich in der Ferne, daß sie anhalten. Da meine Frau und ich noch im Schlafanzug sind, schlüpfen wir schnell in unsere Trainingsanzüge. Dann beeile ich mich, die Stützen des Wagens herunterzudrehen, denn wir wollen so schnell wie möglich weg von hier. Aber ich schaffe es nicht ganz, da sind sie schon wieder da. Ich kauere mich in Deckung, den Schlagstock und die Drehkurbel für die Stützen fest in der Hand. Da versucht einer der Burschen, sich anzuschleichen. Wieder haben sie nicht damit gerechnet, daß ich draußen sein würde. Und wieder springe ich hoch und drohe und schreie sie an, daß sie verschwinden sollen. Da zieht sich der Anschleicher im Laufschritt zurück, und sie fahren wieder.

Ich steige in mein Wohnmobil und beruhige erst einmal meine Frau. Dann die Stützen ganz heruntergedreht und Start Richtung Folkestad. Endlich kommen wir weg von hier. Aber an Durchatmen ist nicht zu denken, denn schon kleben sie hinten dran. Die Straße ist recht schmal, also bleibe ich mit meinem Fahrzeug auf der Straßenmitte. So versuche ich, ein Überholen der Leute zu verhindern. Denn was sie als nächstes vorhaben, kann ich in diesem Moment nicht mehr einschätzen. Vielleicht uns in eine Falle locken oder gar umbringen?

Die nächtliche Fahrt geht weiter, die Verfolger im Nacken. Links tief unter mir der Fjord, rechts neben mir hohe, steile Felswände, hinter mir die Meute mit Sirenengeheul und Halogenlampen, die voll auf mich gerichtet sind, und auf dem Beifahrersitz meine weinende, verängstigte Frau. Ich weiß, es liegt jetzt nur an mir, die Nerven zu behalten. Sonst kommen wir nie nach Folkestad, in den vermeintlich schützenden Ort mit Fährhafen.

Wir passieren einen Rastplatz, der direkt an der Straße liegt. Dort werde ich dann doch von diesen Gangstern überrascht und überholt, worauf meine Sorgen nicht geringer werden. Was machen sie jetzt, was haben sie mit uns vor? Aber sie fahren mit hoher Geschwindigkeit einfach davon. Hat der Spuk vielleicht nun doch ein Ende?

Aber nein, nach etwa fünf Kilometern sind sie wieder da! Aus einem Gebüsch heraus blenden sie uns voll. Einer dreht von Hand diese furchtbar laute Sirene. Sie wollen, daß ich anhalte. Aber blitzschnell erkenne ich die Situation: Der freie Platz reicht für mich zur Weiterfahrt. Ich bremse also zunächst etwas ab, um anzutäuschen, daß ich halte. Dann aber gebe ich urplötzlich Vollgas und brause mit Höchstgeschwindigkeit weiter.

Das hätten wir geschafft, aber bald kleben sie aufs neue hinten dran. Wieder die bange Frage: Wie weit ist es noch bis in den rettenden Ort? Gibt es dort eine Polizeistation? Wird uns überhaupt jemand helfen? So vergeht die Zeit. Aber mit diesen Leuten im Nacken kommt sie uns wie eine Ewigkeit vor.

Dann, nach einer Kurve, endlich der ersehnte Ort. Straßenlaternen, endlich Licht. Aber immer noch kein Rückzieher unserer Verfolger. Also direkt hinein in den Fährhafen, wo es eine Tankstelle und einen Supermarkt gibt.

Genau vor den hell beleuchteten Supermarkt stelle ich den Wagen und warte auf weitere Aktionen. Aber diese Bande scheut sich nicht, uns bis hierher nachzukommen und ihr lärmendes Spielchen ohne Rücksicht auf die Anwohner fortzusetzen. Kein einziges Gesicht zeigt sich am Fenster, also gibt es auch hier keine Hilfe für uns.

Als sie sich dann provozierend genau in Fahrerhöhe neben meinen Wagen stellen und mit ihren Drohgebärden mir gegenüber fortfahren, drohe ich meinerseits mit einer Anzeige bei der Polizei. Um ihnen das klarzumachen, schreibe ich ihr Kennzeichen, das ich mittlerweile erkannt habe, auf einen Handzettel und zeige ihnen diesen durchs Fenster. Daraufhin fahren sie mit lautem Gehupe und Sirenengeheul weg.

Das ist dann auch wirklich der letzte Akt des Psychoterrors. Die Nacht ist zwar noch nicht zu Ende, dafür aber der Horror für das Ehepaar aus Dortmund. Warum sich die jungen Leute das Spielchen mit den Urlaubern erlaubten, werden wir und die Betroffenen nie erfahren. Erst nachdem ihre Peiniger verschwunden waren, bemerkten die Verfolgten, daß sie dabei nicht ganz ohne Blessuren davongekommen waren. Bestandsaufnahme ein paar Monate später, im sicheren Dortmund:

Was von der Geschichte blieb, war für meine Frau und mich ein großer Schock. Dazu kam bei ihr ein gewaltiger Bluterguß am rechten Bein, wobei sie bis heute noch nicht recht weiß, bei welcher Aktion der entstanden ist. Und bei mir ein angebrochener Finger der linken Hand, ebenfalls nicht zu erklären, wie das passiert ist.

Der gutmütige Revolver-Mann

Kurz und bündig beschreibt ein Detmolder, wie er an einem Novembertag einige Ganoven der schon erwähnten Barcelona-Bande (siehe Kap. I.1.) in die Flucht schlug, die auf der berühmt-berüchtigten A 7 den Senftrick versuchten:

Wir stehen mit zwei Wohnmobilen auf einem Rastplatz mit Tankstelle. Meine Frau und ich und ein befreundetes Ehepaar, mit dem wir im Konvoi unterwegs sind.

Irgendwann kommen vier Burschen in einem Pkw vorgefahren. Zwei von ihnen steigen aus und schleichen sich unbemerkt zum Wagen unserer Freunde.

Dann kommt der Trick: Einer von den beiden beschmiert das Heck des Fahrzeugs mit Senf. Dann fängt er an, lautstark zu lamentieren, macht mit einem gewaltigen Szenario auf den

Schmutz aufmerksam. Unser Freund kümmert sich darum und schaut hinten, was los ist.

Das ist der Augenblick der Ablenkung, auf den der andere gewartet hat. Schon ist er im Wohnmobil, um es auszuräumen. In dem Moment macht mich aber meine Frau darauf aufmerksam, was passiert. Sofort schalte ich mich ein und versuche zunächst, den Lamentierer zu vertreiben. Trotzdem ich ihn heftig beschimpfe, habe ich keinen Erfolg.

Also greife ich zu meinem Revolver. Damit gelingt es mir dann, den Mann aus dem Wohnmobil hinauszukomplimentieren. Meiner Gutmütigkeit mag er es verdanken, daß er nur mit zwei Fußtritten abgefertigt wird.

Derweil machen sich die anderen zwei allerdings an unserem Wohnmobil zu schaffen. Über die inzwischen von meiner Frau abgeschlossenen Türen verärgert, trommeln sie mit den Fäusten gegen die Scheiben. Als ihnen jedoch klar wird, was ich mit ihrem Kumpanen gemacht habe, verkrümeln auch sie sich und rasen dann alle zusammen in ihrem Auto davon.

Am Schluß der Schilderung gibt der mutige Retter dann noch einen Ratschlag, der mit Sicherheit nur für besonders waghalsige Abenteurer gilt, nicht aber für den gemeinen Durchschnittsurlauber:

Mut beim Überfallenen vermuten die Spitzbuben wohl kaum. Wer den hat und mit entsprechenden Mitteln schnell und gründlich gegenreagiert, kann sich Ärger vom Halse halten.

Der Kampf um die Tasche

Noch einmal kehren wir auf die A7 in Katalanien zurück. Auf das Stück, wo die Barcelona-Bande agierte. Diesmal handelt es sich wieder um den Trick mit dem angeblichen Feuer am Fahrzeug. Die Geschichte erzählt uns eine tollkühne Heldin der Straße, die durch höchstpersönlichen Großeinsatz einen Erfolg der Gangster vereitelte. Es handelt sich um eine unerschrockene Mutter aus Wilhelmshaven, die die Strecke mit ihrer Familie befuhr:

Es ist unheimlich starker Verkehr auf der Autobahn, wir befinden uns in etwa auf der Höhe Barcelona. Ich fahre auf der rechten Spur, als uns ein Auto langsam überholt, in dem mehrere Personen sitzen. Während des Überholens gestikulieren die Insassen heftig zu uns herüber. Wir sollen rechts ranfahren und anhalten. Irgend etwas an unserem Wagen scheint nicht in Ordnung zu sein.

Erschrocken bremse ich ab und stoppe unser Fahrzeug auf dem Seitenstreifen. Vor uns bleiben auch diese Leute stehen. Noch bevor wir irgendwie agieren können, springen zwei von ihnen aus ihrem Auto und kommen auf uns zugerannt.

Ohne zu zögern überfallen uns die beiden mit einem heftigen Wortschwall in unverständlichem Spanisch. Das einzige, was ich mitbekomme, ist: Wir sollen alle aussteigen und unters Auto schauen, da komme Feuer raus. Also steige ich aus, wobei diese Kerle immer noch unaufhörlich um das Auto rennen und dabei einen Riesenzirkus veranstalten.

Als ich draußen bin, kommen sie dann aber zur Sache. Blitzschnell reißt der eine die hintere rechte Tür auf und greift sich meine Beutel-Handtasche, die vor dem Rücksitz auf dem Boden steht.

So etwas macht er aber nicht mit mir. Sofort werfe ich mich auf diesen Mann. Beim Versuch, ihm die Tasche zu entreißen, stürzen wir beide auf die Fahrbahn und wälzen uns dort im Kampf.

Glücklicherweise ist der Reißverschluß der Tasche offen. Stück für Stück entleert sich ihr Inhalt auf den Boden. Auf mein Zurufen sammelt meine Tochter sofort alles ein, während ich weiter mit dem Räuber kämpfe. Dabei habe ich nicht nur die Tasche, sondern auch seine Jacke fest im Griff.

Dann plötzlich gibt er auf, läßt die Tasche los und will weglaufen. Also lasse auch ich seine Jacke los. Im Nu ist er mit seinem Kumpanen im wartenden Fluchtauto verschwunden. Momente später rasen die Räuber davon.

Ich sehe danach zwar ziemlich ramponiert aus, aber außer einem verletzten Schienbein ist mir nichts passiert. Unsere Sachen sind bis auf Kleinigkeiten alle noch da. Nur zwei Brillen sind völlig zertreten.

Es wäre nicht auszudenken gewesen, wenn ich die Tasche nicht gerettet hätte. Pässe, Personalausweise, Scheckbuch, Führerscheine, Wagenpapiere und Geld sowie der Voucher mit der Adresse unseres Ferienhauses wären weggewesen. Nie wieder werden wir alle wichtigen Sachen in einer einzigen Tasche aufbewahren.

Ich rief, und weg waren sie

An der Costa Blanca machte er seit 16 Jahren Urlaub. Er, der Braunschweiger, und seine Frau. Beim 16. Mal passierte auf der Rückreise etwas, was bisher noch nie passiert war. Was, das erzählt er, der Held der Geschichte, höchstpersönlich. Selbstverständlich in der Ich-Form:

Kurz hinter Valencia fahre ich von der Autobahn herunter auf einen Parkplatz. Erfrischungspause ist angesagt. Ich bleibe gleich hinter dem Steuer sitzen, meine Frau steht auch nicht auf. Plötzlich klopft es an meiner Seitenscheibe. Ein gutgekleideter Mann steht draußen und ruft aufgeregt: „Mister, Mister!" Dabei deutet er auf den hinteren Teil unseres Wagens, so als sei dort irgendein Defekt.

Mir kommt die Sache vom ersten Moment an komisch vor. Deshalb rufe ich sofort meiner Frau zu, die auf ihrer Seite einen Spalt offene Wagentür zu schließen. Schließlich steht ja neben ihrem Fuß unsere Umhängetasche auf dem Boden, in der wir Geld und Ausweise haben.

Erst nachdem die Tür zu ist, steige ich aus, werfe auch die meine hinter mir zu. Während ich nach hinten gehe, beobachte ich aus den Augenwinkeln, daß nicht weit von uns eine Frau herumsteht und nicht weit von ihr ein Pkw mit laufendem Motor. Als ich hinten am Auto ankomme, finde ich dort nicht etwa einen Defekt vor, sondern am Boden eine Menge Münzen. Alles Pesetas, insgesamt nicht viel wert.

Ich habe sofort den Verdacht, daß hier etwas faul sein muß, und reagiere auf der Stelle. Den Zeigefinger nach einer Richtung gerichtet rufe ich: „Policía!" Was daraufhin geschieht, ist überzeugend. Mit einem lauten Fluch springt der gutgekleidete Mann hinüber zu dem Auto, das mir gerade erst aufgefallen ist. Tatsächlich sitzt dort auch diese Frau schon am Steuer. Kaum ist der Mann drin, jagen die beiden mit quietschenden Reifen davon.

Was geschehen wäre, wenn meine Frau nicht, wie ich ihr gesagt habe, die Tür von innen geschlossen hätte, sondern auch ausgestiegen wäre, ist klar: Der Mann hätte die Türe auf- und die Tasche herausgerissen, sie seiner Komplizin zugeworfen und wäre dann mit ihr auf und davon gebraust.

X. Danach ging es erst richtig los

21. Autovermieter und Versicherer

Wohin mit dem Radio

Das Haus, das sie in Javea an der spanischen Costa Blanca gemietet hatten, entsprach exakt ihren Vorstellungen. Das Ehepaar aus Ludwigsburg und die befreundete Familie, die alle zusammen dieses Ferienhaus bewohnten, fühlten sich darin wohl und sicher. Es gab einen Pool, einen großen Garten, eine Steinmauer rundherum und an der Einfahrt ein mächtiges schmiedeeisernes Tor. Die Haustür war mit drei Schlössern gesichert, und fast alle Fenster waren ordentlich vergittert.

Leider gab es drei Fenster, die nur Holzläden und keine Gitter hatten. Und die wurden den Württembergern zum Verhängnis. Zwei Tage vor ihrer Abfahrt, wie die Ludwigsburger Ehefrau berichtet:

Wir machen alle zusammen einen Bummel über den Markt, der heute im Ort stattfindet. So gegen 14 Uhr kommen wir zurück zum Haus. Man kann sich vorstellen, was passiert ist: Diebe sind durch die unvergitterten Fenster eingestiegen und haben sich drinnen bedient. Es fehlt eine Kameratasche samt Inhalt, Bargeld und Schmuck. Außerdem alle Eurocheques sowie unser fast noch neues Autoradio.

Dieses Autoradio haben wir extra aus dem Auto genommen und im Haus deponiert, weil uns das örtliche Reisebüro empfahl: „Lassen Sie nichts im Fahrzeug, bei uns wird oft in Pkw eingebrochen." Daß dies auch für die Häuser gilt, erfahren wir, als wir bei diesem Reisebüro das vom Aufbruch beschädigte Fenster melden. So etwas sei völlig normal, heißt es, besonders auch am Markttag, an dem die Polizei wegen des Marktes im Ort unabkömmlich sei.

Später bei der Polizei erzählen uns die Beamten gelangweilt, daß es unser Haus erst zum dritten Mal erwischt habe. Ein Protokoll machen sie uns zwar, aber große Lust haben sie dazu keine. Man muß schon fast drum betteln.

Zurück in Ludwigsburg, geben wir die Verluste bei der Hausratversicherung an, die auch alles bis auf das Radio tadellos erstattet. Mit den Schecks ist es da schon schwieriger. Trotz sofortiger Sperrung nach dem Einbruch wurden sie alle in voller Höhe eingelöst. Auch die Tatsache, daß uns die Scheckkarte geblieben ist, konnte die Belastung unserer Konten nicht verhindern. Wir kämpfen drei Wochen mit der Frankfurter Zentrale, dann wird uns das gesamte von den Dieben abgehobene Geld zurückerstattet.

Soweit ist also alles in Ordnung. Nur mit dem Radio ist nichts zu machen. Die Hausratversicherung zahlt nicht, weil das Gerät ja eigentlich nicht ins Haus gehört. Klar, verstehe ich. Die Teilkaskoversicherung sagt: Keine Erstattung, weil das Radio ja nicht aus dem Auto gestohlen wurde. Ist irgendwo auch klar. Was schließe ich daraus? Der Versuch, Verantwortung für sein Eigentum zu übernehmen und es vor Diebstahl zu schützen, wird von den Versicherern nicht belohnt. Die Konsequenz: Im Zweifelsfall das Radio immer im Auto lassen, dann zahlt zumindest die Kasko.

Ohne Gewalt keine Kohle

Auf Granit bei seiner Hausratversicherung biß ein Bonner, dem aus seinem Appartement in Portugal die komplette Video-Ausrüstung gestohlen wurde. Wahrscheinlich von jemandem, der den Originalschlüssel hatte, weil weder am Fenster noch an der Tür Einbruchspuren festgestellt werden konnten.

Interessant ist, was die Versicherung dem Bonner schrieb, als der versuchte, seinen Schaden ersetzt zu bekommen. Auch wenn das Beamtendeutsch furchtbar ist, sollte man sich das mal genau durchlesen. Der ungekürzte Brief zum Genießen:

Wir haben Ihre Schadenmeldung überprüft.

Ein Einbruchdiebstahl im Sinne der Versicherungsbedingungen liegt vor, wenn versicherter Hausrat in einer der Bestimmung des § 5 Nr. 1 Allgemeine Hausratversicherungsbedingungen (VHB 84) entsprechenden Weise entwendet wird.

Danach ist der Versicherungsfall dann gegeben, wenn ein Dieb in den Raum eines Gebäudes einbricht, einsteigt oder mit einem falschen Schlüssel oder mit anderen nicht zum ordnungsgemäßen Öffnen bestimmten Werkzeugen eindringt.

Raum eines Gebäudes ist jeder abgegrenzte und verschließbare Teil eines Gebäudes, der in verschlossenem Zustand Unbefugte abhält oder sie zwingt, eines der Mittel des erschwerten Diebstahles anzuwenden, um Zutritt zu erlangen.

Ein Schlüssel ist falsch, wenn seine Anfertigung für das Schloß nicht von einer dazu berechtigten Person veranlaßt oder gebilligt worden ist.

Der Gebrauch eines falschen Schlüssels ist nicht schon dann bewiesen, wenn feststeht, daß versicherte Sachen abhanden gekommen sind.

Fehlen aus ungeklärter Ursache versicherte Sachen in verschlossenen Räumen oder Behältnissen, so kann nicht ohne weitere Anhaltspunkte auf Nachschlüsseldiebstahl geschlossen werden.

Soweit zu vermuten ist, daß der Täter in den Raum des Gebäudes mit dem richtigen Schlüssel eingedrungen ist, weisen wir darauf hin, daß derartige Schadenfälle nur dann unter den Versicherungsschutz fallen, wenn der Dieb den Schlüssel – auch außerhalb der Wohnung – durch Raub oder ohne fahrlässiges Verhalten des berechtigten Besitzers durch Diebstahl an sich gebracht hat (§ 5 Nr. 1f VHB 84).

Ihre Informationen lassen nicht erkennen, daß ein deckungspflichtiger Schadendeckungsdiebstahl vorliegt.

Bitte haben Sie Verständnis dafür, daß daß wir unter den gegebenen Umständen eine Leistung nicht erbringen können.

Nicht mehr als 100 Pfund

Schlechte Erfahrungen mit den Gepflogenheiten englischer Versicherungen machte ein Urlauber aus Herzogenrath bei Aachen. Ihm waren aus seinem Hotelzimmer in London Bargeld, Papiere und die Fotoausrüstung gestohlen worden, während er beim Frühstück saß.

Zurück in Deutschland, fragte er beim Reiseveranstalter um Hilfe nach. Die kühle Antwort:

Für Ersatzansprüche müsse ich mich an das Hotel selbst wenden. Der Reiseveranstalter sei nur Vermittler und könne da nichts für mich unternehmen.

Also gut, denke ich mir, vielleicht habe ich ja Glück. Bei meiner Beschwerde vor Ort direkt nach dem Diebstahl hat mir der Hotelmanager ja schließlich auch zugesichert, daß er sich mit der Hotelversicherung in Verbindung setzen und diese mit Sicherheit den gesamten Schaden ersetzen würde.

Ich schreibe dem Hotel nach London. Warte auf Antwort, bekomme aber keine. Ich schreibe noch einmal, warte wieder, und bekomme wieder nichts. Erst beim dritten Mal – es sind mittlerweile drei Monate ins Land gezogen – bringt mir der Postbote einen Brief aus England.

Darin führt die Versicherung aus: Sie habe den Fall übernommen. Für die Schadensregelung müsse ich jetzt den Beweis erbringen, daß die genannten Gegenstände auch wirklich gestohlen worden seien. Dann zitiert die Versicherung ein britisches Gesetz, den sogenannten „Hotel Proprietors Act" von 1956. Danach habe sie für jeden entwendeten Gegenstand nur bis zu 50 Pfund zu bezahlen, insgesamt jedoch auf keinen Fall mehr als 100 Pfund.

Damit bin ich bedient. Den Beweis kann ich nicht liefern, weil ich kein Polizeiprotokoll habe. Und mit 100 Pfund wären meine Verluste ohnehin bei weitem nicht zu bezahlen. Im übrigen hatte mich mein Reiseveranstalter auf diese Haftungshöchstgrenze in englischen Hotels nicht hingewiesen. Vielleicht hätte ich sonst die Sachen besser weggeräumt oder mich zusätzlich versichert.

Falsche Aufkleber

Ein Familienvater aus Bollschweil bei Freiburg sorgte gut vor, bevor er mit seiner Frau und den beiden Kindern ins Flugzeug stieg. Schon lange vor der Abreise reservierte er bei der Firma Quickrent einen Renault 4, mit dem er seine Lieben im Urlaub drei Wochen lang durch Tunesien kutschieren wollte. Telefonisch wurde ihm seine Reservierungsnummer zugeteilt, als Mietpreis wurden ihm pro Tag 71 DM genannt. Für die geplanten 21 Tage standen also 1491 DM ins Haus.*

So flogen die Bollschweiler wohlvorbereitet nach Tunis. Im dortigen Flughafen steuerte der Familienvater zielstrebig die Autovermietungen an:

Schnell erkenne ich einen Schalter, der mit Quickrent-Signets beklebt ist. Dort frage ich, ob dies auch tatsächlich der Quickrent-Schalter sei. Der junge Mann hinterm Tresen bejaht, also nenne ich meine Reservierungsnummer und bitte ihn um den reservierten Wagen.

„Einen Moment bitte“, sagt mein Gegenüber und schaut in seinen Unterlagen nach. Kurz darauf entschuldigt er sich, irgend etwas müsse wohl schiefgelaufen sein. Er könne sich das zwar nicht erklären, aber der reservierte Wagen sei nicht verfügbar. „Sie können aber einen nagelneuen Peugeot 205 mitnehmen – selbstverständlich zum gleichen Preis wie vereinbart.“

Wer mit Kindern schon einmal im Flugzeug geflogen ist, weiß, daß so etwas ganz schön stressig sein kann. Meine Nerven sind jedenfalls nach dem ersten Reiseabschnitt schon leicht demoliert, und außerdem haben wir an diesem Tag noch einige hundert Kilometer zu fahren. Also willige ich ein, nur um so bald wie möglich hier wegzukommen.

Nach drei Wochen Urlaub liefern wir das Auto in Tunis wohlbehalten wieder ab. Mit der Rechnung, die mir präsentiert wird, bin ich allerdings gar nicht einverstanden. Da wird nämlich ein Betrag von umgerechnet 2187,11 DM verlangt. Es gibt

* Name geändert

ein ewiges Palaver, ein Hin und Her von Argumenten, unerfreuliche Streiterei, bei der nichts herauskommt. Der Vermieter gibt nicht nach, kann mir den Mehrpreis aber auch nicht plausibel erklären.

Plötzlich höre ich über Lautsprecher, daß unser Flug aufgerufen wird. Unter dem Druck, gehen zu müssen, zahle ich schließlich die geforderte Summe mit zwei Reiseschecks.

Einen Tag später rufe ich von zu Hause bei Quickrent an, wo ich reserviert habe. Ich schildere den Vorfall und erhalte die Auskunft, ich solle auf jeden Fall erst einmal die Schecks sperren lassen, bis sich die Sache klären läßt. Das versuche ich sofort, aber die entsprechende Gesellschaft kommt mir nicht entgegen. Es sei unmöglich, einmal ausgestellte Schecks nachträglich wieder zu sperren, ich müsse auf jeden Fall zahlen.

Tage später dann die schriftliche Stellungnahme von Quickrent: „Sie waren an keinem unserer beiden Quickrent-Schalter in Tunis, um das reservierte Fahrzeug abzuholen. Sie haben bei der Firma Best Cars* angemietet, die kein Vertragspartner von Quickrent ist."

Meine daraufhin telefonisch vorgetragene Bitte, die tunesische Firma Best Cars, zu der ich mich verirrt und die mich belogen hat, anzuzeigen, lehnt Quickrent ab.

Ein Ende ohne Schrecken

Nach Spanien fährt er schon viele Jahre, der Starnberger, der sich deshalb dort auch schon ganz gut auskennt. Im Großraum Barcelona verbringt er seine Urlaube meistens, so auch dieses Jahr. Geld beschafft er sich immer erst vor Ort aus den Geldautomaten, mit denen er in Spanien noch nie Probleme hatte. Die geben auf Wunsch ihre Anweisungen in deutscher Sprache, und am Ende spucken sie einen Transaktionsbeleg aus, auf dem die Höhe der entnommenen Summe und alles weitere genau vermerkt ist.

* Name geändert

Dieses Jahr habe ich aber öfter Pech. Ich schiebe meine EC-Karte in die Automaten, aber die wollen sie nicht und spucken sie wieder aus. Jedes Mal der gleiche langweilige Kommentar im Sichtfeld: „Automat zur Zeit leider nicht betriebsbereit." Dies passiert mir übrigens auch dann, wenn kurz vor mir ein anderer deutscher Kunde mit seiner Karte Geld bekommen hat.

Kaputt scheint meine Karte aber auch nicht zu sein, denn ein einziges Mal klappt die Abhebung. Trotzdem lasse ich es dann sein und unternehme keine weiteren Versuche, weil ich zufällig in diesem Jahr noch genügend andere Geldreserven bei mir habe.

Ich komme zurück nach Deutschland und studiere einige Tage später meine Kontoauszüge. Da staune ich nicht schlecht, als insgesamt zusammen mit den Gebühren etwas über 1200 DM für Geldentnahme aus spanischen Automaten abgebucht sind. Wo ich doch nur einmal für umgerechnet knapp 400 DM Geld erhalten habe!

Zum Glück habe ich die Transaktionsbelege von allen vergeblichen Versuchen gesammelt und mit nach Deutschland genommen. So kann ich der Bank beweisen, daß ein technischer Fehler vorliegt, und bekomme den zuviel abgebuchten Betrag innerhalb von zwei Tagen wieder zurück. Aber einige dieser spanischen Automaten haben es offensichtlich in sich. Ohne meine pingelig aufbewahrten Belege hätte ich ganz fürchterlich draufgezahlt.

22. Eine Kette von Schicksalsschlägen

Surfers Paradise

„Sie zerfließen vielleicht vor Mitleid, wenn Sie unsere Urlaubsgeschichte lesen, aber wir hatten trotz allem – unterm Strich – einen sehr schönen Urlaub." Das schreibt eine Kasselerin, die zusammen mit ihrem Freund in Spanien so viel Urlaubspech hatte, wie man es sich eigentlich schon gar nicht mehr vorstellen kann.

Und trotzdem jammert sie nicht oder verteufelt alle Spanier auf einmal und für immer und ewig. Sie hatte mit ihrem Freund sehr viel Spaß, und das Pech war eben Pech. Und Pech kann man überall auf der Welt haben. Wer zusätzlich zum Pech Sinn für Humor hat, der kann seinen Schicksalsschlägen vielleicht sogar noch einigen Unterhaltungswert abgewinnen.

Doch jetzt zur Geschichte. Der Freund der Kasselerin namens Sebastian war mit dem Auto, einem Passat, allein nach Andalusien vorausgefahren. Auf dem Dach das Surfbrett – es sollte vor allem ein Surfurlaub werden. Ihr selbst war die Anreise zu lang, sie kam mit dem Flieger nach. Die Rückreise sollte dann gemeinsam im Auto erfolgen.

Als Treffpunkt hatten die beiden den Flughafen Malaga ausgemacht. Als die Kasselerin dort ankam, hatte Sebastian aber schon einiges mitgemacht. Was, das erzählt sie unter den folgenden ersten drei Punkten. Die restlichen fünf Geschichten standen sie dann gemeinsam durch:

1. In Nordspanien braucht Sebastian auf dem insgesamt 3000 Kilometer langen Weg von Kassel nach Andalusien eine erste größere Verschnaufpause. Die genehmigt er sich irgendwo an der Atlantikküste. Einem Strandabschnitt, an dem Wasserski angeboten wird. Glücklich stürzt er sich in das nasse Vergnügen – endlich ein bißchen Bewegung! Doch er bewegt sich zu heftig. Bei einem Sturz in die Fluten klatscht es ihn so blöd auf die Nase, daß er sich dabei selbst einen der vorderen Zähne ausschlägt.

2. Sebastian fährt weiter. Doch schon bald macht er wieder Pause. Wieder zieht es ihn an einen Strand, diesmal aber nur, um sich ein bißchen in die Sonne zu legen. Das Auto bleibt auf der Straße geparkt zurück. Dort beobachtet zufällig ein anderer Urlauber, wie ein Typ den Passat mit einer Schere öffnet und dann drinnen herumsucht. Der Beobachter geht hin und stellt ihn zur Rede. Da taucht ein zweiter Scheren-Mann auf und bedroht ihn mit seinem Schneidwerkzeug. Die beiden Diebe holen sich alle Mark und Peseten aus dem Auto und verschwinden in einem Fiat.

Als Sebastian zurückkommt, erzählt ihm der Bedrohte die Geschichte und beschreibt Diebe und Fiat. Tage später erkennt Sebastian den Fiat auf einer Autobahnraststätte, irgendwo auf dem Weg nach Südspanien. Die Diebe sind auch nicht weit, also ruft er über Telefon die Polizei. Die kommt und spricht mit den Dieben. Geht zu Sebastian und spricht mit ihm. Holt die Diebe dazu und befragt alle miteinander. Ergebnis: Die Diebe bleiben bei ihrer Unschulds-Story, und Sebastian bekommt ein Protokoll. Zahnlos und um 600 DM ärmer kommt Sebastian nach Malaga, um mich abzuholen.

3. Vor dem Flughafen ordnet er sich auf einer Linksabbiegerspur ein, weil er links fahren will. Es kommt aber Gegenverkehr, also muß er bremsen. Und schon knallt es ganz fürchterlich. Da ist ihm doch glatt ein spanischer Arzt hinten draufgebrummt, noch dazu im nagelneuen Auto seiner Frau, die auch im Wagen sitzt – in Begleitung ihrer Kinder. Damit hat der Arzt das Gefährt seiner Frau total fertiggemacht, die Familie kann nicht weiterfahren. Sebastian bastelt mit einem Draht eine Notlösung am Passat und ist pünktlich im Flughafen. Die Wiedersehensfreude ist groß, dann fahren wir gemeinsam nach Tarifa *(der südlichste Zipfel von Festland-Spanien im Golf von Gibraltar; das ganz große Muß für jeden Surfer – mit hervorragenden Windverhältnissen).*

4. Eine Woche surfen wir schon vor Tarifa ohne besondere Höhepunkte. Eines Morgens kommt Abwechslung ins Einerlei. Der Wind bläst plötzlich aus allen Rohren, die Bucht ist völlig leer, und mich juckt es gewaltig. Mit meinem Surfbrett kann ich bei dem starken Wind aber nicht raus, also nehme ich Sebastians „Cobra“ und sein kleines Segel und schwinge mich aufs Wasser. Zunächst jauchze ich vor Vergnügen, aber der Wind wird stärker, je weiter ich rauskomme. Ich brettere übers Wasser – herrlich! Doch dann sehe ich ein, ich muß zurück. Also eine Halse und ab landwärts.

Dachte ich aber auch nur, denn die Halse endet im Wasser. Ich versuche einen Wasserstart, richte das Segel aus. In dem Moment packt mich eine riesige Welle, hebt auch Segel und Brett hoch. Der Wind faßt drunter und reißt Brett und Segel in der Luft auseinander. Ich staune nicht schlecht bei dem Schauspiel.

Nachdem ich meine Staun-Sekunde hinter mir habe, versuche ich, das Brett zu retten. Schwimme hinterher so schnell ich kann. Aber keine Chance, das Brett ist immer einen Tick flotter als ich. Auch mein Versuch, das Segel an Land zu schleppen, endet irgendwann in totaler Erschöpfung. Am Ende bin ich froh, mich selbst retten zu können. Sebastians Surf-Ausrüstung verabschiedet sich in den Wellen.

5. Zwei Tage später mieten wir uns ein kleines Brett, auf dem wir abwechselnd herumgurken. Am späten Nachmittag gönnen wir uns ein Eis und lassen deshalb unsere Sachen kurz am Strand allein. Als wir zurückkommen, fehlt Sebastians Brusttrapez. Die Folge: Für den Rest unserer Zeit müssen wir gemeinsam mein Sitztrapez benutzen.

6. Nach einer weiteren Woche ist die Leihfrist für unser kleines Brett beendet. Wir beschließen, nach Hause zu fahren. Auf der Strecke verliert der Passat immer mehr Kühlwasser, der Unfall hat eben doch seine Spuren hinterlassen. Die Stops, bei denen wir nachfüllen müssen, häufen sich. In einem kleinen Kaff irgendwo in der spanischen Pampa steuern wir eine Werkstatt an. Es ist Mittwoch. Der Meister diagnostiziert: Es sei der Zylinderkopf, nicht nur der Kühler. Vor Freitag sei da nichts zu machen.

Wir nehmen uns ein Zimmer im einzigen Hotel des Ortes. Die Nacht ist furchtbar, denn die Bar unter uns stellt sich als beliebter Haltepunkt für Trucks und Busse heraus. Wir dämmern in unserem vor Lärm auf der Straße vibrierenden Bett von einem Motorgebrüll und Gehupe zum nächsten. An Schlaf ist nicht zu denken.

Am folgenden Morgen meint der Meister, die Sache könne sich noch bis Montag oder Dienstag hinziehen. Also besteigen wir den nächsten Bus nach Sevilla, um dort die Wartezeit abzusitzen.

7. Am Sonntag nachmittag gehen wir von unserem Hotel in Sevilla los, um irgendwo einen Scheck in Bargeld umzuwandeln. Auf einem Platz fährt ein Renault ganz dicht hinter mich,

und im gleichen Moment reißt mir der Fahrer meine Tasche von der Schulter. Ich stürze sofort hinterher und schaffe es nach einer Kurve, mich am offenen Fenster festzuhalten und kurz darauf ins Auto zu langen. Bei dem Versuch, mich abzuwehren, verliert der Fahrer die Kontrolle über sein Lenkrad und prallt frontal gegen ein Verkehrsschild.

Jetzt ist endlich auch Sebastian da und mischt sich ein. Am Fahrerfenster werde ich von ihm verdrängt, also laufe ich zum Beifahrerfenster, greife wieder ins Auto und kriege den Kerl an der Hose zu fassen. Das Gezurre geht so lange, bis die Hose reißt. Während Sebastian ihn von vorne bearbeitet, halte ich ihn weiter von hinten fest. Jetzt reißt auch seine Unterhose, und er kann abhauen. Die Tasche läßt er vorher fallen, denn jetzt muß er ja seine Hosenruinen festhalten.

Bevor wir Luft holen können, hören wir, wie von hinten spanische Stimmen nahen. Wir befürchten schon, daß wir nun gelyncht werden. Aber nein, die Männer strahlen uns an und klopfen uns auf die Schultern. Sangria wird spontan in einer nahen Kneipe spendiert, und alle finden toll, wie wir uns geschlagen haben.

8. Am anderen Tag kommen wir zu unserem Pannen-Auto zurück. Natürlich ist es noch nicht fertig. Wir inszenieren einen oder drei ordentliche Wutausbrüche, und das hilft dann auch. Am Abend ist der Passat fertig. Wir können aber nicht fahren, weil der Meister unseren Schecks nicht traut. Also noch einmal zurück ins Horror-Hotel und eine Fernfahrer-Nacht genießen. Am Morgen dann auf zur Bank. Unterwegs bemerken wir, daß – aus welchen Gründen auch immer – Sebastians Paß verschwunden ist. Da es seine Schecks sind, können wir aber mit meinem Paß normalerweise diese Schecks nicht einlösen.

Egal, denken wir uns, es muß klappen. Wir setzen auf die Toleranz der dörflichen Bankbeamten und erzählen ihnen: Das Konto zu Hause gehöre uns beiden, also reiche mein Paß zu Sebastians Schecks. Und tatsächlich: Sie staunen uns an, glauben uns und zahlen uns das Geld aus. Unsere Freude darüber ist kaum zu verbergen.

Wir zahlen die Reparatur und kommen tatsächlich ohne weitere Probleme zu Hause an. Ausgehungert wie wir sind, fallen wir sofort über den gut gefüllten Tiefkühlschrank her. Und können kaum glauben, daß er keinen Stromausfall hatte.

Schwacher Anfang, aber dann nur noch Pluspunkte

Nicht ganz so viel Pech wie die Surfer hatte ein Rentner-Ehepaar aus München. Trotzdem gab es genug Ärger, als sie mit Pkw und Wohnanhänger nach Teneriffa unterwegs waren. Der Ehemann berichtet:

Kurz vor Alicante werden wir von einem Mittelklassewagen überholt. Drinnen sitzen außer dem Fahrer noch zwei Frauen. Alle drei machen uns per Handzeichen darauf aufmerksam, daß mit unserem Caravan irgend etwas nicht stimme. Wir halten auf der Standspur an, die anderen ein Stück weiter vorne auch. Die beiden elegant gekleideten und sehr gutaussehenden jungen Damen steigen aus, kommen zu mir auf die Beifahrerseite und berichten mir, daß unser Anhänger sehr stark hin- und herpendle. Das sei bestimmt der Wind, sage ich unbesorgt, und die Damen gehen wieder zurück zu ihrem Auto.

Momente später steigt vorne der Fahrer aus und kommt zu mir. „Vom Wind allein kann das nicht kommen", meint er, „da muß etwas kaputt sein." Ich steige aus, und wir schauen uns gemeinsam die Reifen an – nichts. Dann starrt er plötzlich auf die Anhängerkupplung, zeigt mit dem Finger drauf und ruft: „Das ist es!"

Ich bücke mich zur Kupplung herunter, da reißt er die Beifahrertür auf, greift blitzschnell zum Boden und hat auch schon unsere Reisetasche. Als ich den Raub bemerke, springt der Gangster vorne bereits in das anfahrende Auto und verschwindet mit seinen Schönheiten. Seine Beute: Unser gesamtes Hab und Gut. Schecks, furchtbar viel Bargeld, alle Papiere, Schlüssel, Tickets für die Fähre und noch ein paar nicht ganz unwichtige Kleinigkeiten.

Zwei Tage später, an einem Sonntag – wir waren in der Zwischenzeit auf der Botschaft und haben uns Ersatzpapiere und Geld besorgt –, stehen wir im Hafen von Cadiz. Bereit, in den Bauch der Fähre nach Teneriffa zu fahren. Reserviert hatten wir unsere Plätze schon vor drei Monaten von Deutschland aus. Aber unsere Tickets wurden ja gestohlen, also müssen wir neue kaufen. Am Ende ist die Fähre voll, und wir stehen immer noch draußen.

Die Leute am Abfertigungsschalter erklären uns lustlos, es tue ihnen leid, aber es sei nicht abzusehen gewesen, daß die Fähre so voll wird. Gleichzeitig eröffnen sie uns, daß die nächsten Schiffe alle schon ausgebucht seien und daß es erst wieder in sechs Wochen eine Mitfahrmöglichkeit gebe. Den Ärger, den wir daraufhin machen, kann man sich nicht vorstellen. Zumal wir nicht die einzigen Gespann-Fahrer sind, die man so behandelt. Es hagelt wütende Proteste, wir wollen sofort den Direktor sprechen, drohen mit Schadenersatzklage. Doch die Direktion ist natürlich schon nach Hause gegangen, der Chef der Abfertigung bittet uns, am Montag wiederzukommen: „Da wird alles geregelt."

Die Sache scheint uns sehr unsicher. Meine Frau und ich beschließen, nach Sevilla zum Flughafen zu fahren, um dort schon mal zu schauen, wann die Maschinen nach München gehen. Auf dem Weg dorthin dann der nächste Schreck. Im Stadtzentrum tauchen zwei Motorradfahrer auf, die mal links, mal rechts von uns fahren. So etwas Ähnliches ist uns in dieser Gegend schon mal passiert mit anschließendem Überfall – wir sind also vorgewarnt. Sofort drücken wir alle Knöpfe, und ich halte das Lenkrad etwas fester als sonst.

Und richtig: Mit einem Mal schlägt der eine einen Haken und versperrt mir den Weg. Ich muß anhalten, und schon ist der andere an der Tür und will sie aufreißen. Aber noch bevor er den Griff zu fassen kriegt, kann ich ausscheren und mit Vollgas wegstarten. Dabei wirft es den Burschen auf den Boden, und fast hätte ich auch noch seinem Kumpel das Hinterrad abgefahren, wenn er nicht so gut reagiert hätte und ausgewichen wäre.

So überstehen wir die Sache ganz gut und entkommen den Kerlen. Am anderen Tag finden wir uns alle wieder beim Abfertigungsbüro der Fähre ein. Überraschendes Angebot des Chefs: Wir fahren mit dem Bus nach Malaga, fliegen von dort aus nach Teneriffa, und unsere Fahrzeuge werden zwei Tage später mit einem Transportschiff nachgeliefert. Alles auf Kosten des Hauses natürlich. Keine Frage, wir akzeptieren.

In Teneriffa angekommen, nehmen wir uns ein Taxi und fahren in den Süden der Insel. Am Ziel macht es 1700 Peseten, ich zahle mit einem 5000-Peseten-Schein. Der Taxler gibt mir 3000 Peseten in Scheinen und den Rest in Münzen. Als er gerade wieder einsteigen will, sehe ich, daß ich plötzlich keine Scheine mehr in der Hand halte, sondern nur noch die 300 Peseten in Münzen. Wie von der Tarantel gestochen schreie ich den Fahrer zurück. Erst leugnet er und behauptet, ich hätte die Scheine in meine Umhängetasche getan. Da drücke ich ihm die Tasche in die Hand und fordere ihn einigermaßen aufgebracht auf, die Scheine darin zu suchen. Doch das tut er nicht. Vielmehr greift er wütend in seine Hosentasche und zieht neben vielen glatten Geldscheinen drei zerknitterte Tausender heraus.

Also doch! Ich greife mir das Geld und fühle mich gleich wesentlich wohler. Noch wohler fühle ich mich, als zwei Tage später unser Gespann eintrifft. So endet ein Urlaub mit schwachem Beginn am Ende doch noch mit Pluspunkten für uns.

Der Porsche-Macho

Ein Paderborner, der 68 Jahre alt ist und immer noch Porsche fährt. Ein Paderborner, der in seinem langen Leben schon 33 Autos, 16 Motorräder und 13 Pferde gehabt hat. Ein Paderborner, der im Krieg fünf Jahre als Funker zur See gefahren ist und keine Orden mehr trägt, weil die ihm die Engländer nach der Kapitulation „brutal mit dem Messer abgetrennt" haben. Ein Paderborner, der seit fast 50 Jahren Auto fährt, ohne den geringsten Unfall verursacht zu haben, und rein streckenmäßig betrachtet etwa 100mal den Erdball am Lenkrad umrundet hat. Ein Paderborner, der noch niemals außer Verletzungen irgendwelche Krankheiten hatte.

Dieser Paderborner, nach eigenem Bekunden mit allen soeben aufgeführten Qualitäten ausgestattet, ging kräftig baden, als er ganz flott per Porsche mit seiner Angebeteten an der Côte d'Azur urlauben wollte. Seit fünf Jahren kannte und liebte er sie schon, seine „wunderschöne, beneidenswerte 35 Jahre alte Bekannte", die als Geschäftsführerin in einem „namhaften" Friseursalon im nahen Bad Salzuflen arbeitete.

„Wir fühlten uns auf dieser Reise wie in den Flitterwochen", schreibt der Paderborner. Doch das Hochgefühl hielt nicht lange an. Der Ärger ging in Frankreich los. Eigentlich wollte er an diesem Tag bis zur Küste kommen, aber leider mußte er schon in Avignon abbrechen:

Wie meistens wegen Übermüdung der Beifahrerin, Fahrer dürfen ja nicht müde werden. Wir finden ein Zimmer im Hotel „Goya" und gehen früh zu Bett. Da passiert aber nicht das, was man normalerweise in der ersten Nacht in einem französischen Bett nach gutem Essen und berauschendem Wein zu tun pflegt. Absolut unmöglich. Denn die Fenster unseres Zimmers gehen direkt auf die Bahngleise hinaus. Und auf diesen rattert in einem Höllenlärm ein Zug nach dem anderen vorbei. Eigentlich ist das nicht mehr nur ein Rattern, das ist ein Erdbeben. Etwa alle 30 Minuten ein alles erschütternder Erdstoß mit Getöse und Bettgerüttel.

Auf die Dauer hält das der stärkste Mann nicht aus. In den frühen Morgenstunden wird fluchend aufgestanden, gepackt, gewaschen und sich am schlafenden Portier vorbei ohne zu zahlen aus dem Hotel geschlichen. Kurz darauf rollt unser Porsche 944 S lustig summend dem Meer entgegen.

Bei Salon machen wir halt und essen in einer wunderschönen Raststätte zu Mittag. Beim Wiedereinsteigen ins Auto entdeckt meine Co-Pilotin auf der Beifahrerseite Blut und Glassplitter am Boden. Ein Blick nach oben: Oh mein Gott, die hintere Seitenscheibe ist eingeschlagen! Das gesamte Gepäck ist weg. Von den Tätern natürlich keine Spur.

Ich rufe die Polizei, doch die weigert sich „wegen Unterbesetzung", zu kommen. Also muß ich aufs Revier, meine Bekannte bleibt in der Raststätte. Auf dem Revier spricht niemand Deutsch, sechs Beamte plappern auf Französisch auf mich ein. Das Protokoll dauert zwei Stunden. An der Schreibmaschine ein Uniformierter nach dem Motto: Tipp hier mal hin, tipp da mal hin.

Dann bin ich zurück an der Raststätte. Meine Begleiterin steht noch immer unter Schock. Auf meine Fragen nur Kopfnicken und Tränen. Nach etwa zehn Minuten Fahrt öffnet sie bei 180 Kilometern pro Stunde die Tür und will sich hinausfallen lassen. Und das, obwohl ich sie getröstet und wörtlich gesagt habe: „Jetzt machen wir erst recht einen tollen Urlaub!" Bremsen, Lenken, Begleiterin festhalten, rechts auf den Haltestreifen fahren ist eins und spielt sich innerhalb von Sekunden ab.

Ich nehme sie in den Arm, ich spreche mit ihr, nichts kann sie beruhigen. Im Gegenteil, sie wehrt sich immer heftiger gegen mich und schlägt am Ende richtig um sich. Da gebe ich ihr ein paar wohlgemeinte Klapse auf den süßen Hintern. Diese Methode hat sich auf meinen Zerstörer- und Torpedo-Bootsfahrten in brenzligen Situationen bestens bewährt, wenn selbst gestandene Seeleute anfingen durchzudrehen. Nur gab es da keine Klapse auf den Hintern, sondern Faustschläge auf die Nase.

Nach dem Hinternversohlen kann ich endlich weiterfahren. Ohne Scheibe zwar und mit Kratzern im Lack, aber es geht. Meine Angebetete verfällt in Apathie. Auch das wunderschöne Hotel, das wir gegen Abend in Cassis beziehen – das Zimmer mit Blick aufs Meer – kann ihre Stimmung nicht heben.

Drei Tage später hat sich daran immer noch nichts geändert. Sie liegt hauptsächlich Zigaretten qualmend im Bett und interessiert sich für absolut gar nichts. Die Scheibe habe ich mittlerweile in Marseille wieder einsetzen lassen. 240 Kilometer hin und zurück, natürlich allein.

Nach der langen Fahrt gehe ich essen, sie bleibt im Bett. Nach dem Essen – es ist schon fast Mitternacht – habe ich noch Lust auf einen kleinen Spaziergang, auf dem mich ein Belgier begleitet, den ich am Vorabend kennengelernt habe. Wir plaudern und bummeln dabei über die Promenade. Da versperren uns zwei französische Playboys mit ihrer offenen Autotür den Bürgersteig. Ich mache die Tür zu, wir wollen ja vorbei. Aber der eine von ihnen stößt die Tür von innen wieder auf, und zwar heftig. Und noch dazu ausgerechnet gegen meinen kranken Meniskus. Das tut weh! Daraufhin knalle ich die Tür leicht erzürnt wieder zu, und wir gehen weiter. Momente später kommen die Franzosen fluchend hinter uns her und setzen mir eine Pistole, Kaliber 7,65, an die Stirn. Kurze Diskussion, ein bißchen Hin und Her, dann gehen sie wieder. Glück gehabt, wie so oft in meinem bewegten Leben.

Um zwei Uhr morgens bin ich wieder im Hotelzimmer. Meine Gefährtin liegt immer noch im Bett und raucht. Unten, vor dem Fenster, wieder Lärm: Betrunkene, die Flaschen gegen die Hotelwand werfen. Drüben, zwei Häuser weiter, Disko-Musik. Ich kann wieder nicht schlafen. Mache ihr den Vorschlag, noch zwei schöne Tage am Gardasee zu verbringen. Aber sie lehnt ab, bestimmt zehn oder zwölf Mal. Sie will hierbleiben und später mit dem Zug nach Hause fahren. Unbegreiflich!

Ich entschließe mich aufzubrechen. Gehe hinunter zur Rezeption, um zu zahlen. Da legt mir der Portier eine Telefonrechnung über 320 Francs vor. Meine Frau habe des öfteren mit Deutschland telefoniert. So ein Luder, denke ich mir. Da telefoniert sie permanent mit ihrem Ex-Ehemann und läßt sich von ihm trösten. Diese Rechnung zahle ich natürlich nicht.

Etwa um fünf Uhr morgens breche ich auf. Unter ihrem Fenster hupe ich noch einmal, vielleicht hat sie es sich ja doch noch überlegt. Aber nein, sie kommt nicht. Mit schweren Selbstvorwürfen fahre ich ab.

Etwa zwei Stunden später, kurz vor der italienischen Grenze, sehe ich zwei kreisende Lichter auf der Autobahn. Verdammt, denke ich, du bist zu schnell gefahren, da vorne stoppt die Polizei. Ich bremse und halte an. Aber es kommen keine Polizisten zu meinem Auto, sondern insgesamt vier Banditen, die mich brutal überfallen. Einer von ihnen bindet mir mit einer dünnen Kette die Handgelenke zusammen. Unter Höllenqualen muß ich zusehen, wie sie mein Autoradio ausbauen und mir 2000 DM und zwei Schecks klauen. Auch meine geliebten Barcley-Zigaretten werden Opfer des Überfalls. Dann lassen sie mich weiterfahren.

Das tue ich dann auch und halte bis zum Gardasee, wo ich die Nacht in einem ordentlichen Hotel verbringe, nicht mehr an. Am frühen Morgen geht es wieder weiter, nächster Halt ist das österreichische Matrei am Brenner. Dort lasse ich mir für meine letzten italienischen Lire ein neues Autoradio einbauen.

Hinter Matrei verpasse ich beinahe die Autobahnauffahrt nach Innsbruck, muß über die gestrichelte Zone auf der Fahrbahn fahren. Schon hat mich die Polizei, winkt mich raus. 350 Schillinge wollen sie für das „schwere" Vergehen. Die habe ich aber nicht, also bauen sie mir mein nagelneues Autoradio aus, sozusagen als Pfand. Im Gegenzug erhalte ich von ihnen einen Zettel, auf dem im schönsten Beamten-Kauderwelsch steht: „Sie werden aufgefordert, binnen 4 Wochen bei der Bezirksmannschaft Innsbruck einen inländischen Zustellungsbevollmächtigten namhaft zu machen, da sonst ein Verwaltungsstrafverfahren nicht durchgeführt werden kann und die von Ihnen hinterlegte Sicherheitssumme verfällt." Im Klartext heißt das für mich: Autoradio ade!

Bis Paderborn gibt es dann aber keine weiteren Zwischenfälle. Ich rufe gleich bei meiner Partnerin in Bad Salzuflen an, und sie ist tatsächlich schon zu Hause. Ich solle am anderen Tag zu ihr kommen, meint sie, für eine Aussprache.

Die „Aussprache" findet in einem guten Restaurant in Bad Salzuflen statt. Wenn man da überhaupt von „Sprechen" reden kann. Sie macht mir permanent Vorwürfe, ich komme nicht zu Wort. Was ich ihr im Urlaub alles angetan habe, wiederholt sie immer wieder. Was sie damit meint, weiß ich bis heute nicht. Ob meine süße, reizende Partnerin wirklich glaubt, ich habe ihr während ihres Blackouts den Hintern zu unrecht versohlt?

Wie auch immer, unsere Wege trennen sich nach diesem Pseudo-Gespräch. Fünf Jahre innigste Liebe gehen so zu Ende. Doch damit nicht genug. Am nächsten Morgen – ich bin wieder zu Hause – bemerke ich, daß meine Brieftasche mit

Schecks, Papieren, Ausweisen und 2200 Mark in bar weg ist. Ob gestohlen oder verloren, weiß ich nicht. Das spielt ja auch jetzt wirklich keine Rolle mehr.

Mit der Luftmatratze durch den Wolkenbruch

Es folgt der verzweifelte Kampf einer dreiköpfigen Familie aus Nienburg an der Weser (nordwestlich von Hannover) gegen die stürmischen Wogen ihres schrecklichen Urlauber-Daseins. Sie hatten sich in Torrevieja (an der spanischen Costa Blanca, südlich von Alicante) einen Bungalow gemietet und kamen dort auch heil und ohne Komplikationen an. Der Ärger ging am dritten Urlaubstag los, es erzählt der Vater:

Am Abend spielt unser fünf Jahre alter Sohn mit einer Katze. Dabei stolpert er unglücklich und reißt sich die Hand so schlimm auf, daß er im Krankenhaus ambulant behandelt werden muß. Er bekommt einen dicken Verband um die Hand und striktes Plantsch-Verbot. Die Folge: Wir bleiben die nächsten Tage am nahen Swimmingpool, anstatt ans Meer zu fahren.

Nach zwei Tagen bekomme ich eine Mittelohrentzündung und muß auch ins Krankenhaus. Behandlung: Penicillin und Ohrentropfen, Badeverbot. So dürfen wir eine Zeitlang beide nicht ins Wasser. Bis die Hand meines Sohnes besser ist. Als er wieder darf, dauert es nicht lange, und er bekommt auch eine Mittelohrentzündung. Klar, was passiert: Auch er muß Antibiotika schlucken und erhält erneut Badeverbot. Erst jetzt, weil andere Leute auch noch krank werden, spricht sich langsam herum, daß das Wasser vom Pool verseucht ist.

Eines Tages gehen wir abends in ein schönes Restaurant zum Essen. Auf der Rückfahrt sehe ich in der Dunkelheit nicht, daß mitten auf der Straße ein Kanaldeckel nicht ganz zu ist und nach oben steht. Ich fahre drüber und reiße dabei die Ölwanne unseres BMW auf. Eine schöne Bescherung, jetzt tropft das Öl fleißig aus dem Motorblock. Zu Hause stelle ich eine Schale unters geparkte Auto.

Am folgenden Tag dann ab in die nächste BMW-Werkstatt.

Die ist in Alicante, rund 70 Kilometer von uns. Ich fahre hin und muß einen halben Tag warten, bis man unseren BMW auf die Hebebühne nimmt. Die grandiose Auskunft des Mechanikers: „Die Wanne ist kaputt, eine neue können wir vor morgen nicht besorgen." Also zurück nach Torrevieja, am Tag darauf wieder nach Alicante. Noch einmal muß ich stundenlang warten, es passiert nichts. Die Hitze nimmt zu, meine Wut auch, aber von den Mechanikern hier interessiert das niemanden. Sie behandeln mich wie Luft. Irgendwann habe ich den Kragen so voll, daß ich ohne Reparatur abhaue. Ergebnis: 300 Kilometer umsonst gefahren, zwei Tage nutzlos vertan.

Mit dem Auto bewegen wir uns jetzt so wenig wie möglich. Eines Abends müssen wir aber in die Stadt, um Geld zu tauschen. Ich stelle den Wagen auf einem Parkplatz im Zentrum ab, dann gehen wir los. Eine Stunde später stehen wir wieder vor unserem BMW und bestaunen kopfschüttelnd den Schaden an der Stoßstange und am Kofferraumdeckel, den in der Zwischenzeit irgendein Einpark-Dinosaurier unserem Auto verpaßt haben muß. Die Lust auf Urlaub vergeht uns langsam.

Nach drei Wochen ist sie uns endgültig vergangen. Eine Woche früher als geplant brechen wir am Abend Richtung Heimat auf. Gegen fünf Uhr morgens fahren wir bei Narbonne in Frankreich auf eine Raststätte, um ein kleines Nickerchen zu machen. Nach etwa einer halben Stunde gemeinsamen Schlummerns knallt es fürchterlich, die Scheibe der Beifahrertür zerplatzt, und die Scherben fallen alle auf meine auf dem Beifahrersitz schlafende Frau. Eine Hand greift durchs offene Fenster, und weg ist unsere Urlaubstasche, die ich zwischen die beiden Vordersitze geklemmt hatte, mit allem Geld und den Papieren.

Ich schaue zur Seite und sehe den Gangster in einem Auto mit Schweizer Kennzeichen flüchten. Sofort werfe ich unseren BMW an, um die Verfolgung aufzunehmen. Doch nach wenigen Metern ist es aus mit der Verfolgungsjagd, die Schweine haben uns vor dem Überfall einen Reifen zerstochen.

Meine Frau hat vom Glas ein paar Schürfwunden und steht unter Schock. Ich wechsle den Reifen und erledige dann alles mit der Polizei. Um 12 Uhr mittags bin ich in einer BMW-

Werkstatt, um eine neue Scheibe zu besorgen. Antwort der Werkstatt: Vor nächster Woche geht nichts. Jetzt bin ich kurz vor einem Anfall. Wutentbrannt verschwinde ich wieder und hole meine Leute an der Raststätte ab.

Das Fenster ersetzen wir durch Plastikfolie. Die fliegt natürlich nach wenigen Kilometern weg. Aber anhalten kommt jetzt nicht mehr in Frage. Die 1500 Kilometer bis nach Hause muß es eben ohne Fenster gehen. Mit unserem letzten Geld können wir gerade noch das Benzin und die Autobahngebühren bis Deutschland zahlen. Ab der deutschen Grenze setzen dann zu allem Übel noch wolkenbruchartige Regenfälle ein. Letzte verzweifelte Gegenwehr: Wir blasen eine Luftmatratze auf und halten sie vor das offene Loch. So schaffen wir es bis nach Nienburg. Völlig fertig und ohne jede Lust auf Urlaub.

Die Silberhochzeitsreise

Bei Bremen gibt es einen Ort, der den wunderlichen Namen Ganderkesee trägt. Dort feierte ein Paar silberne Hochzeit. Ein wichtiger Bestandteil der Feier: die dazugehörige Reise. Und die ging nach Portugal, in ein gemietetes Appartement. Nach Angaben der Betroffenen war diese Reise ein Horrortrip.

Nach all dem, was wir schon gehört haben, war es eine eher harmlose Form von Pechsträhne, die die beiden Ganderkeseer „erdulden" mußten. Zum Teil bildeten sie sich möglicherweise nur ein, daß man ihnen Böses wollte. Aber sie selbst empfanden die Reise eben als ganz besonders schlimm. Deshalb kommen sie auch hier zu Wort:

Einen Tag nach der Ankunft mieten wir uns ein Auto und fahren damit zum Strand. Während wir ans Wasser gehen, lassen wir unsere Fototasche im Kofferraum des in der Nähe geparkten Autos. Das Baden macht großen Spaß, und wir verbringen schöne Stunden am und im Wasser. Erst zu Hause, als wir die Fototasche reinbringen wollen, bemerken wir, daß sie weg ist. Am Auto sind aber keine Spuren von Gewaltanwendung zu sehen. Eine merkwürdige Angelegenheit. Über die Polizei wird die Tasche am anderen Tag zwar gefunden, aber leider ohne Inhalt.

Eine Woche später fahren wir zum ersten Mal zum Tanken. Wir füllen voll und wollen an der Kasse zahlen, da verlangen die plötzlich die doppelte Summe von dem, was es eigentlich kostet. Es entbrennt eine gewaltige Diskussion auf Englisch. Keiner will nachgeben. Wir müssen mit der Polizei drohen, erst dann reagiert der Tankwart und gibt sich mit der korrekten Summe zufrieden.

Danach geht es wieder zum Meer. Jeden Tag machen wir das, genießen die Bäder im Atlantik. So also auch heute. Nach dem Baden benutzen wir immer die Umkleidekabinen am Strand, in denen man sich gegen eine kleine Gebühr umziehen kann. Heute jedoch wird uns der Zugang zur Kabine verweigert, weil angeblich unser Geldstück nicht gültig sei. Wir fallen aus allen Wolken, haben wir die Münze doch erst gestern in einer Bar als Wechselgeld angedreht bekommen.

Nun gut, denken wir uns, wir werden ja sehen. Am Abend gehen wir wieder in die gleiche Bar. Trinken etwas und bezahlen mit dem gleichen ungültigen Geldstück. Und siehe da: Der Barbesitzer nimmt das Geldstück kommentarlos an. Für uns ein klarer Beweis, daß er uns gestern die falsche Münze absichtlich untergejubelt hat.

Auf dem Rückflug verschwindet dann schließlich noch ein Taschenmesser, das wir in Portugal gekauft haben. Irgendein Flughafen-Angestellter hat es sich wohl geschnappt, denn es steckte in einer Außentasche von einem unserer Koffer. Ein passender Abschluß eines für unsere Verhältnisse völlig vermurksten Urlaubs.

Statt Blumen ein blanker Arsch

Zu guter Letzt der Reisebericht eines Skatbruders aus Ingersheim bei Stuttgart. Zusammen mit sechs Freunden seines Schlages ging es im November auf Kurzurlaub nach Mallorca. So waren sieben schwäbische Skatbrüder für drei Tage auf der spanischen Insel. Ihr gemeinsames Ziel: Die Skatkasse zu entleeren.

Nach gutem Flug landen wir auf Mallorca bei strömendem Regen. Der kurze Weg zum Bus ist lang genug, um uns ordentlich durchzunässen. Tropfend kommen wir um 21 Uhr im Hotel an. Unerfreuliche Überraschung: Der Speisesaal ist dunkel und verschlossen. Vom angekündigten umfangreichen Abendessen keine Spur. Ein einfacher Vesperteller, der auf den Zimmern steht, ist das karge Nachtmahl.

Danach brauchen wir ein Bier. Mit dem Regenschirm ziehen wir los, aber auf der im Sommer so belebten Strandpromenade von Playa de Palma ist überhaupt nichts los – total tote Hose. Wir finden nicht einmal eine offene Kneipe. Also kehrt Marsch, zurück ins Hotel. In der langweiligen Hotelbar kriegen wir dann noch ein paar Biere.

Am nächsten Morgen machen wir uns auf die Suche nach einem Mietwagen. Ein Nissan mit sieben Sitzplätzen soll es sein. Im ersten Vermietungsbüro wollen sie trotz Nebensaison umgerechnet 160 DM pro Tag. Das scheint uns viel zuviel. Wir handeln, einigen uns auf die Zahlung von zwei Tagen bei einer Mietdauer von drei Tagen. Aber als es ans Ausfüllen des Vertrages geht, schreibt unser Gegenüber doch wieder den Preis von vollen drei Tagen rein. Gott sei Dank merken wir es, bevor wir unterschreiben, und so ziehen wir von dannen, nicht ohne einige nicht druckreife Beschimpfungen loszuwerden.

Im nächsten Büro das gleiche Spiel. Erst verhandeln, dann die gleiche Einigung. Wieder wird trotzdem der Drei-Tages-Preis aufgeschrieben. Diesmal nach unserem Protest aber sofort korrigiert. Also nehmen wir das Auto und können so die wirklich sehr reizvolle Insel ausgiebig besichtigen.

Am dritten und für uns leider schon letzten Tag wollen wir noch die Hauptstadt Palma de Mallorca selbst anschauen. Während wir uns morgens vor dem Hotel sammeln, kommen zwei junge Damen mit Blumen auf uns zu und bieten sie uns mit viel weiblichem Zauber an. Einen von uns kriegen sie weich. Als er den Geldbeutel zückt, ist die eine von den beiden mit flinken Fingern beim Aussuchen des passenden Geldscheins behilflich. Diese Hilfe ist unserem Freund aber gar nicht recht, und er bringt das lautstark zum Ausdruck. Diese Reaktion scheint die

Dame so zu erzürnen, daß sie abdreht, ohne ihre Blumen verkauft zu haben.

Bei näherer Kontrolle seines Geldbeutels entdeckt jetzt unser ausgeschmierter Blumenfan, daß ihm ein nicht unbedeutender Geldbetrag fehlt. Zum Glück sind die Damen noch nicht weit, und wir haben sie gleich eingeholt. Als sie uns bemerken, geben sie uns kommentarlos und unaufgefordert die gezogene Kohle zurück.

Mit vollem Geldbeutel fahren wir nach Palma. Vor der dortigen Kathedrale die nächste Aufregung. Über die Treppe kommt uns eine schreiende und tobende Menschenmenge entgegen. Vor der Meute ein junger Mann, der offensichtlich mit der Lederjacke und der Tasche, die er bei sich trägt, zu entkommen versucht. Denn alles jagt hinter ihm her, und er rennt, als ginge es um sein Leben.

Doch er hat nicht mit der schnellen Reaktion eines unserer Skatbrüder gerechnet. Dem gelingt es nämlich, ihn festzuhalten. Dann stürzt sich die Menge auf den jungen Mann, beschimpft ihn als gemeinen Dieb und bearbeitet ihn mit Faustschlägen und Fußtritten. Gott sei Dank, muß man fast sagen, kann er nach einiger Zeit entkommen. Wer weiß, was die sonst noch alles mit ihm gemacht hätten. An Polizei und Gesetze hat hier nämlich keiner gedacht.

Auf der Hafenpromenade kommen wieder zwei solcher Blumenmädchen auf uns zu. Aufgrund unserer zwischenzeitlich reichlichen Erfahrung halten wir sie uns etwas unsanft vom Hals. Als Zeichen ihrer Wertschätzung hebt daraufhin eine der netten Damen ihren Rock und zeigt uns das blanke Hinterteil.

Nach diesen Vorfällen wollen wir die eigentlich sehenswerte, aber doch wenig gastfreundliche Stadt auf dem schnellsten Weg verlassen. Wir marschieren zurück zum Auto und steuern Richtung Playa de Palma. Unterwegs bemerken wir, daß eine Lederjacke und eine Weste fehlen, die wir unter den Sitzen versteckt hatten. Eine Überprüfung des Autos ergibt: Es ist mitten am Tag aufgebrochen worden, und zwar durch Entriegeln der Seitenfenster. Danach wurde alles wieder ordentlich zugemacht, so daß der Einbruch nicht gleich zu merken war.

So haben wir in drei Tagen doch einiges erlebt. Jetzt erst verstehen wir all die Presseberichte, die von einem Rückgang der Touristenzahlen auf Mallorca sprechen.

Inhalt

III. Die Stunde der Gangster

IV. Keine Moral, diese Leute

V. *Deutsche Krämerseelen*

VI. *Brutale Gewalt*

VII. Mit Raffinement aufs Kreuz gelegt

VIII. Deutsche Gauner

IX. Alles Gefühlssache

X. Danach ging es erst richtig los

Buchanzeigen

Sagenhafte Geschichten von heute

Rolf Wilhelm Brednich
Die Spinne in der Yucca-Palme
Sagenhafte Geschichten von heute
390. Tausend. 1994. 157 Seiten. Paperback
Beck'sche Reihe Band 403

Als „Kolportage mit Kaliber" lobt der Spiegel (Ausgabe 12/90) diese „unheimlich bizarren" und „scheinbar nur fiktiven Geschichten".

Rolf Wilhelm Brednich
Die Maus im Jumbo-Jet
Neue sagenhafte Geschichten von heute
220. Tausend. 1994. 143 Seiten. Paperback
Beck'sche Reihe Band 435

Rolf Wilhelm Brednich
Das Huhn mit dem Gipsbein
Neueste sagenhafte Geschichten von heute
110. Tausend. 1994. 186 Seiten. Paperback
Beck'sche Reihe Band 1001

„Und wieder kann man sich erfreuen oder schaudern, lächeln oder an Neil Postman denken: ‚Der Mensch von heute', so weiß der US-Medienkritiker, ‚ist genauso leichtgläubig wie der Mensch des Mittelalters'." *(Die Welt)*

Rolf Wilhelm Brednichs Bücher mit „Sagenhaften Geschichten von heute" sind der größte Verkaufserfolg einer volkskundlichen Geschichtensammlung seit den Kinder- und Hausmärchen der Brüder Grimm. Die drei Einzelbände liegen jetzt erstmals in einer gebundenen Sonderausgabe vor:

Rolf Wilhelm Brednich
Sagenhafte Geschichten von heute
Die Spinne in der Yucca-Palme / Die Maus im Jumbo-Jet / Das Huhn mit dem Gipsbein
1994. 458 Seiten. Gebunden

Verlag C. H. Beck München